開企,

是一個開頭,它可以是一句美好的引言、
未完待續的逗點、享受美好後滿足的句點,
新鮮的體驗、大膽的冒險、嶄新的方向,
是一趟有你共同參與的奇妙旅程。

開企，

是一個開頭，它可以是一句美好的引言、
未完待續的逗點、享受美好後滿足的句點，
新鮮的體驗、大膽的冒險、嶄新的方向，
是一趟有你共同參與的奇妙旅程。

終身受用

讓你不論生活運用、溝通或應付考試，
一輩子都好用！

Vocabulary
2000單字
溝通閱讀沒問題！

Michael Yang◎著

gray/grey
[gre]/[gre]   名 灰色 形 灰色的、陰沉

great [gret]   形 大量的、很好的、偉大
                同 outstanding 突出的、

green [grin]   形 綠色的 名 綠色

ground [graʊnd] 名 地面、土地 同 surface

group [grup]   名 團體、組、群 動 聚合

最完整

生活應用、考試必學2000高頻單字，一次掌握

本書收錄大考中心公布之前2000個常見高頻單字，除有正確中文解釋外，自然發音、KK音標、詞性、相關同反義字一併全收錄，學習更完整。

★小提醒：請先將下列單字完整看過，總過 4-6 遍後，接著語起橘紅色遮色片使用，並試著說出各單字的中文意思。

○ MP3 Track 0075

Part.01 基礎單字篇

grand·daugh·ter 名 孫女、外孫女
[ˈgrænd.dɔtɚ]

grand·fath·er 名 祖父、外祖父 同 grandpa 祖父
[ˈgrænd.fɑðɚ]

grand·moth·er 名 祖母、外祖母 同 grandma 祖母
[ˈgrænd.mʌðɚ]

Part.02 加強單字篇

grand·son 名 孫子、外孫
[ˈgrænd.sʌn]

grass [græs] 名 草 同 lawn 草坪

○ MP3 Track 0076

gray/grey 名 灰色 形 灰色的、陰沉的
[gre]/[gre]

great [gret] 形 大量的、很好的、偉大的、重要的
              同 outstanding 突出的、傑出的

green [grin] 形 綠色的 名 綠色

ground [graʊnd] 名 地面、土地 同 surface 表面

group [grup] 名 團體、組、群 動 聚合、成群
              同 gather 收集

挑戰 3 次記熟這些單字

學習結束，記得使用遮色片驗收成果，並填上挑戰日期，7天正好是

視覺力 專注地目視學習，記憶效果最佳

以每次10分鐘，挑戰一頁10個單字的方式，不斷地反覆看4-6次，每天至少複習3次，將專注地單字視覺力深化為記憶，最後再搭配遮色片測試記憶成效。

挑戰 3 次記熟這些單字

學習結束，記得使用遮色片驗收成果，並填上挑戰
記憶衰減的周期，所以每次的挑戰時間切勿超過2

★挑戰1：正確率50% 日期：
★挑戰2：正確率80% 日期：
★挑戰3：正確率100% 日期：

隨堂小測驗！請搭配遮色片使用

學到一個階段快來驗證你的實力吧！每答完一題就把遮色片往下
並檢查自己是否答對，並在右方空格做記錄，待全部作答完畢，
錯的部分，請再回到前面找出單字繼續複習，三五天後再做一
驗，反覆的看遍直到全部答對，相信一輩子都忘不了這些單字了

單字	解答	中譯	答對✓✗
gar·den	(Q)	A. 硬的、難的、努力地	
gen·er·al	(O)	B. 引導者、指南、引導	
ghost	(S)	C. 健康	
gift	(M)	D. 客人	

來挑戰

運用神奇遮色片，驗收學習實力

方法1：利用書中附贈的神奇遮色片，驗收每一天的10個單字進度，挑戰3次以目視方式熟記單字。

方法2：再以7天內記憶50個單字的目標進行復習，挑戰【隨堂小測驗】的單字配對練習，驗收學習成果。

情對短文＋對話，熟悉單字運用，提升看懂文章能力

每學完一階段（200個單字），再進階【挑戰你的閱讀力】，讓你掌握單字的應用，同時加深記憶＆提升閱讀能力；測驗中的進階單字，讓你加料擴充更多常用單字。

二、完整閱讀文章後，再參考右方的譯文，細跟自己學習成果。
三、本書特別將較困難的單字、片語列於文章右下方。
四、多讀幾次，仔細鑽研文中的一字一句，徹底理解每篇文章的意思。

Meeting New Friends
認識新朋友

Lori: Hey Jon, let me introduce to you my new English friend, Ben. Ben is a doctor.

Jon: Hi Ben, I'm Jon. I am a farmer.

Ben: Oh, really! Do you have a farm? My daughters love animals!

Jon: Yes, as a matter of fact, I own an organic farm. We have dogs, cows, deer and ducks on the farm, also a lot of fruit trees and flowers in our garden. You guys should bring your families and friends to our farm this February. We are having a free spring event where we invite guests to come and spend a day on our farm.

Ben: I am definitely bringing my wife along with the girls. My daughters would love to feed the animals, and my wife happens to be fanatic about all kinds of fresh organic food!

Lori: Sounds fun! Let me ask my boyfriend if he wants to come as well.

Ben: My wife and kids are going to be so happy to hear this. I am so glad to have ever met you, Jon.

Jon: Same here. I'm always happy to make new friends.

※ 文章中補紅色單字都是前 24 頁中學習過的單字，如果你忘記了，記得再

蘿芮：聽起來很有趣耶！讓我問問我的男朋
起去。

班：我的老婆小孩聽到一定會很開心，喬
識你。

喬恩：我也是，我一向都很樂意認識新朋友

蘿芮：各位，我該走了，剛才我男朋友傳簡
在樓下等我，我們下禮拜見吧！

班＆喬恩：再見！

生字補充：

* introduce 介紹
* organic 有機的
* event 活動
* invite 邀請
* definitely 無疑
* direction 方向

MP3聽覺刺激記憶，跟著唸誦反饋，效果加倍

全書外師以正統美語發音，將2000單字英文全收錄，同時搭配中文解釋，隨時隨地都可以利用MP3無壓力學習＆復習，藉由聽覺刺激，再經由口語唸誦，單字記得更好、說得更道地。

○ MP3 Track 0075

grand·daugh·ter 名 孫女、外孫
[ˈgrænd͵dɔtɚ]

grand·fath·er 名 祖父、外祖
[ˈgrænd͵faðɚ]

grand·moth·er 名 祖母、外祖
[ˈgrænd͵mʌðɚ]

　　「英文單字到底要背多少量才夠？」我想這是許多人都有的疑問。首先，我想最重要的是要問問自己，你的需求是什麼？是為了要能溝通，還是為了應付考試？方能對症下藥。

　　根據語言學家的研究指出，只要能掌握核心的2000常用字，就能和老外溝通，並看懂大部分的任何書面訊息。有鑑於此，這本《終身受用2000單字：溝通閱讀沒問題》應運而生。這本出自教育部公布國中小必備2000單字，去無存菁，直接學習真正用得上的關鍵單字，不論是要在生活中運用、溝通，或是參加考試，都能滿足需求。

　　另外，美國科學證實：多感官的刺激學習方式，在「記憶」方面有驚人效果。於是，我加入利用眼、耳、口、手、腦，多感官連動學習來幫助大家記單字，再搭配書裡附贈的「遮色膠片」＋兩大測驗練習，一起刺激大腦記憶，這一次，2000單字一定能記滿、記好。

　　書中還精心規劃了一個重要的學習計劃——用一天10個單字的最適單字量，每天不間斷地的學習，7天後進行小小的實力挑戰，驗收學習成果；當學習累積到200個單字時，再進階挑戰閱讀能力，除能更清楚單字在文章裡和對話中的實際運用方法之外，也更能明白自己記單字的成果好壞。像這樣有計劃地、按步就班地的內容設計，只要跟著我們持之以恆的學習，想要記住2000單字，應付考試、溝通、閱讀……一定沒問題！

　　相信自己，你一定可以！

Michael Yang

特別收錄：單字總測驗

Part 01
基礎**單字篇**

- 單字 A~Z
- 隨堂小測驗
- 挑戰你的閱讀力

★小提醒：請先將下列單字完整看過、聽過 4~6 遍後，接著搭配
橘紅色遮色片使用，並試著說出各單字的中文意思。

開頭的單字

○ MP3 Track 0001

a/an [ə]/[æn]	冠 一、一個
a·ble [`ebl̩]	形 能幹的、有能力的 同 capable 有能力的
a·bout [ə`baʊt]	副 大約 介 關於 同 concerning 關於
a·bove [ə`bʌv]	形 上面的 副 在上面 介 在……上面 名 上面
ac·cord·ing [ə`kɔrdɪŋ]	介 根據……

○ MP3 Track 0002

a·cross [ə`krɔs]	副 橫過 介 穿過、橫過 同 cross 越過
act [ækt]	名 行為、行動、法案 動 行動、扮演、下判決
ac·tion [`ækʃən]	名 行動、活動 同 behavior 行為、舉止
ac·tor [`æktə]	名 男演員 同 performer 演出者
ac·tress [`æktrɪs]	名 女演員 同 performer 演出者

挑戰 3 次記熟這些單字

學習結束，記得使用遮色片驗收成果，並填上挑戰日期，7 天正好是
記憶衰減的周期，所以每次的挑戰時間切勿超過 7 天喔！

★挑戰1：正確率50%　日期：＿＿＿＿＿＿＿＿＿＿

★挑戰2：正確率80%　日期：＿＿＿＿＿＿＿＿＿＿

★挑戰3：正確率100%　日期：＿＿＿＿＿＿＿＿＿＿　恭喜挑戰成功！

★小提醒：請先將下列單字完整看過、聽過 4~6 遍後，接著搭配橘紅色遮色片使用，並試著說出各單字的中文意思。

○ MP3 Track 0003

add [æd] 　動 增加　反 subtract 減去

add·ress [ə`drɛs]　名 住址、致詞、講話
動 發表演說、對……說話
同 speech 演說

a·dult [ə`dʌlt]　形 成年的、成熟的　名 成年人
反 child 小孩

a·fraid [ə`fred]　形 害怕的、擔心的　反 brave 勇敢的

af·ter [`æftə]　形 以後的　副 以後、後來
連 在……以後　介 在……之後
反 before 在……之前

○ MP3 Track 0004

af·ter·noon [`æftə`nun]　名 下午　反 morning 上午

a·gain [ə`gɛn]　副 又、再

a·gainst [ə`gɛnst]　介 反對、不同意　同 versus 對抗

age [edʒ]　名 年齡　動 使變老　同 mature 使成熟

a·go [ə`go]　副 以前　同 since 以前

A
B
C
D
E
F
G
H
I
J
K
L
M
N
O
P
Q
R
S
T
U
V
W
X
Y
Z

挑戰 3 次記熟這些單字

學習結束，記得使用遮色片驗收成果，並填上挑戰日期，7 天正好是記憶衰減的周期，所以每次的挑戰時間切勿超過 7 天喔！

★挑戰1：正確率50%　日期：_____

★挑戰2：正確率80%　日期：_____

★挑戰3：正確率100%　日期：_____　恭喜挑戰成功！

★小提醒：請先將下列單字完整看過、聽過 4~6 遍後，接著搭配
橘紅色遮色片使用，並試著說出各單字的中文意思。

● MP3 Track 0005

a·gree [əˈgri]　動 同意、贊成　反 disagree 不同意

a·gree·ment [əˈgrimənt]　名 同意、一致、協議　反 disagreement 意見不一

a·head [əˈhɛd]　副 向前的、在……前面　反 behind 在……後面

air [ɛr]　名 空氣、氣氛　同 atmosphere 氣氛

air·mail [ˈɛrˌmel]　名 航空郵件

● MP3 Track 0006

air·plane/ plane [ˈɛrˌplen]/[plen]　名 飛機

air·port [ˈɛrˌport]　名 機場

all [ɔl]　形 所有的、全部的　副 全部、全然　名 全部　同 whole 全部

al·low [əˈlaʊ]　動 允許、准許　同 permit 允許

al·most [ˈɔlˌmost]　副 幾乎、差不多　同 nearly 幾乎、差不多

挑戰 3 次記熟這些單字

學習結束，記得使用遮色片驗收成果，並填上挑戰日期，7 天正好是
記憶衰減的周期，所以每次的挑戰時間切勿超過 7 天喔！

★挑戰1：正確率50%　日期：_____

★挑戰2：正確率80%　日期：_____

★挑戰3：正確率100%　日期：_____　　恭喜挑戰成功！

★小提醒：請先將下列單字完整看過、聽過 4~6 遍後，接著搭配
橘紅色遮色片使用，並試著說出各單字的中文意思。

O MP3 Track 0007

a·lone [ə`lon] 形 單獨的 副 單獨地

a·long [ə`lɔŋ] 副 向前 介 沿著 同 forward 向前

al·ready [ɔl`rɛdɪ] 副 已經 反 yet 還（沒）

al·so [`ɔlso] 副 也 同 too 也

al·ways [`ɔlwez] 副 總是 反 seldom 不常、很少

O MP3 Track 0008

am [æm] 動 是

a·mong [ə`mʌŋ] 介 在……之中 同 amid 在……之間

and [ænd] 連 和

an·ger [`æŋgə] 名 憤怒 動 激怒 同 irritation 激怒

an·gry [`æŋgrɪ] 形 生氣的 同 furious 狂怒的

A
B
C
D
E
F
G
H
I
J
K
L
M
N
O
P
Q
R
S
T
U
V
W
X
Y
Z

挑戰 3 次記熟這些單字

學習結束，記得使用遮色片驗收成果，並填上挑戰日期，7 天正好是
記憶衰減的周期，所以每次的挑戰時間切勿超過 7 天喔！

★挑戰1：正確率50%　日期：＿＿＿＿＿＿＿＿

★挑戰2：正確率80%　日期：＿＿＿＿＿＿＿＿

★挑戰3：正確率100%　日期：＿＿＿＿＿＿＿＿　恭喜挑戰成功！

★小提醒：請先將下列單字完整看過、聽過 4~6 遍後，接著搭配橘紅色遮色片使用，並試著說出各單字的中文意思。

Part 01 基礎單字篇

Part 02 進階單字篇

● MP3 Track 0009

an·i·mal [`ænəml] 形 動物的 名 動物
同 beast 動物、野獸

an·oth·er [ə`nʌðə] 形 另一的、再一的 代 另一、再一

an·swer [`ænsə] 名 答案、回答 動 回答、回報
同 response 回答

ant [ænt] 名 螞蟻

an·y [`ɛnɪ] 形 任何的 代 任何一個

● MP3 Track 0010

an·y·thing [`ɛnɪˌθɪŋ] 代 任何事物

ape [ep] 名 猿

ap·pear [ə`pɪr] 動 出現、顯得 反 disappear 消失

ap·ple [`æpl̩] 名 蘋果

A·pril/Apr. [`eprəl] 名 四月

挑戰 3 次記熟這些單字

學習結束，記得使用遮色片驗收成果，並填上挑戰日期，7 天正好是記憶衰減的周期，所以每次的挑戰時間切勿超過 7 天喔！

★挑戰1：正確率50% 日期：＿＿＿＿＿＿＿＿＿＿＿

★挑戰2：正確率80% 日期：＿＿＿＿＿＿＿＿＿＿＿

★挑戰3：正確率100% 日期：＿＿＿＿＿＿＿＿＿＿ 恭喜挑戰成功！

隨堂小測驗！請搭配遮色片使用

學到一個階段快來驗證你的實力吧！每答完一題就把遮色片往下移，並檢查自己是否答對，並在右方空格做紀錄，待全部作答完畢，有答錯的部分，請再回到前面找出單字繼續複習，三五天後再做一次測驗，反覆的看聽直到全部答對，相信一輩子都忘不了這些單字了！

單字	解答	中譯	答對√／答錯✗
❶ a·bout	（ J ）	A. 根據	☐☐☐☐
❷ ac·cord·ing	（ A ）	B. 害怕的、擔心的	☐☐☐☐
❸ ac·tion	（ I ）	C. 向前的、在……前面	☐☐☐☐
❹ a·dult	（ M ）	D. 已經	☐☐☐☐
❺ a·fraid	（ B ）	E. 另一的、再一的	☐☐☐☐
❻ a·gainst	（ R ）	F. 憤怒、激怒	☐☐☐☐
❼ a·gree	（ K ）	G. 四月	☐☐☐☐
❽ a·head	（ C ）	H. 任何事物	☐☐☐☐
❾ air·port	（ Q ）	I. 行動、活動	☐☐☐☐
❿ al·low	（ P ）	J. 大約、關於	☐☐☐☐
⓫ a·long	（ T ）	K. 同意、贊成	☐☐☐☐
⓬ al·ready	（ D ）	L. 總是	☐☐☐☐
⓭ al·ways	（ L ）	M. 成年的、成熟的、成年人	☐☐☐☐
⓮ a·mong	（ S ）	N. 出現、顯得	☐☐☐☐
⓯ an·ger	（ F ）	O. 生氣的	☐☐☐☐
⓰ an·gry	（ O ）	P. 允許、准許	☐☐☐☐
⓱ an·oth·er	（ E ）	Q. 機場	☐☐☐☐
⓲ an·y·thing	（ H ）	R. 反對、不同意	☐☐☐☐
⓳ ap·pear	（ N ）	S. 在……之中	☐☐☐☐
⓴ A·pril/Apr.	（ G ）	T. 向前、沿著	☐☐☐☐

我的學習紀錄

每一次使用遮色片驗收成果後，記得填上挑戰日期＆正確率。

★ 日期： ；答對 題

★ 日期： ；答對 題

★ 日期： ；答對 題

恭喜挑戰成功！
若無法一次就答對全部題目，也不要灰心，記得回到前面多做復習！學習本來就是一種累積的過程，只要確定每一次自己都有多記住一點點，就是一種成功。

★小提醒：請先將下列單字完整看過、聽過 4~6 遍後，接著搭配
橘紅色遮色片使用，並試著說出各單字的中文意思。

Part 01 基礎單字篇

Part 02 進階單字篇

○ MP3 Track 0011

are [ɑr]　　　　　　動 是

ar·e·a [ˋɛrɪə]　　　名 地區、領域、面積、方面
　　　　　　　　　　　同 region 地區

arm [ɑrm]　　　　　名 手臂 動 武裝、裝備

ar·my [ˋɑrmɪ]　　　名 軍隊、陸軍 同 military 軍隊

a·round [əˋraʊnd]　副 大約、在周圍 介 在……周圍

○ MP3 Track 0012

art [ɑrt]　　　　　　名 藝術

as [æz]　　　　　　副 像……一樣、如同 連 當……時候
　　　　　　　　　　　介 作為 代 與……相同的人事物

ask [æsk]　　　　　動 問、要求 同 question 問

at [æt]　　　　　　介 在

Au·gust/Aug.　　　名 八月
[ˋɔgʌst]

挑戰 3 次記熟這些單字

學習結束，記得使用遮色片驗收成果，並填上挑戰日期，7 天正好是
記憶衰減的周期，所以每次的挑戰時間切勿超過 7 天喔！

★挑戰1：正確率50%　日期：＿＿＿＿＿＿＿＿

★挑戰2：正確率80%　日期：＿＿＿＿＿＿＿＿

★挑戰3：正確率100% 日期：＿＿＿＿＿＿＿＿　恭喜挑戰成功！

★小提醒：請先將下列單字完整看過、聽過 4~6 遍後，接著搭配
橘紅色遮色片使用，並試著說出各單字的中文意思。

○ MP3 Track 0013

aunt [ænt]　　　名 伯母、姑、嬸、姨
　　　　　　　　　同 auntie/aunty 阿姨

au·tumn [ˋɔtəm]　　名 秋季、秋天

a·way [əˋwe]　　　副 遠離、離開

Bb 開頭的單字

ba·by [ˋbebɪ]　　　形 嬰兒的 名 嬰兒 同 infant 嬰兒

back [bæk]　　　　形 後面的 副 向後地 名 後背、背脊
　　　　　　　　　動 後退 反 front 前面、正面

○ MP3 Track 0014

bad [bæd]　　　　形 壞的 反 good 好的

bag [bæg]　　　　名 袋子 動 把……裝入袋中
　　　　　　　　　同 pocket 口袋

ball [bɔl]　　　　名 舞會、球 同 sphere 球

bal·loon [bəˋlun]　名 氣球 動 如氣球般膨脹

ba·nan·a [bəˋnænə]　名 香蕉

A B C D E F G H I J K L M N O P Q R S T U V W X Y Z

挑戰 3 次記熟這些單字

學習結束，記得使用遮色片驗收成果，並填上挑戰日期，7 天正好是
記憶衰減的周期，所以每次的挑戰時間切勿超過 7 天喔！

★挑戰1：正確率50%　日期：

★挑戰2：正確率80%　日期：

★挑戰3：正確率100%　日期：　　　　　　恭喜挑戰成功！

★小提醒：請先將下列單字完整看過、聽過 4~6 遍後，接著搭配橘紅色遮色片使用，並試著說出各單字的中文意思。

○ MP3 Track 0015

band [bænd]	名 帶子、隊、樂隊 動 聯合、結合 同 tie 帶子
bank [bæŋk]	名 銀行、堤、岸
bar [bɑr]	名 條、棒、橫木、酒吧 動 禁止、阻撓 同 block 阻擋、限制
bar·ber [ˈbɑrbɚ]	名 理髮師 同 hairdresser 美髮師
base [bes]	名 基底、壘 動 以……作基礎 同 bottom 底部

○ MP3 Track 0016

base·ball [ˈbesˌbɔl]	名 棒球
bas·ic [ˈbesɪk]	名 基本、要素 形 基本的 同 essential 基本的
bas·ket [ˈbæskɪt]	名 籃子、籃網、得分
bas·ket·ball [ˈbæskɪtˌbɔl]	名 籃球
bat [bæt]	名 蝙蝠、球棒

挑戰 3 次記熟這些單字

學習結束，記得使用遮色片驗收成果，並填上挑戰日期，7 天正好是記憶衰減的周期，所以每次的挑戰時間切勿超過 7 天喔！

★挑戰1：正確率50%　日期：＿＿＿＿＿＿＿＿＿

★挑戰2：正確率80%　日期：＿＿＿＿＿＿＿＿＿

★挑戰3：正確率100%　日期：＿＿＿＿＿＿＿　恭喜挑戰成功！

★小提醒：請先將下列單字完整看過、聽過 4~6 遍後，接著搭配橘紅色遮色片使用，並試著說出各單字的中文意思。

○ MP3 Track 0017

bath [bæθ]　名 洗澡　動 給……洗澡

bathe [beð]　動 沐浴、用水洗　同 wash 洗

bath·room [ˋbæθˌrum]　名 浴室

be [bi]　動 是、存在

beach [bitʃ]　名 海灘　動 拖（船）上岸　同 strand 海濱

○ MP3 Track 0018

bear [bɛr]　名 熊　動 忍受、負荷、結果實、生子女　同 withstand 禁得起

beat [bit]　名 打、敲打聲、拍子　動 打敗、連續打擊、跳動　同 hit 打

beau·ti·ful [ˋbjutəfəl]　形 美麗的、漂亮的　反 ugly 醜陋的

beau·ty [ˋbjutɪ]　名 美、美人、美的東西

be·cause [bɪˋkɔz]　連 因為　同 for 為了

A
B
C
D
E
F
G
H
I
J
K
L
M
N
O
P
Q
R
S
T
U
V
W
X
Y
Z

挑戰 3 次記熟這些單字

學習結束，記得使用遮色片驗收成果，並填上挑戰日期，7 天正好是記憶衰減的周期，所以每次的挑戰時間切勿超過 7 天喔！

★**挑戰**1：正確率50%　日期：＿＿＿＿＿＿＿＿＿

★**挑戰**2：正確率80%　日期：＿＿＿＿＿＿＿＿＿

★**挑戰**3：正確率100%　日期：＿＿＿＿＿＿＿　恭喜挑戰成功！

★小提醒：請先將下列單字完整看過、聽過 4~6 遍後，接著搭配
橘紅色遮色片使用，並試著說出各單字的中文意思。

○ MP3 Track 0019

be·come [bɪˋkʌm]　　動 變得、變成

bed [bɛd]　　名 床 動 睡、臥

bee [bi]　　名 蜜蜂

be·fore [bɪˋfor]　　副 以前 介 早於、在……以前
連 在……以前 反 after 在……之後

be·gin [bɪˋgɪn]　　動 開始、著手 反 finish 結束、完成

○ MP3 Track 0020

be·hind [bɪˋhaɪnd]　　副 在後、在原處 介 在……之後
反 ahead 在前

be·lieve [bɪˋliv]　　動 認為、相信 同 trust 信賴

bell [bɛl]　　名 鐘、鈴 同 ring 鈴聲、鐘聲

be·long [bəˋlɔŋ]　　動 屬於

be·low [bəˋlo]　　介 在……下面、比……低
副 在下方、往下 同 under 在……下面

挑戰 3 次記熟這些單字

學習結束，記得使用遮色片驗收成果，並填上挑戰日期，7 天正好是
記憶衰減的周期，所以每次的挑戰時間切勿超過 7 天喔！

★挑戰1：正確率50%　日期：＿＿＿＿＿＿＿＿＿＿

★挑戰2：正確率80%　日期：＿＿＿＿＿＿＿＿＿＿

★挑戰3：正確率100% 日期：＿＿＿＿＿＿＿＿　恭喜挑戰成功！

隨堂小測驗！請搭配遮色片使用

學到一個階段快來驗證你的實力吧！每答完一題就把遮色片往下移，並檢查自己是否答對，並在右方空格做紀錄，待全部作答完畢，有答錯的部分，請再回到前面找出單字繼續複習，三五天後再做一次測驗，反覆的看聽直到全部答對，相信一輩子都忘不了這些單字了！

單字	解答	中譯	答對√／答錯✗
❶ ar·e·a	（M）	A. 熊、忍受、負荷、結果實	☐☐☐☐
❷ art	（J）	B. 沐浴、用水洗	☐☐☐☐
❸ Au·gust/Aug.	（N）	C. 銀行、堤、岸	☐☐☐☐
❹ au·tumn	（T）	D. 美、美人、美的東西	☐☐☐☐
❺ bank	（C）	E. 蝙蝠、球棒	☐☐☐☐
❻ bar·ber	（Q）	F. 開始、著手	☐☐☐☐
❼ bat	（E）	G. 舞會、球	☐☐☐☐
❽ bathe	（B）	H. 打、敲打聲、拍子、打敗	☐☐☐☐
❾ beach	（K）	I. 變得、變成	☐☐☐☐
❿ bear	（A）	J. 藝術	☐☐☐☐
⓫ beat	（H）	K. 海灘、拖（船）上岸	☐☐☐☐
⓬ beau·ty	（D）	L. 基本、要素、基本的	☐☐☐☐
⓭ be·come	（I）	M. 地區、領域、面積、方面	☐☐☐☐
⓮ bee	（O）	N. 八月	☐☐☐☐
⓯ be·gin	（F）	O. 蜜蜂	☐☐☐☐
⓰ be·lieve	（R）	P. 基底、疊、以……作基礎	☐☐☐☐
⓱ base	（P）	Q. 理髮師	☐☐☐☐
⓲ bas·ic	（L）	R. 認為、相信	☐☐☐☐
⓳ ball	（G）	S. 帶子、隊、樂隊、聯合	☐☐☐☐
⓴ band	（S）	T. 秋季、秋天	☐☐☐☐

我的學習紀錄

每一次使用遮色片驗收成果後，記得填上挑戰日期＆正確率。

★ 日期： ；答對 題
★ 日期： ；答對 題
★ 日期： ；答對 題

恭喜挑戰成功！
若無法一次就答對全部題目，也不要灰心，記得回到前面多做復習！學習本來就是一種累積的過程，只要確定每一次自己都有多記住一點點，就是一種成功。

★小提醒：請先將下列單字完整看過、聽過 4~6 遍後，接著搭配橘紅色遮色片使用，並試著說出各單字的中文意思。

● MP3 Track 0021

be·side [bɪˋsaɪd]　介 在……旁邊　同 by 在……旁邊

best [bɛst]　形 最好的　副 最好地　反 worst 最壞的

bet·ter [ˋbɛtɚ]　形 較好的、更好的　副 更好地　反 worse 更壞的

be·tween [bɪˋtwin]　副 在中間　介 在……之間

bi·cy·cle/bike [ˋbaɪsɪk!]/[baɪk]　名 自行車　同 cycle 腳踏車

● MP3 Track 0022

big [bɪg]　形 大的　反 little 小的

bird [bɝd]　名 鳥　同 fowl 禽

birth [bɝθ]　名 出生、血統　反 death 死亡

bit [bɪt]　名 一點

bite [baɪt]　名 咬、一口　動 咬　同 chew 咬

挑戰 3 次記熟這些單字

學習結束，記得使用遮色片驗收成果，並填上挑戰日期，7 天正好是記憶衰減的周期，所以每次的挑戰時間切勿超過 7 天喔！

★挑戰1：正確率50%　日期：＿＿＿＿＿＿＿＿＿＿

★挑戰2：正確率80%　日期：＿＿＿＿＿＿＿＿＿＿

★挑戰3：正確率100%　日期：＿＿＿＿＿＿＿＿＿＿　恭喜挑戰成功！

★小提醒：請先將下列單字完整看過、聽過 4~6 遍後，接著搭配
橘紅色遮色片使用，並試著說出各單字的中文意思。

O MP3 Track 0023

black [blæk]　形 黑色的　名 黑人、黑色
動 (使) 變黑　反 white 白色

block [blɑk]　名 街區、木塊、石塊　動 阻塞
反 advance 前進

blood [blʌd]　名 血液、血統

blow [blo]　名 吹、打擊　動 吹、風吹
同 breeze 吹著微風

blue [blu]　形 藍色的、憂鬱的　名 藍色

O MP3 Track 0024

boat [bot]　名 船　動 划船　同 ship 船

bo·dy [ˈbɑdɪ]　名 身體　反 soul 靈魂

bone [bon]　名 骨　同 skeleton 骨骼

book [buk]　名 書　動 登記、預訂　同 reserve 預訂

born [bɔrn]　形 天生的　同 natural 天生的

A
B
C
D
E
F
G
H
I
J
K
L
M
N
O
P
Q
R
S
T
U
V
W
X
Y
Z

挑戰 3 次記熟這些單字

學習結束，記得使用遮色片驗收成果，並填上挑戰日期，7 天正好是
記憶衰減的周期，所以每次的挑戰時間切勿超過 7 天喔！

★**挑戰1**：正確率50%　日期：＿＿＿＿＿＿＿＿＿＿＿

★**挑戰2**：正確率80%　日期：＿＿＿＿＿＿＿＿＿＿＿

★**挑戰3**：正確率100%　日期：＿＿＿＿＿＿　恭喜挑戰成功！

★小提醒：請先將下列單字完整看過、聽過 4~6 遍後，接著搭配橘紅色遮色片使用，並試著說出各單字的中文意思。

🔵 MP3 Track 0025

both [boθ]　　形 兩、雙 代 兩者、雙方
反 neither 兩者都不

bot·tom [ˋbɑtəm]　　名 底部、臀部 形 底部的 反 top 頂部

bowl [bol]　　名 碗 動 滾動

box [bɑks]　　名 盒子、箱 動 把……裝入盒中、裝箱
同 container 容器

boy [bɔɪ]　　名 男孩 反 girl 女孩

🔵 MP3 Track 0026

brave [brev]　　形 勇敢的 同 valiant 勇敢的

bread [brɛd]　　名 麵包

break [brek]　　名 休息、中斷、破裂
動 打破、弄破、弄壞 反 repair 修補

break·fast [ˋbrɛkfəst]　　名 早餐 反 dinner 晚餐

bridge [brɪdʒ]　　名 橋

挑戰 3 次記熟這些單字

學習結束，記得使用遮色片驗收成果，並填上挑戰日期，7 天正好是記憶衰減的周期，所以每次的挑戰時間切勿超過 7 天喔！

★挑戰1：正確率50%　日期：＿＿＿＿＿＿＿

★挑戰2：正確率80%　日期：＿＿＿＿＿＿＿

★挑戰3：正確率100% 日期：＿＿＿＿＿＿＿　恭喜挑戰成功！

★小提醒：請先將下列單字完整看過、聽過 4~6 遍後，接著搭配
橘紅色遮色片使用，並試著說出各單字的中文意思。

○ MP3 Track 0027

bright [braɪt]	形 明亮的、開朗的 同 light 明亮的	
bring [brɪŋ]	動 帶來 同 carry 攜帶	
broth·er [ˋbrʌðɚ]	名 兄弟 反 sister 姊妹	
brown [braʊn]	形 褐色的、棕色的 名 褐色、棕色	
bug [bʌg]	名 小蟲、毛病 同 insect 昆蟲	

○ MP3 Track 0028

build [bɪld]	動 建立、建築 同 construct 建造
build·ing [ˋbɪldɪŋ]	名 建築物
bus [bʌs]	名 公車
bus·y [ˋbɪzɪ]	形 忙的、繁忙的 反 free 空閒的
but [bʌt]	副 僅僅、只 連 但是 介 除了……以外 同 however 可是、然而

A
B
C
D
E
F
G
H
I
J
K
L
M
N
O
P
Q
R
S
T
U
V
W
X
Y
Z

挑戰 3 次記熟這些單字

學習結束，記得使用遮色片驗收成果，並填上挑戰日期，7 天正好是
記憶衰減的周期，所以每次的挑戰時間切勿超過 7 天喔！

★挑戰1：正確率50%　日期：＿＿＿＿＿＿＿＿＿＿

★挑戰2：正確率80%　日期：＿＿＿＿＿＿＿＿＿＿

★挑戰3：正確率100% 日期：＿＿＿＿＿＿＿＿＿＿　　恭喜挑戰成功！

★小提醒：請先將下列單字完整看過、聽過 4~6 遍後，接著搭配
橘紅色遮色片使用，並試著說出各單字的中文意思。

● MP3 Track 0029

but·ter [ˈbʌtɚ]　名 奶油

but·ter·fly
[ˈbʌtɚˌflaɪ]　名 蝴蝶

buy [baɪ]　名 購買、買　動 買　同 purchase 買

by [baɪ]　介 被、藉由、在……之前、在……旁邊

Cc 開頭的單字

cage [kedʒ]　名 籠子、獸籠、鳥籠　動 關入籠中

● MP3 Track 0030

cake [kek]　名 蛋糕

call [kɔl]　名 呼叫、打電話　動 呼叫、打電話

cam·el [ˈkæml̩]　名 駱駝

ca·me·ra
[ˈkæmərə]　名 照相機

camp [kæmp]　名 露營　動 露營、紮營

挑戰 3 次記熟這些單字

學習結束，記得使用遮色片驗收成果，並填上挑戰日期，7 天正好是
記憶衰減的周期，所以每次的挑戰時間切勿超過 7 天喔！

★挑戰1：正確率50%　日期：＿＿＿＿＿＿＿＿＿＿

★挑戰2：正確率80%　日期：＿＿＿＿＿＿＿＿＿＿

★挑戰3：正確率100%　日期：＿＿＿＿＿＿＿＿　　恭喜挑戰成功！

隨堂小測驗！請搭配遮色片使用

學到一個階段快來驗證你的實力吧！每答完一題就把遮色片往下移，並檢查自己是否答對，並在右方空格做紀錄，待全部作答完畢，有答錯的部分，請再回到前面找出單字繼續複習，三五天後再做一次測驗，反覆的看聽直到全部答對，相信一輩子都忘不了這些單字了！

單字	解答	中譯	答對✓／答錯✗
❶ be·side	（ J ）	A. 黑色的、黑人、黑色	☐☐☐☐
❷ be·tween	（ E ）	B. 橋	☐☐☐☐
❸ bi·cy·cle/bike	（ N ）	C. 藍色的、憂鬱的、藍色	☐☐☐☐
❹ birth	（ T ）	D. 盒子、箱、把……裝入盒中	☐☐☐☐
❺ bite	（ L ）	E. 在中間、在……之間	☐☐☐☐
❻ black	（ A ）	F. 明亮的、開朗的	☐☐☐☐
❼ block	（ Q ）	G. 天生的	☐☐☐☐
❽ blue	（ C ）	H. 勇敢的	☐☐☐☐
❾ bone	（ M ）	I. 建築物	☐☐☐☐
❿ born	（ G ）	J. 在……旁邊	☐☐☐☐
⓫ bot·tom	（ R ）	K. 蝴蝶	☐☐☐☐
⓬ box	（ D ）	L. 咬、一口、咬	☐☐☐☐
⓭ brave	（ H ）	M. 骨	☐☐☐☐
⓮ bridge	（ B ）	N. 自行車	☐☐☐☐
⓯ bright	（ F ）	O. 呼叫、打電話	☐☐☐☐
⓰ build·ing	（ I ）	P. 照相機	☐☐☐☐
⓱ but·ter·fly	（ K ）	Q. 街區、木塊、石塊、阻塞	☐☐☐☐
⓲ cage	（ S ）	R. 底部、臀部、底部的	☐☐☐☐
⓳ call	（ O ）	S. 籠子、獸籠、鳥籠	☐☐☐☐
⓴ ca·me·ra	（ P ）	T. 出生、血統	☐☐☐☐

我的學習紀錄

每一次使用遮色片驗收成果後，記得填上挑戰日期＆正確率。

★ 日期：　　　　　；答對　　　　題

★ 日期：　　　　　；答對　　　　題

★ 日期：　　　　　；答對　　　　題

恭喜挑戰成功！
若無法一次就答對全部題目，也不要灰心，記得回到前面多做復習！學習本來就是一種累積的過程，只要確定每一次自己都有多記住一點點，就是一種成功。

★小提醒：請先將下列單字完整看過、聽過 4~6 遍後，接著搭配
　　　　橘紅色遮色片使用，並試著說出各單字的中文意思。

○ MP3 Track 0031

can [kæn]　動 裝罐　助動 能、可以　名 罐頭

can·dy/sweet [ˈkændɪ]/[swit]　名 糖果　同 sugar 糖

cap [kæp]　名 帽子、蓋子
動 給……戴帽、覆蓋於……的頂端
同 hat 帽子

car [kɑr]　名 汽車

card [kɑrd]　名 卡片

○ MP3 Track 0032

care [kɛr]　名 小心、照料、憂慮
動 關心、照顧、喜愛、介意
同 concern 使關心

care·ful [ˈkɛrfəl]　形 小心的、仔細的
同 cautious 十分小心的

car·ry [ˈkærɪ]　動 攜帶、搬運、拿　同 take 拿、取

case [kes]　名 情形、情況、箱、案例
同 condition 情況

cat [kæt]　名 貓、貓科動物　同 kitten 小貓

挑戰 3 次記熟這些單字

學習結束，記得使用遮色片驗收成果，並填上挑戰日期，7 天正好是
記憶衰減的周期，所以每次的挑戰時間切勿超過 7 天喔！

★挑戰1：正確率50%　日期：＿＿＿＿＿＿＿＿＿

★挑戰2：正確率80%　日期：＿＿＿＿＿＿＿＿＿

★挑戰3：正確率100%　日期：＿＿＿＿＿＿＿　恭喜挑戰成功！

★小提醒：請先將下列單字完整看過、聽過 4~6 遍後，接著搭配
　　　　橘紅色遮色片使用，並試著說出各單字的中文意思。

○ MP3 Track 0033

catch [kætʃ]　名 捕捉、捕獲物　動 抓住、趕上
　　　　　　　　同 capture 捕獲

cause [kɔz]　動 引起　名 原因　同 make 引起、產生

cent [sɛnt]　名 分（貨幣單位）

cen·ter [ˋsɛntə]　名 中心、中央　反 edge 邊緣

cer·tain [ˋsɜ·tən]　形 一定的　代 某幾個、某些
　　　　　　　　　　　反 doubtful 不明確的

○ MP3 Track 0034

chair [tʃɛr]　名 椅子、主席席位　同 seat 座位

chance [tʃæns]　名 機會、意外　同 opportunity 機會

chart [tʃɑrt]　名 圖表　動 製成圖表　同 diagram 圖表

chase [tʃes]　名 追求、追逐　動 追捕、追逐
　　　　　　　　同 follow 追逐

check [tʃɛk]　名 檢查、支票　動 檢查、核對

A
B
C
D
E
F
G
H
I
J
K
L
M
N
O
P
Q
R
S
T
U
V
W
X
Y
Z

挑戰 3 次記熟這些單字

學習結束，記得使用遮色片驗收成果，並填上挑戰日期，7 天正好是
記憶衰減的周期，所以每次的挑戰時間切勿超過 7 天喔！

★挑戰1：正確率50%　日期：＿＿＿＿＿＿＿＿＿＿＿

★挑戰2：正確率80%　日期：＿＿＿＿＿＿＿＿＿＿＿

★挑戰3：正確率100%　日期：＿＿＿＿＿＿＿＿　恭喜挑戰成功！

★小提醒：請先將下列單字完整看過、聽過 4~6 遍後，接著搭配橘紅色遮色片使用，並試著說出各單字的中文意思。

● MP3 Track 0035

chick [tʃɪk]	名 小雞	
chick·en [ˈtʃɪkɪn]	名 雞、雞肉	
chief [tʃif]	形 主要的、首席的 名 首領 同 leader 首領	
child [tʃaɪld]	名 小孩 同 kid 小孩	
Christ·mas/ X'mas [ˈkrɪsməs]	名 聖誕節	

● MP3 Track 0036

church [tʃɝtʃ]	名 教堂
ci·ty [ˈsɪtɪ]	名 城市
class [klæs]	名 班級、階級、種類 同 grade 階級
clean [klin]	形 乾淨的 動 打掃 反 dirty 髒的
clear [klɪr]	形 清楚的、明確的、澄清的 動 澄清、清除障礙、放晴 反 ambiguous 含糊不清的

挑戰 3 次記熟這些單字

學習結束，記得使用遮色片驗收成果，並填上挑戰日期，7 天正好是記憶衰減的周期，所以每次的挑戰時間切勿超過 7 天喔！

★挑戰1：正確率50%　日期：＿＿＿＿＿＿＿

★挑戰2：正確率80%　日期：＿＿＿＿＿＿＿

★挑戰3：正確率100%　日期：＿＿＿＿＿＿＿　　　恭喜挑戰成功！

★小提醒：請先將下列單字完整看過、聽過 4~6 遍後，接著搭配
　　　　橘紅色遮色片使用，並試著說出各單字的中文意思。

○ MP3 Track 0037

climb [klaɪm]	動 攀登、上升、爬
clock [klɑk]	名 時鐘、計時器
close [klos]/[kloz]	形 靠近的、親近的　動 關、結束、靠近　反 open（打）開
cloud [klaʊd]	名 雲　動（以雲）遮蔽
coast [kost]	名 海岸、沿岸

○ MP3 Track 0038

coat [kot]	名 外套　同 jacket 外套
co·coa [ˈkoko]	名 可可粉、可可飲料、可可色
cof·fee [ˈkɔfɪ]	名 咖啡
co·la/Coke [ˈkolə]/[kok]	名 可樂
cold [kold]	形 冷的　名 感冒　反 warm 暖的

A
B
C
D
E
F
G
H
I
J
K
L
M
N
O
P
Q
R
S
T
U
V
W
X
Y
Z

挑戰 3 次記熟這些單字

學習結束，記得使用遮色片驗收成果，並填上挑戰日期，7 天正好是
記憶衰減的周期，所以每次的挑戰時間切勿超過 7 天喔！

★挑戰1：正確率50%　日期：＿＿＿＿＿＿＿＿＿＿

★挑戰2：正確率80%　日期：＿＿＿＿＿＿＿＿＿＿

★挑戰3：正確率100%　日期：＿＿＿＿＿＿＿＿＿＿　　恭喜挑戰成功！

★小提醒：請先將下列單字完整看過、聽過 4~6 遍後，接著搭配橘紅色遮色片使用，並試著說出各單字的中文意思。

○ MP3 Track 0039

co·lor [ˈkʌlɚ]　名 顏色 動 把……塗上顏色

come [kʌm]　動 來 反 leave 離開

com·mon [ˈkɑmən]　形 共同的、平常的、普通的　名 平民、普通 反 special 特別的

con·tin·ue [kənˈtɪnjʊ]　動 繼續、連續 同 persist 持續

cook [kʊk]　動 烹調、煮、燒 名 廚師

○ MP3 Track 0040

cook·ie/ cook·y [ˈkʊkɪ]　名 餅乾

cool [kul]　形 涼的、涼快的、酷的 動 使變涼 反 hot 熱的

corn [kɔrn]　名 玉米

cor·rect [kəˈrɛkt]　形 正確的 動 改正、糾正 同 right 正確的

cost [kɔst]　名 代價、價值、費用 動 花費、值 反 income 收入、收益

挑戰 3 次記熟這些單字

學習結束，記得使用遮色片驗收成果，並填上挑戰日期，7 天正好是記憶衰減的周期，所以每次的挑戰時間切勿超過 7 天喔！

★挑戰1：正確率50%　日期：＿＿＿＿＿＿＿＿＿

★挑戰2：正確率80%　日期：＿＿＿＿＿＿＿＿＿

★挑戰3：正確率100%　日期：＿＿＿＿＿＿＿　恭喜挑戰成功！

隨堂小測驗！請搭配遮色片使用

學到一個階段快來驗證你的實力吧！每答完一題就把遮色片往下移，並檢查自己是否答對，並在右方空格做紀錄，待全部作答完畢，有答錯的部分，請再回到前面找出單字繼續複習，三五天後再做一次測驗，反覆的看聽直到全部答對，相信一輩子都忘不了這些單字了！

單字	解答	中譯	答對✓／答錯✗
❶ can	（ J ）	A. 中心、中央	☐☐☐☐
❷ care·ful	（ Q ）	B. 聖誕節	☐☐☐☐
❸ car·ry	（ F ）	C. 一定的、某幾個、某些	☐☐☐☐
❹ case	（ T ）	D. 追求、追逐、追捕、追逐	☐☐☐☐
❺ catch	（ L ）	E. 海岸、沿岸	☐☐☐☐
❻ cause	（ S ）	F. 攜帶、搬運、拿	☐☐☐☐
❼ cen·ter	（ A ）	G. 清楚的、明確的、澄清的	☐☐☐☐
❽ cer·tain	（ C ）	H. 機會、意外	☐☐☐☐
❾ chance	（ H ）	I. 顏色、把……塗上顏色	☐☐☐☐
❿ chase	（ D ）	J. 裝罐、能、可以、罐頭	☐☐☐☐
⓫ check	（ O ）	K. 正確的、改正、糾正	☐☐☐☐
⓬ chief	（ N ）	L. 捕捉、捕獲物、抓住、趕上	☐☐☐☐
⓭ Christ·mas	（ B ）	M. 繼續、連續	☐☐☐☐
⓮ class	（ R ）	N. 主要的、首席的、首領	☐☐☐☐
⓯ clear	（ G ）	O. 檢查、支票、檢查、核對	☐☐☐☐
⓰ coast	（ E ）	P. 共同的、平常的、普通的	☐☐☐☐
⓱ co·lor	（ I ）	Q. 小心的、仔細的	☐☐☐☐
⓲ com·mon	（ P ）	R. 班級、階級、種類	☐☐☐☐
⓳ con·tin·ue	（ M ）	S. 引起、原因	☐☐☐☐
⓴ cor·rect	（ K ）	T. 情況、箱、案例	☐☐☐☐

我的學習紀錄

每一次使用遮色片驗收成果後，記得填上挑戰日期＆正確率。

★ 日期：　　　　　；答對　　　　題

★ 日期：　　　　　；答對　　　　題

★ 日期：　　　　　；答對　　　　題

恭喜挑戰成功！
若無法一次就答對全部題目，也不要灰心，記得回到前面多做復習！學習本來就是一種累積的過程，只要確定每一次自己都有多記住一點點，就是一種成功。

挑戰你的閱讀力！短文／對話：

一、遇到不熟的單字不必急於查找。
（千萬不要把中文寫在原文上，會造成依賴哦！）
二、完整閱讀文章後，再參考右方的譯文，驗證自己學習成果。
三、本書特別將較困難的單字、片語列於文章右下方。
四、多讀幾次，仔細鑽研文中的一字一句，徹底理解每篇文章的意思。

Jessie Started a New Life in Paris.

巴黎新生活

One autumn twenty years ago, Jessie went to Paris to study in an art school. She almost cried when saying goodbye to her family at the airport. Everyone thought she was such a brave girl, because she didn't know anybody in France. She was alone in the city, but never felt lonely.

Besides going to school, Jessie enjoyed not only riding her bicycle along the Seine in the afternoon but also having a cup of coffee while reading a book at a café on the Left Bank. She kept a beautiful brown cat in her apartment near the city center, where she also created all of her artwork. Jessie loved her brand new life in Paris and she truly believed she had a bright future ahead of her.

※ 文章中橘紅色單字都是前 24 頁中學習過的單字，如果你忘記了，記得再回去復習哦

　　二十年前的一個秋天，潔西到巴黎念藝術學校。在機場與家人道別時，她難過得幾乎掉淚，大家都認為她是一位很勇敢的女孩，因為她在法國不認識任何人。她隻身在這個城市裡生活，卻從未感到寂寞。

　　除了上學，潔西非常喜歡在下午時，沿著塞納河畔騎腳踏車，也很享受在左岸的咖啡廳邊喝一杯咖啡邊看一本書。她在鄰近市中心的公寓裡養一隻漂亮的褐色貓，那裡也同時是她創作藝術的地方。潔西熱愛她在巴黎的全新生活，她深深相信美好的未來正在前頭等著她。

生字補充：

- Seine 塞納河
- café 咖啡館
- The Left Bank 巴黎左岸
- apartment 公寓
- artwork 藝術作品
- future 未來

★小提醒：請先將下列單字完整看過、聽過 4~6 遍後，接著搭配
橘紅色遮色片使用，並試著說出各單字的中文意思。

○ MP3 Track 0041

count [kaʊnt]　　動 計數　名 計數

coun·try [ˋkʌntrɪ]　　形 國家的、鄉村的　名 國家、鄉村
同 nation 國家

course [kors]　　名 課程、講座、過程、路線
同 process 過程

cov·er [ˋkʌvɚ]　　名 封面、表面　動 覆蓋、掩飾、包含
反 uncover 揭露、發現

cow [kaʊ]　　名 母牛、乳牛

○ MP3 Track 0042

cow·boy [ˋkaʊˌbɔɪ]　　名 牛仔

crow [kro]　　名 啼叫、烏鴉　動 啼叫、報曉

cry [kraɪ]　　名 叫聲、哭聲、大叫　動 哭、叫、喊
同 wail 慟哭

cub [kʌb]　　名 幼獸、年輕人

cup [kʌp]　　名 杯子　同 glass 玻璃杯

挑戰 3 次記熟這些單字

學習結束，記得使用遮色片驗收成果，並填上挑戰日期，7 天正好是
記憶衰減的周期，所以每次的挑戰時間切勿超過 7 天喔！

★挑戰1：正確率50%　日期：

★挑戰2：正確率80%　日期：

★挑戰3：正確率100%　日期：　　　　　　　恭喜挑戰成功！

★小提醒：請先將下列單字完整看過、聽過 4~6 遍後，接著搭配
橘紅色遮色片使用，並試著說出各單字的中文意思。

A B C D E F G H I J K L M N O P Q R S T U V W X Y Z

🔵 MP3 Track 0043

cut [kʌt]　　　動 切、割、剪、砍、削、刪
　　　　　　　名 切口、傷口 同 split 切開

cute [kjut]　　　形 可愛的、聰明伶俐的 同 pretty 可愛的

開頭的單字

dad [dæd]　　　名 爸爸 同 daddy/papa/pa/pop 爸爸

dance [dæns]　　　名 舞蹈 動 跳舞

danc·er [`dænsɚ]　　　名 舞者

🔵 MP3 Track 0044

dan·ger [`dendʒɚ]　　　名 危險 反 safety 安全

dark [dɑrk]　　　名 黑暗、暗處 形 黑暗的 反 light 明亮的

date [det]　　　名 日期、約會 動 約會、定日期
　　　　　　　同 appointment 約會

daugh·ter [`dɔtɚ]　　　名 女兒 反 son 兒子

day [de]　　　名 白天、日 反 night 晚上

挑戰 3 次記熟這些單字

學習結束，記得使用遮色片驗收成果，並填上挑戰日期，7 天正好是
記憶衰減的周期，所以每次的挑戰時間切勿超過 7 天喔！

★挑戰1：正確率50%　日期：＿＿＿＿＿＿＿＿＿

★挑戰2：正確率80%　日期：＿＿＿＿＿＿＿＿＿

★挑戰3：正確率100%　日期：＿＿＿＿＿＿＿　恭喜挑戰成功！

★小提醒：請先將下列單字完整看過、聽過 4~6 遍後，接著搭配橘紅色遮色片使用，並試著說出各單字的中文意思。

● MP3 Track 0045

dead [dɛd]　名 死者　形 死的　反 live 活的

deal [dil]　動 處理、應付、做買賣、經營
名 買賣、交易　同 trade 交易

dear [dɪr]　形 昂貴的、親愛的　副 昂貴地
感 呵！唉呀！（表示傷心、焦慮等）
同 expensive 昂貴的

death [dɛθ]　名 死、死亡　反 life 生命、活的東西

De·cem·ber/ Dec. [dɪˋsɛmbɚ]　名 十二月

● MP3 Track 0046

de·cide [dɪˋsaɪd]　動 決定　同 determine 決定

deep [dip]　形 深的　副 深深地　反 shallow 淺的

deer [dɪr]　名 鹿

desk [dɛsk]　名 書桌

die [daɪ]　動 死　同 perish 死去

挑戰 3 次記熟這些單字

學習結束，記得使用遮色片驗收成果，並填上挑戰日期，7 天正好是記憶衰減的周期，所以每次的挑戰時間切勿超過 7 天喔！

★挑戰1：正確率50%　日期：＿＿＿＿＿＿＿＿＿＿

★挑戰2：正確率80%　日期：＿＿＿＿＿＿＿＿＿＿

★挑戰3：正確率100% 日期：＿＿＿＿＿＿＿　恭喜挑戰成功！

★小提醒：請先將下列單字完整看過、聽過 4~6 遍後，接著搭配
橘紅色遮色片使用，並試著說出各單字的中文意思。

○ MP3 Track 0047

dif·fer·ent
[`dɪfərənt]
形 不同的 反 identical 同一的

dif·fi·cult
[`dɪfəˌkʌlt]
形 困難的 反 easy 簡單的

dig [dɪg]
動 挖、挖掘 反 bury 埋

din·ner [`dɪnɚ]
名 晚餐、晚宴 同 supper 晚餐

dir·ect [dəˈrɛkt]
形 筆直的、直接的 動 指示、命令
同 order 命令、指示

○ MP3 Track 0048

dirt·y [`dɜtɪ]
形 髒的 動 弄髒 反 clean 清潔的

dis·cov·er
[dɪˈskʌvɚ]
動 發現 同 find 發現

dish [dɪʃ]
名（盛食物的）盤、碟 同 plate 盤、碟

do [du]
助動（無詞意）動 做 同 perform 做

doc·tor/doc
[`dɑktɚ]
名 醫生、博士 同 physician 醫師

A
B
C
D
E
F
G
H
I
J
K
L
M
N
O
P
Q
R
S
T
U
V
W
X
Y
Z

挑戰 3 次記熟這些單字

學習結束，記得使用遮色片驗收成果，並填上挑戰日期，7 天正好是
記憶衰減的周期，所以每次的挑戰時間切勿超過 7 天喔！

★挑戰1：正確率50% 日期：＿＿＿＿＿＿＿＿

★挑戰2：正確率80% 日期：＿＿＿＿＿＿＿＿

★挑戰3：正確率100% 日期：＿＿＿＿＿＿＿＿ 恭喜挑戰成功！

★小提醒：請先將下列單字完整看過、聽過 4~6 遍後，接著搭配
　　　　橘紅色遮色片使用，並試著說出各單字的中文意思。

○ MP3 Track 0049

dog [dɔg]　　　動 尾隨、跟蹤 名 狗

doll [dɑl]　　　名 玩具娃娃 同 toy 玩具

dol·lar/buck　名 美元、錢
[ˋdɑlɚ]/[bʌk]

door [dor]　　　名 門 同 gate 大門

dove [dʌv]　　　名 鴿子

○ MP3 Track 0050

down [daʊn]　　形 向下的 副 向下 介 沿著……而下
　　　　　　　　反 up 在上面

down·stairs　　形 樓下的 副 在樓下 名 樓下
[ˌdaʊnˋstɛrz]　　反 upstairs 在樓上

doz·en [ˋdʌzṇ]　名 （一）打、十二個

draw [drɔ]　　　動 拉、拖、提取、畫、繪製
　　　　　　　　同 drag 拉、拖

dream [drim]　　名 夢 動 做夢 反 reality 現實

挑戰 3 次記熟這些單字

學習結束，記得使用遮色片驗收成果，並填上挑戰日期，7 天正好是
記憶衰減的周期，所以每次的挑戰時間切勿超過 7 天喔！

★挑戰1：正確率50%　日期：＿＿＿＿＿＿＿＿＿＿＿

★挑戰2：正確率80%　日期：＿＿＿＿＿＿＿＿＿＿＿

★挑戰3：正確率100% 日期：＿＿＿＿＿＿＿＿＿　　恭喜挑戰成功！

隨堂小測驗！請搭配遮色片使用

學到一個階段快來驗證你的實力吧！每答完一題就把遮色片往下移，並檢查自己是否答對，並在右方空格做紀錄，待全部作答完畢，有答錯的部分，請再回到前面找出單字繼續複習，三五天後再做一次測驗，反覆的看聽直到全部答對，相信一輩子都忘不了這些單字了！

單字	解答	中譯	答對√／答錯✗
❶ coun·try	（L）	A. 危險	
❷ course	（T）	B. 玩具娃娃	
❸ cov·er	（K）	C. 黑暗、暗處、黑暗的	
❹ cow·boy	（I）	D. 發現	
❺ cub	（S）	E. 可愛的、聰明伶俐的	
❻ cute	（E）	F. 鴿子	
❼ danc·er	（P）	G. 決定	
❽ dan·ger	（A）	H. 挖、挖掘	
❾ dark	（C）	I. 牛仔	
❿ dead	（O）	J. 困難的	
⓫ deal	（M）	K. 封面、表面、覆蓋、掩飾	
⓬ De·cem·ber	（Q）	L. 國家的、鄉村的、國家	
⓭ de·cide	（G）	M. 處理、應付、做買賣	
⓮ dif·fer·ent	（R）	N. 筆直的、直接的、指示	
⓯ dif·fi·cult	（J）	O. 死者、死的	
⓰ dig	（H）	P. 舞者	
⓱ dir·ect	（N）	Q. 十二月	
⓲ dis·cov·er	（D）	R. 不同的	
⓳ doll	（B）	S. 幼獸、年輕人	
⓴ dove	（F）	T. 課程、講座、過程、路線	

我的學習紀錄

每一次使用遮色片驗收成果後，記得填上挑戰日期＆正確率。

★ 日期： ；答對 題

★ 日期： ；答對 題

★ 日期： ；答對 題

恭喜挑戰成功！
若無法一次就答對全部題目，也不要灰心，記得回到前面多做復習！學習本來就是一種累積的過程，只要確定每一次自己都有多記住一點點，就是一種成功。

★小提醒：請先將下列單字完整看過、聽過 4~6 遍後，接著搭配橘紅色遮色片使用，並試著說出各單字的中文意思。

Part 01 基礎單字篇

Part 02 進階單字篇

○ MP3 Track 0051

drink [drɪŋk]　名 飲料 動 喝、喝酒

drive [draɪv]　動 開車、驅使、操縱（機器等）
名 駕車、車道 同 move 推動、促使

driv·er [ˈdraɪvɚ]　名 駕駛員、司機

dry [draɪ]　形 乾的、枯燥無味的 動 把……弄乾
同 thirsty 乾的、口渴的

duck [dʌk]　名 鴨子

○ MP3 Track 0052

duck·ling [ˈdʌklɪŋ]　名 小鴨子

dur·ing [ˈdjurɪŋ]　介 在……期間

 Ee 開頭的單字

each [itʃ]　形 各、每 代 每個、各自 副 各、每個

ea·gle [ˈigl]　名 鷹

ear [ɪr]　名 耳朵

挑戰 3 次記熟這些單字

學習結束，記得使用遮色片驗收成果，並填上挑戰日期，7 天正好是記憶衰減的周期，所以每次的挑戰時間切勿超過 7 天喔！

★挑戰1：正確率50%　日期：＿＿＿＿＿＿＿＿

★挑戰2：正確率80%　日期：＿＿＿＿＿＿＿＿

★挑戰3：正確率100% 日期：＿＿＿＿＿＿＿＿　恭喜挑戰成功！

★小提醒：請先將下列單字完整看過、聽過 4~6 遍後，接著搭配
橘紅色遮色片使用，並試著說出各單字的中文意思。

○ MP3 Track 0053

ear·ly [ˈɝlɪ]	形 早的、早期的、及早的 副 早、在初期 反 late 晚的	
earth [ɝθ]	名 地球、陸地、地面 同 globe 地球	
ease [iz]	動 緩和、減輕、使舒適 名 容易、舒適、悠閒 同 relieve 緩和、減輕	
east [ist]	形 東方的 副 向東方 名 東、東方 反 west 西方	
eas·y [ˈizɪ]	形 容易的、不費力的 反 difficult 困難的	

○ MP3 Track 0054

eat [it]	動 吃 同 dine 用餐
edge [ɛdʒ]	名 邊、邊緣 同 border 邊緣
egg [ɛg]	名 蛋
eight [et]	名 八
eigh·teen [ˈeˈtin]	名 十八

A
B
C
D
E
F
G
H
I
J
K
L
M
N
O
P
Q
R
S
T
U
V
W
X
Y
Z

挑戰 3 次記熟這些單字

學習結束，記得使用遮色片驗收成果，並填上挑戰日期，7 天正好是
記憶衰減的周期，所以每次的挑戰時間切勿超過 7 天喔！

★挑戰1：正確率50%　日期：＿＿＿＿＿＿＿＿＿＿

★挑戰2：正確率80%　日期：＿＿＿＿＿＿＿＿＿＿

★挑戰3：正確率100%　日期：＿＿＿＿＿＿＿＿＿＿　　恭喜挑戰成功！

★小提醒：請先將下列單字完整看過、聽過 4~6 遍後，接著搭配橘紅色遮色片使用，並試著說出各單字的中文意思。

Part 01 基礎單字篇

Part 02 進階單字篇

○ MP3 Track 0055

eight·y [ˈeti] 　名 八十

ei·ther [ˈiðɚ] 　形（兩者之中）任一的
　　　　　　　　代（兩者之中）任一　副 也（不）

e·le·phant [ˈɛləfənt] 　名 大象

e·le·ven [ɪˈlɛvn̩] 　名 十一

else [ɛls] 　副 其他、另外

○ MP3 Track 0056

end [ɛnd] 　名 結束、終點　動 結束、終止
　　　　　反 origin 起源

Eng·lish [ˈɪŋglɪʃ] 　形 英國的、英國人的　名 英語

e·nough [əˈnʌf] 　形 充足的、足夠的　名 足夠
　　　　　　副 夠、充足　同 sufficient 足夠的

en·ter [ˈɛntɚ] 　動 加入、參加　反 exit 退出

e·qual [ˈikwəl] 　名 對手　形 相等的、平等的
　　　　　　動 等於、比得上　同 parallel 相同的

挑戰 3 次記熟這些單字

學習結束，記得使用遮色片驗收成果，並填上挑戰日期，7 天正好是記憶衰減的周期，所以每次的挑戰時間切勿超過 7 天喔！

★挑戰1：正確率50%　日期：＿＿＿＿＿＿＿＿

★挑戰2：正確率80%　日期：＿＿＿＿＿＿＿＿

★挑戰3：正確率100%　日期：＿＿＿＿＿＿＿　恭喜挑戰成功！

★小提醒：請先將下列單字完整看過、聽過 4~6 遍後，接著搭配橘紅色遮色片使用，並試著說出各單字的中文意思。

○ MP3 Track 0057

e·ven [ˈivən]　形 平坦的、偶數的、相等的　副 甚至　同 smooth 平坦的

eve·ning [ˈivnɪŋ]　名 傍晚、晚上

ev·er [ˈɛvɚ]　副 曾經、永遠　反 never 不曾

ev·er·y [ˈɛvrɪ]　形 每、每個　反 none 一個也沒

ex·am [ɪgˈzæm]　名 考試

○ MP3 Track 0058

ex·am·ine [ɪgˈzæmɪn]　動 檢查、考試　同 test 考試

ex·am·ple [ɪgˈzæmpl̩]　名 榜樣、例子　同 instance 例子

ex·cept [ɪkˈsɛpt]　介 除了……之外　同 besides 除……之外

eye [aɪ]　名 眼睛

Ff 開頭的單字

face [fes]　名 臉、臉部　動 面對　同 look 外表

A
B
C
D
E
F
G
H
I
J
K
L
M
N
O
P
Q
R
S
T
U
V
W
X
Y
Z

挑戰 3 次記熟這些單字

學習結束，記得使用遮色片驗收成果，並填上挑戰日期，7 天正好是記憶衰減的周期，所以每次的挑戰時間切勿超過 7 天喔！

★挑戰1：正確率50%　日期：＿＿＿＿＿＿＿＿＿

★挑戰2：正確率80%　日期：＿＿＿＿＿＿＿＿＿

★挑戰3：正確率100%　日期：＿＿＿＿＿＿＿＿＿　　恭喜挑戰成功！

★小提醒：請先將下列單字完整看過、聽過 4~6 遍後，接著搭配
橘紅色遮色片使用，並試著說出各單字的中文意思。

○ MP3 Track 0059

fact [fækt] 名 事實 反 fiction 虛構

fac·to·ry ['fæktərɪ] 名 工廠 同 plant 工廠

fall [fɔl] 名 秋天、落下 動 倒下、落下
同 drop 落下、降下

false [fɔls] 形 錯誤的、假的、虛偽的
反 correct 正確的

fa·mi·ly ['fæməlɪ] 名 家庭 同 relative 親戚、親屬

○ MP3 Track 0060

fan [fæn] 名 風扇、狂熱者 動 搧、搧動

fa·nat·ic [fə'nætɪk] 名 狂熱者 形 狂熱的

far [fɑr] 形 遙遠的、遠（方）的
副 遠方、朝遠處 同 distant 遠的

farm [fɑrm] 名 農場、農田 動 耕種
同 ranch 大農場

farm·er ['fɑrmɚ] 名 農夫

挑戰 3 次記熟這些單字

學習結束，記得使用遮色片驗收成果，並填上挑戰日期，7 天正好是
記憶衰減的周期，所以每次的挑戰時間切勿超過 7 天喔！

★挑戰1：正確率50%　日期：_____

★挑戰2：正確率80%　日期：_____

★挑戰3：正確率100%　日期：_____　　恭喜挑戰成功！

隨堂小測驗！請搭配遮色片使用

學到一個階段快來驗證你的實力吧！每答完一題就把遮色片往下移，並檢查自己是否答對，並在右方空格做紀錄，待全部作答完畢，有答錯的部分，請再回到前面找出單字繼續複習，三五天後再做一次測驗，反覆的看聽直到全部答對，相信一輩子都忘不了這些單字了！

單字	解答	中譯	答對✓／答錯✗
❶ dur·ing	（E）	A. 錯誤的、假的、虛偽的	☐☐☐☐
❷ ea·gle	（Q）	B.（兩者之中）任一的	☐☐☐☐
❸ ear·ly	（T）	C. 除了……之外	☐☐☐☐
❹ earth	（N）	D. 狂熱者、狂熱的	☐☐☐☐
❺ ease	（L）	E. 在……期間	☐☐☐☐
❻ edge	（M）	F. 遙遠的、遠（方）的、遠方	☐☐☐☐
❼ eigh·teen	（J）	G. 檢查、考試	☐☐☐☐
❽ ei·ther	（B）	H. 事實	☐☐☐☐
❾ e·le·phant	（S）	I. 工廠	☐☐☐☐
❿ Eng·lish	（R）	J. 十八	☐☐☐☐
⓫ e·qual	（O）	K. 秋天、落下、倒下、落下	☐☐☐☐
⓬ ex·am·ine	（G）	L. 緩和、減輕、使舒適、容易	☐☐☐☐
⓭ ex·cept	（C）	M. 邊、邊緣	☐☐☐☐
⓮ fact	（H）	N. 地球、陸地、地面	☐☐☐☐
⓯ fac·to·ry	（I）	O. 對手、相等的、平等的	☐☐☐☐
⓰ false	（A）	P. 農夫	☐☐☐☐
⓱ fa·nat·ic	（D）	Q. 鷹	☐☐☐☐
⓲ fall	（K）	R. 英國的、英國人的、英語	☐☐☐☐
⓳ far	（F）	S. 大象	☐☐☐☐
⓴ farm·er	（P）	T. 早的、早期的、及早的	☐☐☐☐

我的學習紀錄

每一次使用遮色片驗收成果後，記得填上挑戰日期＆正確率。

★ 日期：　　　　　；答對　　　　題

★ 日期：　　　　　；答對　　　　題

★ 日期：　　　　　；答對　　　　題

恭喜挑戰成功！
若無法一次就答對全部題目，也不要灰心，記得回到前面多做復習！學習本來就是一種累積的過程，只要確定每一次自己都有多記住一點點，就是一種成功。

★小提醒：請先將下列單字完整看過、聽過 4~6 遍後，接著搭配
橘紅色遮色片使用，並試著說出各單字的中文意思。

◯ MP3 Track 0061

fast [fæst] 　形 快速的 副 很快地 反 slow 緩慢的

fat [fæt] 　形 肥胖的 名 脂肪 反 thin 瘦的

fa·ther [ˈfɑðɚ] 　名 父親 反 mother 母親

fear [fɪr] 　名 恐怖、害怕 動 害怕、恐懼
　　　　　　 同 fright 恐怖

Feb·ru·ar·y/ 　名 二月
Feb. [ˈfɛbruˌɛrɪ]

◯ MP3 Track 0062

feed [fid] 　動 餵 同 nourish 滋養

feel [fil] 　動 感覺、覺得
　　　　　 同 experience 經歷、感受

feel·ing [ˈfilɪŋ] 　名 感覺、感受 同 sensation 感受

feel·ings [ˈfilɪŋz] 　名 感情、敏感

few [fju] 　形 少的 名（前面與 a 連用）一些
　　　　　 反 many 許多

挑戰 3 次記熟這些單字

學習結束，記得使用遮色片驗收成果，並填上挑戰日期，7 天正好是
記憶衰減的周期，所以每次的挑戰時間切勿超過 7 天喔！

★挑戰1：正確率50%　日期：＿＿＿＿＿＿＿＿＿

★挑戰2：正確率80%　日期：＿＿＿＿＿＿＿＿＿

★挑戰3：正確率100% 日期：＿＿＿＿＿＿＿＿＿　恭喜挑戰成功！

★小提醒：請先將下列單字完整看過、聽過 4~6 遍後，接著搭配
橘紅色遮色片使用，並試著說出各單字的中文意思。

○ MP3 Track 0063

fif·teen [ˈfɪfˈtin] 名 十五

fif·ty [ˈfɪftɪ] 名 五十

fight [faɪt] 名 打仗、爭論 動 打仗、爭論
同 quarrel 爭吵

fill [fɪl] 動 填空、填滿 反 empty 倒空

fi·nal [ˈfaɪn!] 形 最後的、最終的 反 initial 最初的

○ MP3 Track 0064

find [faɪnd] 動 找到、發現

fine [faɪn] 形 美好的 副 很好地 名 罰款
動 處以罰金 同 nice 好的

fin·ger [ˈfɪŋɡɚ] 名 手指 反 toe 腳趾

fin·ish [ˈfɪnɪʃ] 名 完成、結束 動 完成、結束
同 complete 完成

fire [faɪr] 名 火 動 射擊、解雇、燃燒
同 dismiss 解雇

A
B
C
D
E
F
G
H
I
J
K
L
M
N
O
P
Q
R
S
T
U
V
W
X
Y
Z

挑戰 3 次記熟這些單字

學習結束，記得使用遮色片驗收成果，並填上挑戰日期，7 天正好是
記憶衰減的周期，所以每次的挑戰時間切勿超過 7 天喔！

★挑戰1：正確率50%　日期：＿＿＿＿＿＿＿＿＿＿

★挑戰2：正確率80%　日期：＿＿＿＿＿＿＿＿＿＿

★挑戰3：正確率100%　日期：＿＿＿＿＿＿＿＿＿　恭喜挑戰成功！

★小提醒：請先將下列單字完整看過、聽過 4~6 遍後，接著搭配
橘紅色遮色片使用，並試著說出各單字的中文意思。

○ MP3 Track 0065

first [fɜst]	名 第一、最初 形 第一的 副 首先、最初、第一 反 last 最後的
fish [fɪʃ]	名 魚、魚類 動 捕魚、釣魚
five [faɪv]	名 五
floor [flor]	名 地板、樓層 反 ceiling 天花板
flow·er [ˈflaʊɚ]	名 花

○ MP3 Track 0066

fly [flaɪ]	名 蒼蠅、飛行 動 飛行、飛翔
fog [fɑg]	名 霧
fol·low [ˈfɑlo]	動 跟隨、遵循、聽得懂 同 trace 跟蹤
food [fud]	名 食物
foot [fʊt]	名 腳

挑戰 3 次記熟這些單字

學習結束，記得使用遮色片驗收成果，並填上挑戰日期，7 天正好是
記憶衰減的周期，所以每次的挑戰時間切勿超過 7 天喔！

★挑戰1：正確率50%　日期：＿＿＿＿＿＿＿＿

★挑戰2：正確率80%　日期：＿＿＿＿＿＿＿＿

★挑戰3：正確率100%　日期：＿＿＿＿＿＿＿　恭喜挑戰成功！

★小提醒：請先將下列單字完整看過、聽過 4~6 遍後，接著搭配
橘紅色遮色片使用，並試著說出各單字的中文意思。

○ MP3 Track 0067

for [fɔr]　　　　介 為、因為、對於　連 因為
　　　　　　　　　同 as 因為

force [fɔrs]　　　名 力量、武力　動 強迫、施壓
　　　　　　　　　同 compel 強迫

for·eign [ˈfɔrɪn]　形 外國的　反 native 本土的

for·est [ˈfɔrɪst]　名 森林　同 wood 森林

for·get [fɚˈgɛt]　動 忘記　反 remember 記得

○ MP3 Track 0068

fork [fɔrk]　　　名 叉

for·ty [ˈfɔrtɪ]　　名 四十

four [for]　　　　名 四

four·teen　　　名 十四
[ˈforˈtin]

free [fri]　　　　形 自由的、免費的　動 釋放、解放
　　　　　　　　　同 release 解放

A
B
C
D
E
F
G
H
I
J
K
L
M
N
O
P
Q
R
S
T
U
V
W
X
Y
Z

挑戰 3 次記熟這些單字

學習結束，記得使用遮色片驗收成果，並填上挑戰日期，7 天正好是
記憶衰減的周期，所以每次的挑戰時間切勿超過 7 天喔！

★挑戰1：正確率50%　日期：_____

★挑戰2：正確率80%　日期：_____

★挑戰3：正確率100%　日期：_____　恭喜挑戰成功！

★小提醒：請先將下列單字完整看過、聽過 4~6 遍後，接著搭配
橘紅色遮色片使用，並試著說出各單字的中文意思。

○ MP3 Track 0069

fresh [frɛʃ]
形 新鮮的、無經驗的、淡（水）的
反 stale 不新鮮的

Fri·day/Fri. ['fraɪˌde]
名 星期五

friend [frɛnd]
名 朋友 反 enemy 敵人

frog [frɑg]
名 蛙

from [frɑm]
介 從、由於

○ MP3 Track 0070

front [frʌnt]
名 前面 形 前面的 反 rear 後面、背後

fruit [frut]
名 水果

full [fʊl]
形 滿的、充滿的 反 empty 空的

fun [fʌn]
名 樂趣、玩笑 同 amusement 樂趣

fun·ny ['fʌnɪ]
形 滑稽的、有趣的
同 humorous 滑稽的

挑戰 3 次記熟這些單字

學習結束，記得使用遮色片驗收成果，並填上挑戰日期，7 天正好是
記憶衰減的周期，所以每次的挑戰時間切勿超過 7 天喔！

★挑戰1：正確率50% 日期：＿＿＿＿＿＿＿＿＿＿＿＿

★挑戰2：正確率80% 日期：＿＿＿＿＿＿＿＿＿＿＿＿

★挑戰3：正確率100% 日期：＿＿＿＿＿＿＿＿＿　恭喜挑戰成功！

隨堂小測驗！請搭配遮色片使用

學到一個階段快來驗證你的實力吧！每答完一題就把遮色片往下移，並檢查自己是否答對，並在右方空格做紀錄，待全部作答完畢，有答錯的部分，請再回到前面找出單字繼續複習，三五天後再做一次測驗，反覆的看聽直到全部答對，相信一輩子都忘不了這些單字了！

單字	解答	中譯	答對✓／答錯✗
❶ fast	（O）	A. 霧	
❷ fear	（S）	B. 森林	
❸ Feb·ru·ar·y	（T）	C. 第一、最初、第一的	
❹ feel	（Q）	D. 忘記	
❺ feel·ings	（K）	E. 跟隨、遵循、聽得懂	
❻ fight	（M）	F. 完成、結束	
❼ fi·nal	（N）	G. 力量、武力、強迫、施壓	
❽ fin·ish	（F）	H. 新鮮的、無經驗的	
❾ first	（C）	I. 外國的	
❿ floor	（P）	J. 花	
⓫ flow·er	（J）	K. 感情、敏感	
⓬ fog	（A）	L. 滑稽的、有趣的	
⓭ fol·low	（E）	M. 打仗、爭論、打仗、爭論	
⓮ force	（G）	N. 最後的、最終的	
⓯ for·eign	（I）	O. 快速的、很快地	
⓰ for·est	（B）	P. 地板、樓層	
⓱ for·get	（D）	Q. 感覺、覺得	
⓲ free	（R）	R. 自由的、免費的、釋放	
⓳ fresh	（H）	S. 恐怖、害怕、害怕、恐懼	
⓴ fun·ny	（L）	T. 二月	

我的學習紀錄

每一次使用遮色片驗收成果後，記得填上挑戰日期＆正確率。

★ 日期：　　　　　；答對　　　　題

★ 日期：　　　　　；答對　　　　題

★ 日期：　　　　　；答對　　　　題

恭喜挑戰成功！
若無法一次就答對全部題目，也不要灰心，記得回到前面多做復習！學習本來就是一種累積的過程，只要確定每一次自己都有多記住一點點，就是一種成功。

★小提醒：請先將下列單字完整看過、聽過 4~6 遍後，接著搭配橘紅色遮色片使用，並試著說出各單字的中文意思。

 開頭的單字

Part 01 基礎單字篇

Part 02 進階單字篇

○ MP3 Track 0071

game [gem]	名 遊戲、比賽 同 contest 比賽
gar·den [ˈɡɑrdn̩]	名 花園
gas [ɡæs]	名 汽油、瓦斯
gen·er·al [ˈdʒɛnərəl]	形 大體的、一般的 名 將軍 反 specific 特定的
get [ɡɛt]	動 獲得、成為、到達 同 obtain 獲得

○ MP3 Track 0072

ghost [ɡost]	名 鬼、靈魂 同 soul 靈魂
gift [ɡɪft]	名 禮物、天賦 同 present 禮物
girl [ɡɝl]	名 女孩 反 boy 男孩
give [ɡɪv]	動 給、提供、捐助 反 receive 接受
glad [ɡlæd]	形 高興的 同 joyous 高興的

挑戰 3 次記熟這些單字

學習結束，記得使用遮色片驗收成果，並填上挑戰日期，7 天正好是記憶衰減的周期，所以每次的挑戰時間切勿超過 7 天喔！

★**挑戰1**：正確率50%　日期：＿＿＿＿＿＿＿＿＿

★**挑戰2**：正確率80%　日期：＿＿＿＿＿＿＿＿＿

★**挑戰3**：正確率100%　日期：＿＿＿＿＿＿＿＿　恭喜挑戰成功！

★小提醒：請先將下列單字完整看過、聽過 4~6 遍後，接著搭配橘紅色遮色片使用，並試著說出各單字的中文意思。

A B C D E F G H I J K L M N O P Q R S T U V W X Y Z

O MP3 Track 0073

glass [`glæs] 名 玻璃、玻璃杯 同 pane 窗戶玻璃片

glass·es [`glæsɪz] 名 眼鏡

go [go] 動 去、走 反 stay 留下

god/god·dess [gɑd]/[`gɑdɪs] 名 神／女神

gold [gold] 形 金的 名 金子

O MP3 Track 0074

good [gʊd] 形 好的、優良的 名 善、善行 同 fine 好的

good-bye/ bye·bye/bye [gʊd`baɪ]/[`baɪˌbaɪ]/ [baɪ] 名 再見 同 goodbye/good-by/goodby 再見

goose [gus] 名 鵝

grand [grænd] 形 宏偉的、大的、豪華的 同 large 大的

grand·child [`grændˌtʃaɪld] 名 孫子

挑戰 3 次記熟這些單字

學習結束，記得使用遮色片驗收成果，並填上挑戰日期，7 天正好是記憶衰減的周期，所以每次的挑戰時間切勿超過 7 天喔！

★**挑戰**1：正確率50% 日期：＿＿＿＿＿＿＿＿＿

★**挑戰**2：正確率80% 日期：＿＿＿＿＿＿＿＿＿

★**挑戰**3：正確率100% 日期：＿＿＿＿＿＿ 恭喜挑戰成功！

★小提醒：請先將下列單字完整看過、聽過 4~6 遍後，接著搭配橘紅色遮色片使用，並試著說出各單字的中文意思。

Part 01 基礎單字篇

Part 02 進階單字篇

● MP3 Track 0075

grand·daugh·ter
[ˋɡrændˏdɔtɚ]
名 孫女、外孫女

grand·fath·er
[ˋɡrændˏfɑðɚ]
名 祖父、外祖父 同 grandpa 祖父

grand·moth·er
[ˋɡrændˏmʌðɚ]
名 祖母、外祖母 同 grandma 祖母

grand·son
[ˋɡrændˏsʌn]
名 孫子、外孫

grass [ɡræs]
名 草 同 lawn 草坪

● MP3 Track 0076

gray/grey
[ɡre]/[ɡre]
名 灰色 形 灰色的、陰沉的

great [ɡret]
形 大量的、很好的、偉大的、重要的
同 outstanding 突出的、傑出的

green [ɡrin]
形 綠色的 名 綠色

ground [ɡraʊnd]
名 地面、土地 同 surface 表面

group [ɡrup]
名 團體、組、群 動 聚合、成群
同 gather 收集

挑戰 3 次記熟這些單字

學習結束，記得使用遮色片驗收成果，並填上挑戰日期，7 天正好是記憶衰減的周期，所以每次的挑戰時間切勿超過 7 天喔！

★挑戰1：正確率50% 日期：_____

★挑戰2：正確率80% 日期：_____

★挑戰3：正確率100% 日期：_____ 恭喜挑戰成功！

★小提醒：請先將下列單字完整看過、聽過 4~6 遍後，接著搭配
橘紅色遮色片使用，並試著說出各單字的中文意思。

A
B
C
D
E
F
G
H
I
J
K
L
M
N
O
P
Q
R
S
T
U
V
W
X
Y
Z

○ MP3 Track 0077

grow [gro]	動 種植、生長 同 mature 變成熟、長成
guess [gɛs]	名 猜測、猜想 動 猜測、猜想 同 suppose 猜測、認為
guest [gɛst]	名 客人 反 host 主人、東道主
guide [gaɪd]	名 引導者、指南 動 引導、引領 同 lead 引導
gun [gʌn]	名 槍、砲

開頭的單字

○ MP3 Track 0078

hair [hɛr]	名 頭髮
hair·cut [ˈhɛrˌkʌt]	名 理髮
half [hæf]	形 一半的 副 一半地 名 半、一半
ham [hæm]	名 火腿
hand [hænd]	名 手 動 遞交 反 foot 腳

挑戰 3 次記熟這些單字

學習結束，記得使用遮色片驗收成果，並填上挑戰日期，7 天正好是
記憶衰減的周期，所以每次的挑戰時間切勿超過 7 天喔！

★挑戰1：正確率50%　日期：＿＿＿＿＿＿＿＿

★挑戰2：正確率80%　日期：＿＿＿＿＿＿＿＿

★挑戰3：正確率100%　日期：＿＿＿＿＿＿　恭喜挑戰成功！

★小提醒：請先將下列單字完整看過、聽過 4~6 遍後，接著搭配
橘紅色遮色片使用，並試著說出各單字的中文意思。

○ MP3 Track 0079

hap·pen [ˈhæpən] 　動 發生、碰巧 　同 occur 發生

hap·py [ˈhæpɪ] 　形 快樂的、幸福的 　反 sad 悲傷的

hard [hɑrd] 　形 硬的、難的 　副 努力地 　同 stiff 硬的

hat [hæt] 　名 帽子 　同 cap 帽子

hate [het] 　名 憎恨、厭惡 　動 憎恨、不喜歡
　反 love 愛、愛情

○ MP3 Track 0080

have [hæv] 　助動 已經 　動 吃、有

he [hi] 　代 他

head [hɛd] 　名 頭、領袖 　動 率領、朝某方向行進
　同 lead 引導

health [hɛlθ] 　名 健康

hear [hɪr] 　動 聽到、聽說 　同 listen 聽

挑戰 3 次記熟這些單字

學習結束，記得使用遮色片驗收成果，並填上挑戰日期，7 天正好是
記憶衰減的周期，所以每次的挑戰時間切勿超過 7 天喔！

★挑戰1：正確率50% 　日期：＿＿＿＿＿＿＿＿＿

★挑戰2：正確率80% 　日期：＿＿＿＿＿＿＿＿＿

★挑戰3：正確率100% 　日期：＿＿＿＿＿＿＿＿＿　　　恭喜挑戰成功！

隨堂小測驗！請搭配遮色片使用

學到一個階段快來驗證你的實力吧！每答完一題就把遮色片往下移，並檢查自己是否答對，並在右方空格做紀錄，待全部作答完畢，有答錯的部分，請再回到前面找出單字繼續複習，三五天後再做一次測驗，反覆的看聽直到全部答對，相信一輩子都忘不了這些單字了！

單字	解答	中譯	答對✓／答錯✗
❶ gar·den	（Q）	A. 硬的、難的、努力地	☐☐☐☐
❷ gen·er·al	（O）	B. 引導者、指南、引導	☐☐☐☐
❸ ghost	（S）	C. 健康	☐☐☐☐
❹ gift	（M）	D. 客人	☐☐☐☐
❺ glass	（P）	E. 火腿	☐☐☐☐
❻ god/god·dess	（R）	F. 宏偉的、大的、豪華的	☐☐☐☐
❼ gold	（H）	G. 一半的	☐☐☐☐
❽ grand	（F）	H. 金的、金子	☐☐☐☐
❾ guess	（J）	I. 已經、吃、有	☐☐☐☐
❿ guest	（D）	J. 猜測、猜想	☐☐☐☐
⓫ guide	（B）	K. 憎恨、厭惡、憎恨	☐☐☐☐
⓬ half	（G）	L. 聽到、聽說	☐☐☐☐
⓭ hap·pen	（N）	M. 禮物、天賦	☐☐☐☐
⓮ hard	（A）	N. 發生、碰巧	☐☐☐☐
⓯ hate	（K）	O. 大體的、一般的、將軍	☐☐☐☐
⓰ hair·cut	（T）	P. 玻璃、玻璃杯	☐☐☐☐
⓱ ham	（E）	Q. 花園	☐☐☐☐
⓲ have	（I）	R. 神／女神	☐☐☐☐
⓳ health	（C）	S. 鬼、靈魂	☐☐☐☐
⓴ hear	（L）	T. 理髮	☐☐☐☐

我的學習紀錄

每一次使用遮色片驗收成果後，記得填上挑戰日期＆正確率。

★ 日期：　　　　　　；答對　　　　　題

★ 日期：　　　　　　；答對　　　　　題

★ 日期：　　　　　　；答對　　　　　題

恭喜挑戰成功！
若無法一次就答對全部題目，也不要灰心，記得回到前面多做復習！學習本來就是一種累積的過程，只要確定每一次自己都有多記住一點點，就是一種成功。

Meeting New Friends

認識新朋友

Lori: Hey Jon, let me introduce to you my new English friend, Ben. Ben is a doctor.

Jon: Hi Ben, I'm Jon. I am a farmer.

Ben: Oh, really! Do you have a farm? My daughters love animals!

Jon: Yes, as a matter of fact, I own an organic farm. We have dogs, cows, deer and ducks on the farm, also a lot of fruit trees and flowers in our garden. You guys should bring your families and friends to our farm this February. We are having a free spring event where we invite guests to come and spend a day on our farm.

Ben: I am definitely bringing my wife along with the girls. My daughters would love to feed the animals, and my wife happens to be fanatic about all kinds of fresh organic food!

Lori: Sounds fun! Let me ask my boyfriend if he wants to come as well.

Ben: My wife and kids are going to be so happy to hear this. I am so glad to have ever met you, Jon.

Jon: Same here. I'm always happy to make new friends.

※ 文章中橘紅色單字都是前 24 頁中學習過的單字，如果你忘記了，記得再回去復習哦！

Lori: Hey, I've got to go. I just got a text from my boyfriend. He is waiting for me downstairs. I'll see you guys next week!

Ben & Jon: See ya!

蘿芮：嗨，喬恩！向你介紹一位英國來的新朋友，班；班是一位醫生。

喬恩：嗨，班！我叫喬恩，我是農夫。

班：哇，真的？你自己擁有一座農場嗎？我女兒最愛動物了！

喬恩：有阿！其實，我有一座有機農場。我們農場上有小狗、乳牛、鹿、鴨子，花園裡也種了很多果樹跟花卉。今年二月可以帶親朋好友來農場，我們要辦一場免費的春季活動，想要邀請客人來農場玩一天。

班：我一定要帶我的老婆和女兒一起去。我的女兒一定會很想餵餵動物們的，還有我老婆，她正巧瘋狂熱愛任何新鮮的有機食物！

蘿芮：聽起來很有趣耶！讓我問問我的男朋友他想不想一起去。

班：我的老婆小孩聽到一定會很開心，喬恩，真高興認識你。

喬恩：我也是，我一向都很樂意認識新朋友。

蘿芮：各位，我該走了，剛才我男朋友傳簡訊跟我說他正在樓下等我，我們下禮拜見吧！

班＆喬恩：再見！

生字補充：

- introduce 介紹
- organic 有機的
- event 活動
- invite 邀請
- definitely 無疑地
- direction 方向
- text 簡訊

★小提醒：請先將下列單字完整看過、聽過 4~6 遍後，接著搭配橘紅色遮色片使用，並試著說出各單字的中文意思。

○ MP3 Track 0081

heart [hɑrt]　名 心、中心、核心 同 nucleus 核心

heat [hit]　名 熱、熱度 動 加熱 反 chill 寒氣

heav·y [ˈhɛvɪ]　形 重的、猛烈的、厚的 反 light 輕的

hel·lo [həˈlo]　感 哈囉（問候語）、喂（電話應答語）

help [hɛlp]　名 幫助 動 幫助 同 aid 幫助

○ MP3 Track 0082

her [hɝ]　代 她的

hers [hɝz]　代 她的東西

here [hɪr]　名 這裡 副 在這裡、到這裡
反 there 那裡

high [haɪ]　形 高的 副 高度地 反 low 低的

hill [hɪl]　名 小山 同 mound 小丘

挑戰 3 次記熟這些單字

學習結束，記得使用遮色片驗收成果，並填上挑戰日期，7 天正好是記憶衰減的周期，所以每次的挑戰時間切勿超過 7 天喔！

★挑戰1：正確率50%　日期：＿＿＿＿＿＿＿＿＿＿

★挑戰2：正確率80%　日期：＿＿＿＿＿＿＿＿＿＿

★挑戰3：正確率100% 日期：＿＿＿＿＿＿＿＿＿＿　恭喜挑戰成功！

★小提醒：請先將下列單字完整看過、聽過 4~6 遍後，接著搭配
橘紅色遮色片使用，並試著說出各單字的中文意思。

○ MP3 Track 0083

him [hɪm]　　代 他

his [hɪz]　　代 他的、他的東西

his·to·ry [ˈhɪstərɪ]　　名 歷史

hit [hɪt]　　名 打、打擊　動 打、打擊
同 strike 打、打擊

hold [hold]　　動 握住、拿著、持有　名 把握、控制
同 grasp 抓緊、緊握

○ MP3 Track 0084

hole [hol]　　名 孔、洞　同 gap 裂口

hol·i·day [ˈhɑlə‚de]　　名 假期、假日
反 weekday 工作日、平常日

home [hom]　　名 家、家鄉　形 家的、家鄉的
副 在家、回家　同 dwelling 住處

home·work [ˈhom‚wɝk]　　名 家庭作業　同 task 工作、作業

hope [hop]　　名 希望、期望　動 希望、期望
反 despair 絕望

A
B
C
D
E
F
G
H
I
J
K
L
M
N
O
P
Q
R
S
T
U
V
W
X
Y
Z

挑戰 3 次記熟這些單字

學習結束，記得使用遮色片驗收成果，並填上挑戰日期，7 天正好是
記憶衰減的周期，所以每次的挑戰時間切勿超過 7 天喔！

★挑戰1：正確率50%　日期：＿＿＿＿＿＿＿＿＿＿＿

★挑戰2：正確率80%　日期：＿＿＿＿＿＿＿＿＿＿＿

★挑戰3：正確率100%　日期：＿＿＿＿＿＿＿＿　恭喜挑戰成功！

★小提醒：請先將下列單字完整看過、聽過 4~6 遍後，接著搭配
橘紅色遮色片使用，並試著說出各單字的中文意思。

○ MP3 Track 0085

horse [hɔrs] 　名 馬

hot [hɑt] 　形 熱的、熱情的、辣的　反 icy 冰冷的

hour [aʊr] 　名 小時

house [haʊs] 　名 房子、住宅
　　　　　　　　同 residence 房子、住宅

how [haʊ] 　副 怎樣、如何

○ MP3 Track 0086

huge [hjudʒ] 　形 龐大的、巨大的　反 tiny 微小的

hu·man [ˈhjumən] 　形 人的、人類的　名 人　同 man 人

hun·dred [ˈhʌndrəd] 　名 百、許多　形 百的、許多的

hun·gry [ˈhʌŋgrɪ] 　形 飢餓的

hurt [hɝt] 　形 受傷的　動 疼痛　名 傷害

挑戰 3 次記熟這些單字

學習結束，記得使用遮色片驗收成果，並填上挑戰日期，7 天正好是
記憶衰減的周期，所以每次的挑戰時間切勿超過 7 天喔！

★挑戰1：正確率50%　日期：＿＿＿＿＿＿＿＿＿

★挑戰2：正確率80%　日期：＿＿＿＿＿＿＿＿＿

★挑戰3：正確率100%　日期：＿＿＿＿＿＿＿＿　　　恭喜挑戰成功！

★小提醒：請先將下列單字完整看過、聽過 4~6 遍後，接著搭配
橘紅色遮色片使用，並試著說出各單字的中文意思。

A B C D E F G H I J K L M N O P Q R S T U V W X Y Z

● MP3 Track 0087

hus·band
[ˈhʌzbənd]
名 丈夫 反 wife 妻子

Ii

開頭的單字

I [aɪ]
代 我

ice [aɪs]
名 冰 動 結冰 同 freeze 結冰

i·de·a [aɪˋdɪə]
名 主意、想法、觀念 同 notion 主意

if [ɪf]
連 如果、是否

● MP3 Track 0088

im·por·tant
[ɪmˋpɔrtn̩t]
形 重要的 同 principal 重要的

in [ɪn]
介 在……裡面 反 out 在……外面

inch [ɪntʃ]
名 英吋

in·side [ˋɪn͵saɪd]
介 在……裡面 名 裡面、內部 形 裡面的
副 在裡面 反 outside 在……外面

in·ter·est
[ˋɪntərɪst]
名 興趣、嗜好 動 使……感興趣
同 hobby 嗜好

挑戰 3 次記熟這些單字

學習結束，記得使用遮色片驗收成果，並填上挑戰日期，7 天正好是
記憶衰減的周期，所以每次的挑戰時間切勿超過 7 天喔！

★挑戰1：正確率50% 日期：_____

★挑戰2：正確率80% 日期：_____

★挑戰3：正確率100% 日期：_____ 恭喜挑戰成功！

★小提醒：請先將下列單字完整看過、聽過 4~6 遍後，接著搭配
橘紅色遮色片使用，並試著說出各單字的中文意思。

○ MP3 Track 0089

in·to [ˋɪntu]　　　介 到……裡面

i·ron [ˋaɪən]　　　名 鐵、熨斗 形 鐵的、剛強的
　　　　　　　　　　動 熨、燙平 同 steel 鋼鐵

is [ɪz]　　　動 是

it [ɪt]　　　代 它

its [ɪts]　　　代 它的

開頭的單字

○ MP3 Track 0090

jam [dʒæm]　　　名 果醬 動 堵塞

Jan·u·ar·y/ 　　　名 一月
Jan. [ˋdʒænjʊˌɛrɪ]

job [dʒɑb]　　　名 工作 同 work 工作

join [dʒɔɪn]　　　動 參加、加入 同 attend 參加

joke [dʒok]　　　名 笑話、玩笑 動 開玩笑 同 kid 開玩笑

挑戰 3 次記熟這些單字

學習結束，記得使用遮色片驗收成果，並填上挑戰日期，7 天正好是
記憶衰減的周期，所以每次的挑戰時間切勿超過 7 天喔！

★挑戰1：正確率50%　日期：＿＿＿＿＿＿＿＿＿＿＿

★挑戰2：正確率80%　日期：＿＿＿＿＿＿＿＿＿＿＿

★挑戰3：正確率100%　日期：＿＿＿＿＿＿＿＿　恭喜挑戰成功！

隨堂小測驗！請搭配遮色片使用

學到一個階段快來驗證你的實力吧！每答完一題就把遮色片往下移，並檢查自己是否答對，並在右方空格做紀錄，待全部作答完畢，有答錯的部分，請再回到前面找出單字繼續複習，三五天後再做一次測驗，反覆的看聽直到全部答對，相信一輩子都忘不了這些單字了！

單字	解答	中譯	答對✓／答錯✗
❶ heart	（O）	A. 假期、假日	
❷ heat	（F）	B. 百、許多、百的、許多的	
❸ heav·y	（S）	C. 房子、住宅	
❹ high	（K）	D. 興趣、嗜好、使……感興趣	
❺ hill	（M）	E. 鐵、熨斗、鐵的、剛強的	
❻ his·to·ry	（I）	F. 熱、熱度、加熱	
❼ hold	（N）	G. 熱的、熱情的、辣的	
❽ hol·i·day	（A）	H. 重要的	
❾ hope	（R）	I. 歷史	
❿ hot	（G）	J. 龐大的、巨大的	
⓫ house	（C）	K. 高的、高度地	
⓬ huge	（J）	L. 飢餓的	
⓭ hun·dred	（B）	M. 小山	
⓮ hun·gry	（L）	N. 握住、拿著、持有、把握	
⓯ ice	（T）	O. 心、中心、核心	
⓰ im·por·tant	（H）	P. 英吋	
⓱ inch	（P）	Q. 果醬、堵塞	
⓲ in·ter·est	（D）	R. 希望、期望	
⓳ i·ron	（E）	S. 重的、猛烈的、厚的	
⓴ jam	（Q）	T. 冰、結冰	

我的學習紀錄

每一次使用遮色片驗收成果後，記得填上挑戰日期＆正確率。

★ 日期：　　　　　　；答對　　　　題

★ 日期：　　　　　　；答對　　　　題

★ 日期：　　　　　　；答對　　　　題

恭喜挑戰成功！
若無法一次就答對全部題目，也不要灰心，記得回到前面多做復習！學習本來就是一種累積的過程，只要確定每一次自己都有多記住一點點，就是一種成功。

★小提醒：請先將下列單字完整看過、聽過 4~6 遍後，接著搭配
橘紅色遮色片使用，並試著說出各單字的中文意思。

Part 01 基礎單字篇

Part 02 進階單字篇

● MP3 Track 0091

joy [dʒɔɪ] 　名 歡樂、喜悅 　反 sorrow 悲傷

juice [dʒus] 　名 果汁

Ju·ly/Jul. [dʒu'laɪ] 　名 七月

jump [dʒʌmp] 　名 跳躍、跳動 動 跳越、躍過

June/Jun. [dʒun] 　名 六月、瓊（女子名）反 spring 跳、躍

● MP3 Track 0092

just [dʒʌst] 　形 公正的、公平的
　　　　　　　　副 正好、恰好、剛才 反 fair 公平的

Kk 開頭的單字

keep [kip] 　名 保持、維持 動 保持、維持
　　　　　　　同 maintain 維持

keep·er ['kipɚ] 　名 看守人

key [ki] 　形 主要的、關鍵的 名 鑰匙 動 鍵入

kick [kɪk] 　名 踢 動 踢

挑戰 3 次記熟這些單字

學習結束，記得使用遮色片驗收成果，並填上挑戰日期，7 天正好是
記憶衰減的周期，所以每次的挑戰時間切勿超過 7 天喔！

★挑戰1：正確率50%　日期：＿＿＿＿＿＿＿＿＿

★挑戰2：正確率80%　日期：＿＿＿＿＿＿＿＿＿

★挑戰3：正確率100%　日期：＿＿＿＿＿＿＿　　恭喜挑戰成功！

★小提醒：請先將下列單字完整看過、聽過 4~6 遍後，接著搭配
　　　　橘紅色遮色片使用，並試著說出各單字的中文意思。

○ MP3 Track 0093

kid [kɪd]	名 小孩 動 開玩笑、嘲弄
	同 tease 嘲弄
kill [kɪl]	名 殺、獵物 動 殺、破壞 同 slay 殺
kind [kaɪnd]	形 仁慈的 名 種類 反 cruel 殘酷的
king [kɪŋ]	名 國王 同 ruler 統治者
kiss [kɪs]	名 吻 動 吻

○ MP3 Track 0094

kitch·en [ˈkɪtʃɪn]	名 廚房
kite [kaɪt]	名 風箏
kit·ten/kit·ty [ˈkɪtn̩]/[ˈkɪtɪ]	名 小貓
knee [ni]	名 膝、膝蓋
knife [naɪf]	名 刀 同 blade 刀片

A
B
C
D
E
F
G
H
I
J
K
L
M
N
O
P
Q
R
S
T
U
V
W
X
Y
Z

挑戰 3 次記熟這些單字

學習結束，記得使用遮色片驗收成果，並填上挑戰日期，7 天正好是
記憶衰減的周期，所以每次的挑戰時間切勿超過 7 天喔！

★挑戰1：正確率50% 日期：_____

★挑戰2：正確率80% 日期：_____

★挑戰3：正確率100% 日期：_____　　　　恭喜挑戰成功！

★小提醒：請先將下列單字完整看過、聽過 4~6 遍後，接著搭配
橘紅色遮色片使用，並試著說出各單字的中文意思。

Part 01 基礎單字篇

Part 02 進階單字篇

MP3 Track 0095

know [no]　　動 知道、瞭解、認識　同 understand 瞭解

開頭的單字

lack [læk]　　名 缺乏　動 缺乏　同 absence 缺乏

la·dy [ˈledɪ]　　名 女士、淑女　反 gentleman 紳士

lake [lek]　　名 湖　同 pond 池塘

lamb [læm]　　名 羔羊、小羊

MP3 Track 0096

lamp [læmp]　　名 燈　同 lantern 燈籠、提燈

land [lænd]　　名 陸地、土地　動 登陸、登岸　反 sea 海

large [lɑrdʒ]　　形 大的、大量的　反 little 小的

last [læst]　　形 最後的　副 最後　名 最後　動 持續　同 final 最後的

late [let]　　遲的、晚的　副 很遲、很晚　反 early 早的

挑戰 3 次記熟這些單字

學習結束，記得使用遮色片驗收成果，並填上挑戰日期，7 天正好是
記憶衰減的周期，所以每次的挑戰時間切勿超過 7 天喔！

★挑戰1：正確率50%　日期：＿＿＿＿＿＿＿＿＿＿

★挑戰2：正確率80%　日期：＿＿＿＿＿＿＿＿＿＿

★挑戰3：正確率100%　日期：＿＿＿＿＿＿　恭喜挑戰成功！

★小提醒：請先將下列單字完整看過、聽過 4~6 遍後，接著搭配
　　　　橘紅色遮色片使用，並試著說出各單字的中文意思。

○ MP3 Track 0097

laugh [læf]　　動 笑 名 笑、笑聲 反 weep 哭泣

law [lɔ]　　名 法律 同 rule 規定、章程

lay [le]　　動 放置、產卵 同 put 放置

la·zy [ˈlezɪ]　　形 懶惰的 反 diligent 勤奮的

lead [lid]　　名 領導、榜樣 動 領導、引領
　　　　　　　　反 follow 跟隨

○ MP3 Track 0098

lead·er [ˈlidɚ]　　名 領袖、領導者 同 chief 首領

leaf [lif]　　名 葉

learn [lɜn]　　動 學習、知悉、瞭解 反 teach 教導

least [list]　　名 最少、最小 形 最少的、最小的
　　　　　　　　副 最少、最小 同 minimum 最少、最小

leave [liv]　　動 離開 名 准假 同 depart 離開

A B C D E F G H I J K L M N O P Q R S T U V W X Y Z

挑戰 3 次記熟這些單字

學習結束，記得使用遮色片驗收成果，並填上挑戰日期，7 天正好是
記憶衰減的周期，所以每次的挑戰時間切勿超過 7 天喔！

★挑戰1：正確率50%　日期：

★挑戰2：正確率80%　日期：

★挑戰3：正確率100%　日期：　　　　　　恭喜挑戰成功！

★小提醒：請先將下列單字完整看過、聽過 4~6 遍後，接著搭配
橘紅色遮色片使用，並試著說出各單字的中文意思。

◯ MP3 Track 0099

left [lɛft]　　　　形 左邊的 名 左邊 反 right 右邊

leg [lɛg]　　　　名 腿 反 arm 手臂

less [lɛs]　　　　形 更少的、更小的 副 更少、更小
　　　　　　　　　反 more 更多

less·on [ˈlɛsn̩]　　名 課

let [lɛt]　　　　動 讓 同 allow 准許

◯ MP3 Track 0100

let·ter [ˈlɛtɚ]　　名 字母、信

lev·el [ˈlɛvl̩]　　名 水準、標準 形 水平的
　　　　　　　　　同 horizontal 水準的

lie [laɪ]　　　　名 謊言 動 說謊、位於、躺著
　　　　　　　　　反 truth 實話

life [laɪf]　　　　名 生活、生命 同 existence 生命

lift [lɪft]　　　　名 舉起 動 升高、舉起 同 raise 舉起

挑戰 3 次記熟這些單字

學習結束，記得使用遮色片驗收成果，並填上挑戰日期，7 天正好是
記憶衰減的周期，所以每次的挑戰時間切勿超過 7 天喔！

★挑戰1：正確率50%　日期：_____

★挑戰2：正確率80%　日期：_____

★挑戰3：正確率100% 日期：_____　　　恭喜挑戰成功！

隨堂小測驗！請搭配遮色片使用

學到一個階段快來驗證你的實力吧！每答完一題就把遮色片往下移，並檢查自己是否答對，並在右方空格做紀錄，待全部作答完畢，有答錯的部分，請再回到前面找出單字繼續複習，三五天後再做一次測驗，反覆的看聽直到全部答對，相信一輩子都忘不了這些單字了！

單字	解答	中譯	答對√／答錯✗
❶ Ju·ly	（O）	A. 學習、知悉、瞭解	☐☐☐☐
❷ June	（F）	B. 主要的、關鍵的、鑰匙	☐☐☐☐
❸ just	（J）	C. 陸地、土地	☐☐☐☐
❹ keep·er	（L）	D. 小貓	☐☐☐☐
❺ key	（B）	E. 刀	☐☐☐☐
❻ kind	（R）	F. 六月、瓊（女子名）	☐☐☐☐
❼ kiss	（G）	G. 吻	☐☐☐☐
❽ kit·ten/kit·ty	（D）	H. 缺乏	☐☐☐☐
❾ knife	（E）	I. 領袖、領導者	☐☐☐☐
❿ lack	（H）	J. 公正的、公平的、正好	☐☐☐☐
⓫ lamb	（N）	K. 懶惰的	☐☐☐☐
⓬ land	（C）	L. 看守人	☐☐☐☐
⓭ large	（T）	M. 水準、標準、水平的	☐☐☐☐
⓮ laugh	（P）	N. 羔羊、小羊	☐☐☐☐
⓯ law	（S）	O. 七月	☐☐☐☐
⓰ la·zy	（K）	P. 笑、笑聲	☐☐☐☐
⓱ lead·er	（I）	Q. 舉起、升高	☐☐☐☐
⓲ learn	（A）	R. 仁慈的、種類	☐☐☐☐
⓳ lev·el	（M）	S. 法律	☐☐☐☐
⓴ lift	（Q）	T. 大的、大量的	☐☐☐☐

我的學習紀錄

每一次使用遮色片驗收成果後，記得填上挑戰日期＆正確率。

★ 日期： ；答對 題
★ 日期： ；答對 題
★ 日期： ；答對 題

恭喜挑戰成功！
若無法一次就答對全部題目，也不要灰心，記得回到前面多做復習！學習本來就是一種累積的過程，只要確定每一次自己都有多記住一點點，就是一種成功。

★小提醒：請先將下列單字完整看過、聽過 4~6 遍後，接著搭配橘紅色遮色片使用，並試著說出各單字的中文意思。

○ MP3 Track 0101

light [laɪt]　名 光、燈 形 輕的、光亮的
動 點燃、變亮 反 dark 黑暗

like [laɪk]　動 喜歡 介 像、如 反 dislike 不喜歡

like·ly ['laɪklɪ]　形 可能的 副 可能地
同 probable 可能的

lil·y ['lɪlɪ]　名 百合花

line [laɪn]　名 線、線條 動 排隊、排成
同 string 繩、線

○ MP3 Track 0102

li·on ['laɪən]　名 獅子

lip [lɪp]　名 嘴唇

list [lɪst]　名 清單、目錄、列表 動 列表、編目

lis·ten ['lɪsn̩]　動 聽 同 hear 聽

lit·tle ['lɪtl̩]　形 小的 名 少許、一點 副 很少地
反 large 大的

挑戰 3 次記熟這些單字

學習結束，記得使用遮色片驗收成果，並填上挑戰日期，7 天正好是記憶衰減的周期，所以每次的挑戰時間切勿超過 7 天喔！

★挑戰1：正確率50%　日期：＿＿＿＿＿＿＿＿＿

★挑戰2：正確率80%　日期：＿＿＿＿＿＿＿＿＿

★挑戰3：正確率100% 日期：＿＿＿＿＿＿＿　恭喜挑戰成功！

075

O MP3 Track 0103

live [laɪv]/[lɪv]　形 有生命的、活的 動 活、生存、居住
反 die 死

long [lɔŋ]　形 長（久）的 副 長期地 名 長時間
動 渴望 反 short 短的

look [lʊk]　名 看、樣子、臉色 動 看、注視

lot [lɑt]　名 很多 同 plenty 很多

loud [laʊd]　形 大聲的、響亮的 反 silent 安靜的

O MP3 Track 0104

love [lʌv]　動 愛、熱愛 名 愛 同 adore 熱愛

low [lo]　形 低聲的、低的 副 向下、在下面

luck·y [ˈlʌkɪ]　形 有好運的

lunch [lʌntʃ]　名 午餐 同 luncheon 午宴

Mm 開頭的單字

ma·chine　名 機器、機械
[məˈʃin]

A B C D E F G H I J K L M N O P Q R S T U V W X Y Z

挑戰 3 次記熟這些單字

學習結束，記得使用遮色片驗收成果，並填上挑戰日期，7 天正好是
記憶衰減的周期，所以每次的挑戰時間切勿超過 7 天喔！

★挑戰1：正確率50%　日期：_____

★挑戰2：正確率80%　日期：_____

★挑戰3：正確率100% 日期：_____　　恭喜挑戰成功！

★小提醒：請先將下列單字完整看過、聽過 4~6 遍後，接著搭配橘紅色遮色片使用，並試著說出各單字的中文意思。

○ MP3 Track 0105

mad [mæd]	形 神經錯亂的、發瘋的 同 crazy 瘋狂的
mail [mel]	名 郵件 動 郵寄 同 send 發送、寄
make [mek]	動 做、製造 同 manufacture 製造
man [mæn]	名 成年男人 名 人類（不分男女）
man·y [`mɛnɪ]	形 許多 同 numerous 很多

○ MP3 Track 0106

map [mæp]	名 地圖 動 用地圖表示、繪製地圖
March/Mar. [mɑrtʃ]	名 三月
mar·ket [`mɑrkɪt]	名 市場
mar·ry [`mærɪ]	動 使結為夫妻、結婚 反 divorce 離婚
mas·ter [`mæstɚ]	名 主人、大師、碩士 動 精通

挑戰 3 次記熟這些單字

學習結束，記得使用遮色片驗收成果，並填上挑戰日期，7 天正好是記憶衰減的周期，所以每次的挑戰時間切勿超過 7 天喔！

★挑戰1：正確率50%　日期：＿＿＿＿＿＿＿＿＿＿＿

★挑戰2：正確率80%　日期：＿＿＿＿＿＿＿＿＿＿＿

★挑戰3：正確率100% 日期：＿＿＿＿＿＿＿＿　恭喜挑戰成功！

★小提醒：請先將下列單字完整看過、聽過 4~6 遍後，接著搭配
橘紅色遮色片使用，並試著說出各單字的中文意思。

● MP3 Track 0107

match [mætʃ] 　名 比賽 動 相配 同 contest 比賽

mat·ter [`mætɚ] 　名 事情、問題 動 要緊
同 affair 事情、事件

May [me] 　名 五月

may [me] 　助 可以、可能

may·be [`mebɪ] 　副 或許、大概

● MP3 Track 0108

me [mi] 　代 我

mean [min] 　動 意指、意謂 形 惡劣的
同 indicate 指出、顯示

meat [mit] 　名（食用）肉 反 vegetable 蔬菜

meet [mit] 　動 碰見、遇到、舉行集會、開會
同 encounter 碰見

mid·dle [`mɪdl̩] 　名 中部、中間、在……中間 形 居中的

A B C D E F G H I J K L **M** N O P Q R S T U V W X Y Z

挑戰 3 次記熟這些單字

學習結束，記得使用遮色片驗收成果，並填上挑戰日期，7 天正好是
記憶衰減的周期，所以每次的挑戰時間切勿超過 7 天喔！

★挑戰1：正確率50%　日期：＿＿＿＿＿＿＿＿＿＿

★挑戰2：正確率80%　日期：＿＿＿＿＿＿＿＿＿＿

★挑戰3：正確率100%　日期：＿＿＿＿＿＿＿＿＿＿　恭喜挑戰成功！

★小提醒：請先將下列單字完整看過、聽過 4~6 遍後，接著搭配橘紅色遮色片使用，並試著說出各單字的中文意思。

○ MP3 Track 0109

mile [maɪl]　　名 英里（ = 1.6 公里）

milk [mɪlk]　　名 牛奶

mind [maɪnd]　　名 頭腦、思想 動 介意 反 body 身體

min·ute [`mɪnɪt]　　名 分、片刻 同 moment 片刻

Miss/miss [mɪs]　　名 小姐 反 Mr./Mister 先生

○ MP3 Track 0110

miss [mɪs]　　動 想念、懷念 名 失誤、未擊中
　　　　　　　　反 hit 擊中

mis·take
[mɪ`stek]　　名 錯誤、過失 同 error 錯誤

mo·ment
[`momənt]　　名 一會兒、片刻
　　　　　　　　同 instant 頃刻、一剎那

mom·my [`mɑmɪ]　　名 媽咪
　　　　　　　　同 momma/mom/mama/ma/mummy 媽咪

Mon·day/Mon.
[`mʌnde]　　名 星期一

挑戰 3 次記熟這些單字

學習結束，記得使用遮色片驗收成果，並填上挑戰日期，7 天正好是記憶衰減的周期，所以每次的挑戰時間切勿超過 7 天喔！

★挑戰1：正確率50%　**日期：**＿＿＿＿＿＿＿＿＿

★挑戰2：正確率80%　**日期：**＿＿＿＿＿＿＿＿＿

★挑戰3：正確率100%　**日期：**＿＿＿＿＿＿＿　恭喜挑戰成功！

隨堂小測驗！請搭配遮色片使用

學到一個階段快來驗證你的實力吧！每答完一題就把遮色片往下移，並檢查自己是否答對，並在右方空格做紀錄，待全部作答完畢，有答錯的部分，請再回到前面找出單字繼續複習，三五天後再做一次測驗，反覆的看聽直到全部答對，相信一輩子都忘不了這些單字了！

單字	解答	中譯	答對✓／答錯✗
❶ light	（J）	A. 市場	
❷ like·ly	（F）	B. 大聲的、響亮的	
❸ lis·ten	（R）	C. 頭腦、思想、介意	
❹ live	（M）	D. 有好運的	
❺ loud	（B）	E. 一會兒、片刻	
❻ luck·y	（D）	F. 可能的、可能地	
❼ ma·chine	（H）	G. 錯誤、過失	
❽ mad	（T）	H. 機器、機械	
❾ map	（P）	I. 事情、問題、要緊	
❿ March/Mar.	（K）	J. 光、燈、輕的、光亮的	
⓫ mar·ket	（A）	K. 三月	
⓬ mas·ter	（Q）	L. 比賽、相配	
⓭ match	（L）	M. 有生命的、活的、活	
⓮ mat·ter	（I）	N. 意指、意謂、惡劣的	
⓯ mean	（N）	O. 星期一	
⓰ mid·dle	（S）	P. 地圖、用地圖表示	
⓱ mind	（C）	Q. 主人、大師、碩士	
⓲ mis·take	（G）	R. 聽	
⓳ mo·ment	（E）	S. 中部、中間、在……中間	
⓴ Mon·day/Mon.	（O）	T. 神經錯亂的、發瘋的	

我的學習紀錄

每一次使用遮色片驗收成果後，記得填上挑戰日期＆正確率。

★ 日期：　　　　　；答對　　　　題

★ 日期：　　　　　；答對　　　　題

★ 日期：　　　　　；答對　　　　題

恭喜挑戰成功！
若無法一次就答對全部題目，也不要灰心，記得回到前面多做復習！學習本來就是一種累積的過程，只要確定每一次自己都有多記住一點點，就是一種成功。

★小提醒：請先將下列單字完整看過、聽過 4~6 遍後，接著搭配
　　　　　橘紅色遮色片使用，並試著說出各單字的中文意思。

○ MP3 Track 0111

mon·ey [ˈmʌnɪ]　名 錢、貨幣　同 cash 現金

mon·key [ˈmʌŋkɪ]　名 猴、猿

month [mʌnθ]　名 月

moon [mun]　名 月亮　反 sun 太陽

more [mor]　形 更多的、更大的
　　　　　　　　反 less 更少的、更小的

○ MP3 Track 0112

morn·ing [ˈmɔrnɪŋ]　名 早上、上午　反 evening 傍晚、晚上

most [most]　形 最多的、大部分的
　　　　　　　　名 最大多數、大部分　反 least 最少的

moth·er [ˈmʌðɚ]　名 母親、媽媽　反 father 爸爸

moun·tain [ˈmaʊntn̩]　名 高山

mouse [maʊs]　名 老鼠　同 rat 鼠

挑戰 3 次記熟這些單字

學習結束，記得使用遮色片驗收成果，並填上挑戰日期，7 天正好是
記憶衰減的周期，所以每次的挑戰時間切勿超過 7 天喔！

★挑戰1：正確率50%　日期：＿＿＿＿＿＿＿＿＿＿

★挑戰2：正確率80%　日期：＿＿＿＿＿＿＿＿＿＿

★挑戰3：正確率100%　日期：＿＿＿＿＿＿＿＿＿＿　恭喜挑戰成功！

★小提醒：請先將下列單字完整看過、聽過 4~6 遍後，接著搭配
橘紅色遮色片使用，並試著說出各單字的中文意思。

● MP3 Track 0113

mouth [mauθ]　名 嘴、口、口腔

move [muv]　動 移動、行動　反 stop 停

move·ment [`muvmənt]
名 運動、活動、移動
同 motion 運動、活動

mov·ie [`muvɪ]
名（一部）電影
同 motion picture/film/cinema 電影

Mr./Mis·ter [`mɪstɚ]
名 對男士的稱呼、先生

● MP3 Track 0114

Mrs. [`mɪsɪz]　名 夫人

Ms. [mɪz]
名 女士（代替 Miss 或 Mrs. 的字，
不指明對方的婚姻狀況）

much [mʌtʃ]
名 許多　副 很、十分
形 許多的（修飾不可數名詞）
反 little 少、不多的

mud [mʌd]　名 爛泥、稀泥　同 dirt 爛泥

mug [mʌg]　名 帶柄的大杯子、馬克杯

A
B
C
D
E
F
G
H
I
J
K
L
M
N
O
P
Q
R
S
T
U
V
W
X
Y
Z

挑戰 3 次記熟這些單字

學習結束，記得使用遮色片驗收成果，並填上挑戰日期，7 天正好是
記憶衰減的周期，所以每次的挑戰時間切勿超過 7 天喔！

★挑戰1：正確率50%　日期：＿＿＿＿＿＿＿＿

★挑戰2：正確率80%　日期：＿＿＿＿＿＿＿＿

★挑戰3：正確率100%　日期：＿＿＿＿＿＿＿＿　恭喜挑戰成功！

★小提醒：請先將下列單字完整看過、聽過 4~6 遍後，接著搭配
橘紅色遮色片使用，並試著說出各單字的中文意思。

Part 01 基礎單字篇

Part 02 進階單字篇

● MP3 Track 0115

mu·sic [ˋmjuzɪk]　名 音樂

must [mʌst]　助動 必須、必定

my [maɪ]　代 我的

開頭的單字

name [nem]　名 名字、姓名、名稱、名義
同 label 名字、稱號

na·tion [ˋneʃən]　名 國家 同 country 國家

● MP3 Track 0116

na·ture [ˋnetʃɚ]　名 自然界、大自然

near [nɪr]　形 近的、近親的 反 far 遠的

neck [nɛk]　名 頸、脖子

need [nid]　名 需要、必要 動 需要 同 demand 需求

nev·er [ˋnɛvɚ]　副 從來沒有、決不、永不
反 ever 始終、曾經

挑戰 3 次記熟這些單字

學習結束，記得使用遮色片驗收成果，並填上挑戰日期，7 天正好是
記憶衰減的周期，所以每次的挑戰時間切勿超過 7 天喔！

★挑戰1：正確率50%　日期：＿＿＿＿＿＿＿＿＿＿

★挑戰2：正確率80%　日期：＿＿＿＿＿＿＿＿＿＿

★挑戰3：正確率100% 日期：＿＿＿＿＿＿＿＿　恭喜挑戰成功！

★小提醒：請先將下列單字完整看過、聽過 4~6 遍後，接著搭配
　　　　橘紅色遮色片使用，並試著說出各單字的中文意思。

○ MP3 Track 0117

new [nju]	形 新的 反 old 老舊的
news [njuz]	名 新聞、消息（不可數名詞） 同 information 消息、報導
news·pa·per [`njuz,pepɚ]	名 報紙
next [nɛkst]	副 其次、然後 形 其次的 同 subsequent 後來的
nice [naɪs]	形 和藹的、善良的、好的 反 nasty 惡意的

○ MP3 Track 0118

night [naɪt]	名 晚上 反 day 白天
nine [naɪn]	名 九個
nine·teen [`naɪn,tin]	名 十九
nine·ty [`naɪntɪ]	名 九十
no/nope [no]/[nop]	形 沒有、不、無

A
B
C
D
E
F
G
H
I
J
K
L
M
N
O
P
Q
R
S
T
U
V
W
X
Y
Z

挑戰 3 次記熟這些單字

學習結束，記得使用遮色片驗收成果，並填上挑戰日期，7 天正好是
記憶衰減的周期，所以每次的挑戰時間切勿超過 7 天喔！

★挑戰1：正確率50%　日期：＿＿＿＿＿＿＿＿＿＿

★挑戰2：正確率80%　日期：＿＿＿＿＿＿＿＿＿＿

★挑戰3：正確率100%　日期：＿＿＿＿＿＿＿＿＿　　恭喜挑戰成功！

★小提醒：請先將下列單字完整看過、聽過 4~6 遍後，接著搭配
　　　　橘紅色遮色片使用，並試著說出各單字的中文意思。

Part 01 基礎單字篇

Part 02 進階單字篇

○ MP3 Track 0119

noise [nɔɪz]
名 喧鬧聲、噪音、聲音
反 silence 安靜

nois·y [ˈnɔɪzɪ]
形 嘈雜的、喧鬧的、熙熙攘攘的
反 silent 安靜的

noon [nun]
名 正午、中午

nor [nɔr]
連 既不……也不、（兩者）都不
反 or 或是

north [nɔrθ]
名 北、北方 形 北方的
反 south 南方、南方的

○ MP3 Track 0120

nose [noz]
名 鼻子

not [nɑt]
副 不（表示否定）

note [not]
名 筆記、便條 動 記錄、注釋
同 write 寫下

noth·ing [ˈnʌθɪŋ]
副 決不、毫不
名 無關緊要的人、事、物

no·tice [ˈnotɪs]
動 注意 名 佈告、公告、啟事
反 ignore 忽略

挑戰 3 次記熟這些單字

學習結束，記得使用遮色片驗收成果，並填上挑戰日期，7 天正好是
記憶衰減的周期，所以每次的挑戰時間切勿超過 7 天喔！

★挑戰1：正確率50%　日期：＿＿＿＿＿＿＿＿＿

★挑戰2：正確率80%　日期：＿＿＿＿＿＿＿＿＿

★挑戰3：正確率100%　日期：＿＿＿＿＿＿＿　恭喜挑戰成功！

隨堂小測驗！請搭配遮色片使用

學到一個階段快來驗證你的實力吧！每答完一題就把遮色片往下移，並檢查自己是否答對，並在右方空格做記錄，待全部作答完畢，有答錯的部分，請再回到前面找出單字繼續複習，三五天後再做一次測驗，反覆的看聽直到全部答對，相信一輩子都忘不了這些單字了！

單字	解答	中譯	答對✓／答錯✗
❶ month	（Q）	A. 頸、脖子	
❷ moun·tain	（T）	B. 北、北方、北方的	
❸ mouse	（R）	C.（一部）電影	
❹ move·ment	（H）	D. 注意、佈告、公告、啟事	
❺ mov·ie	（C）	E. 爛泥、稀泥	
❻ mud	（E）	F. 喧鬧聲、噪音、聲音	
❼ na·tion	（L）	G. 正午、中午	
❽ na·ture	（O）	H. 運動、活動、移動	
❾ neck	（A）	I. 決不、毫不、無關緊要的人	
❿ nev·er	（J）	J. 從來沒有、決不、永不	
⓫ news·pa·per	（S）	K. 筆記、便條、記錄、注釋	
⓬ night	（M）	L. 國家	
⓭ noise	（F）	M. 晚上	
⓮ nor	（P）	N. 鼻子	
⓯ north	（B）	O. 自然界、大自然	
⓰ noth·ing	（I）	P. 既不……也不	
⓱ no·tice	（D）	Q. 月	
⓲ note	（K）	R. 老鼠	
⓳ noon	（G）	S. 報紙	
⓴ nose	（N）	T. 高山	

我的學習紀錄

每一次使用遮色片驗收成果後，記得填上挑戰日期＆正確率。

★ 日期：＿＿＿＿＿＿；答對＿＿＿＿題

★ 日期：＿＿＿＿＿＿；答對＿＿＿＿題

★ 日期：＿＿＿＿＿＿；答對＿＿＿＿題

恭喜挑戰成功！
若無法一次就答對全部題目，也不要灰心，記得回到前面多做復習！學習本來就是一種累積的過程，只要確定每一次自己都有多記住一點點，就是一種成功。

挑戰你的閱讀力！短文／對話：

一、遇到不熟的單字不必急於查找。
　（千萬不要把中文寫在原文上，會造成依賴哦！）
二、完整閱讀文章後，再參考右方的譯文，驗證自己學習成果。
三、本書特別將較困難的單字、片語列於文章右下方。
四、多讀幾次，仔細鑽研文中的一字一句，徹底理解每篇文章的意思。

A Nice Day
美好的一天

Mickey wanted to do something different this holiday. She didn't want to spend money travelling this time. She wanted to do something that she has never done before. She decided to go up into the mountains and get closer to nature.

It was a hot summer night when she left the house. She left with neither a map nor her phone. Her family thought she was completely mad! They thought she was making a huge mistake.

From the bottom of the hill, Mickey slowly walked up the muddy tracks. She was filled with joy when she saw the moon on a clear night like this. Moments later, Mickey heard a strange noise coming through the bushes. She looked closer and found out it was a little mouse! Mickey followed the mouse and finally reached the middle of this small hill. She decided to start a fire here, camp beside a lake and get some rest. Mickey had a very nice day.

※ 文章中橘紅色單字都是前 24 頁中學習過的單字，如果你忘記了，記得再回去復習哦！

　　這次連假，米琪想做一些不一樣的事，她不想再花大錢去旅遊了，她想做一件從未嘗試過的事。她決定走進山裡去親近大自然。

　　米琪出發的那一晚是個炎熱的夏夜，她沒有帶地圖，也不帶手機就離開了。家人認為她簡直是瘋了，他們覺得這將會是一場天大的錯誤。

　　從山腳下，她慢慢地走過佈滿泥濘的步道，在如此晴朗的夜晚看見月亮，米琪心中充滿了喜悅。片刻之後，她聽到草叢間傳來奇怪的聲音，她走近一看，才發現原來那是一隻小老鼠！米琪跟著老鼠一路走，終於到了半山腰，她決定在此生火，在湖邊紮營，休息一會兒。米琪過了非常美好的一天。

生字補充：

- completely 完全地
- neither... nor... 既不…也不…
- strange 奇怪的
- reached 抵達

★小提醒：請先將下列單字完整看過、聽過 4~6 遍後，接著搭配
橘紅色遮色片使用，並試著說出各單字的中文意思。

○ MP3 Track 0121

No·vem·ber/
Nov. [noˋvɛmbɚ]
名 十一月

now [naʊ]
副 現在、此刻 名 如今、目前
反 then 那時、當時

num·ber [ˋnʌmbɚ]
名 數、數字

nurse [nɝs]
名 護士

開頭的單字

O.K./OK/okay
[ˋoˏke]
名 好、沒問題

○ MP3 Track 0122

o·cean [ˋoʃən]
名 海洋 同 sea 海洋

o'clock [əˋklɑk]
副 ⋯⋯點鐘

Oc·to·ber/Oct.
[ɑkˋtobɚ]
名 十月

of [əv]
介 含有、由⋯⋯製成、關於、從、來自

挑戰 3 次記熟這些單字

學習結束，記得使用遮色片驗收成果，並填上挑戰日期，7 天正好是
記憶衰減的周期，所以每次的挑戰時間切勿超過 7 天喔！

★挑戰1：正確率50%　日期：＿＿＿＿＿＿＿＿＿＿

★挑戰2：正確率80%　日期：＿＿＿＿＿＿＿＿＿＿

★挑戰3：正確率100%　日期：＿＿＿＿＿＿＿＿＿　　恭喜挑戰成功！

★小提醒：請先將下列單字完整看過、聽過 4~6 遍後，接著搭配
　　　　橘紅色遮色片使用，並試著說出各單字的中文意思。

off [ɔf]　　　　　介 從⋯⋯下來、離開⋯⋯、不在⋯⋯之上
　　　　　　　　　　副 脫開、去掉

○ MP3 Track 0123

of·fice [ˋɔfɪs]　　名 辦公室

of·fi·cer [ˋɔfəsɚ]　　名 官員 同 official 官員

of·ten [ˋɔfən]　　副 常常、經常

oil [ɔɪl]　　名 油 同 petroleum 石油

old [old]　　形 年老的、舊的 反 young 年輕的

○ MP3 Track 0124

on [ɑn]　　　　　介（表示地點）在⋯⋯上、
　　　　　　　　　　　在⋯⋯的時候、在⋯⋯狀態中
　　　　　　　　　　副 在上

once [wʌns]　　　副 一次、曾經 連 一旦 名 一次
　　　　　　　　　　反 again 再一次

one [wʌn]　　　形 一的、一個的 名 一、一個

on·ly [ˋonlɪ]　　　形 唯一的、僅有的 副 只、僅僅
　　　　　　　　　　同 simply 僅僅、只不過

o·pen [ˋopən]　　形 開的、公開的 動 打開 反 close 關

A B C D E F G H I J K L M N O P Q R S T U V W X Y Z

挑戰 3 次記熟這些單字

學習結束，記得使用遮色片驗收成果，並填上挑戰日期，7 天正好是
記憶衰減的周期，所以每次的挑戰時間切勿超過 7 天喔！

★**挑戰1：正確率50%** 日期：＿＿＿＿＿＿＿＿＿＿＿

★**挑戰2：正確率80%** 日期：＿＿＿＿＿＿＿＿＿＿＿

★**挑戰3：正確率100%** 日期：＿＿＿＿＿＿＿＿＿　恭喜挑戰成功！

★小提醒：請先將下列單字完整看過、聽過 4~6 遍後，接著搭配
橘紅色遮色片使用，並試著說出各單字的中文意思。

Part 01 基礎單字篇

Part 02 進階單字篇

○ MP3 Track 0125

or [ɔr]　　　　　連 或者、否則

or·ange [ˈɔrɪndʒ]　　名 柳丁、柑橘 形 橘色的

or·der [ˈɔrdɚ]　　名 次序、順序、命令 動 命令、訂購
同 command 指揮、命令

oth·er [ˈʌðɚ]　　形 其他的、另外的 同 additional 其他的

our(s) [ˈaʊr(z)]　　代 我們的（東西）

○ MP3 Track 0126

out [aʊt]　　　　副 離開、向外 形 外面的、在外的

out·side [ˈaʊtˌsaɪd]　　介 在……外面 形 外面的
名 外部、外面 反 inside 裡面的

o·ver [ˈovɚ]　　介 在……上方、遍及、超過
副 翻轉過來 形 結束的、過度的

own [on]　　形 自己的 代 屬於某人之物 動 擁有
同 possess 擁有

Pp 開頭的單字

page [pedʒ]　　名（書上的）頁

挑戰 3 次記熟這些單字

學習結束，記得使用遮色片驗收成果，並填上挑戰日期，7 天正好是
記憶衰減的周期，所以每次的挑戰時間切勿超過 7 天喔！

★挑戰1：正確率50%　日期：＿＿＿＿＿＿＿＿

★挑戰2：正確率80%　日期：＿＿＿＿＿＿＿＿

★挑戰3：正確率100% 日期：＿＿＿＿＿＿　恭喜挑戰成功！

★小提醒：請先將下列單字完整看過、聽過 4~6 遍後，接著搭配
橘紅色遮色片使用，並試著說出各單字的中文意思。

A
B
C
D
E
F
G
H
I
J
K
L
M
N
O
P
Q
R
S
T
U
V
W
X
Y
Z

○ MP3 Track 0127

paint [pent]
名 顏料、油漆
動 粉刷、油漆、（用顏料）繪畫
同 draw 畫、描繪

pair [pɛr]
名 一雙、一對　動 配成對
同 couple 一對、一雙

pants/
trou·sers
[pænts]/[ˋtrauzəz]
名 褲子

pa·pa/pop
[ˋpɑpə]/[pɑp]
名 爸爸

pa·per [ˋpepə]
名 紙、報紙

○ MP3 Track 0128

par·ent(s)
[ˋpɛrənt(s)]
名 雙親、家長　反 child 小孩

park [pɑrk]
名 公園　動 停放（汽車等）

part [pɑrt]
名 部分　動 分離、使分開

par·ty [ˋpɑrtɪ]
名 聚會、黨派

pass [pæs]
名 （考試）及格、通行證
動 經過、消逝、通過　反 fail 不及格

挑戰 3 次記熟這些單字

學習結束，記得使用遮色片驗收成果，並填上挑戰日期，7 天正好是
記憶衰減的周期，所以每次的挑戰時間切勿超過 7 天喔！

★挑戰1：正確率50%　日期：＿＿＿＿＿＿＿＿＿＿

★挑戰2：正確率80%　日期：＿＿＿＿＿＿＿＿＿＿

★挑戰3：正確率100%　日期：＿＿＿＿＿＿＿　恭喜挑戰成功！

★小提醒：請先將下列單字完整看過、聽過 4~6 遍後，接著搭配
橘紅色遮色片使用，並試著說出各單字的中文意思。

⭕ MP3 Track 0129

past [pæst]
形 過去的、從前的 名 過去、從前
介 在……之後 反 future 未來的

pay [pe]
名 工資、薪水 動 付錢

pay·ment
[`pemənt]
名 支付、付款

pen [pɛn]
名 鋼筆、原子筆

pen·cil [`pɛns!]
名 鉛筆

⭕ MP3 Track 0130

peo·ple [`pip!]
名 人、人們、人民、民族

per·haps
[pəˋhæps]
副 也許、可能 同 maybe 也許

per·son [`pɝsn̩]
名 人

pet [pɛt]
名 寵物、令人愛慕之物
形 寵愛的、得意的

pi·an·o [pɪˋæno]
名 鋼琴

挑戰 3 次記熟這些單字

學習結束，記得使用遮色片驗收成果，並填上挑戰日期，7 天正好是
記憶衰減的周期，所以每次的挑戰時間切勿超過 7 天喔！

★挑戰1：正確率50%　日期：

★挑戰2：正確率80%　日期：

★挑戰3：正確率100%　日期：　　　　　　　　恭喜挑戰成功！

隨堂小測驗！請搭配遮色片使用

學到一個階段快來驗證你的實力吧！每答完一題就把遮色片往下移，並檢查自己是否答對，並在右方空格做紀錄，待全部作答完畢，有答錯的部分，請再回到前面找出單字繼續複習，三五天後再做一次測驗，反覆的看聽直到全部答對，相信一輩子都忘不了這些單字了！

單字	解答	中譯	答對✓／答錯✗
❶ No·vem·ber	（D）	A. 也許、可能	
❷ num·ber	（M）	B. 次序、順序、命令	
❸ o·cean	（T）	C. 鋼琴	
❹ Oc·to·ber	（G）	D. 十一月	
❺ of·fi·cer	（Q）	E. （書上的）頁	
❻ once	（J）	F. 人、人們、人民、民族	
❼ o·pen	（O）	G. 十月	
❽ or·ange	（I）	H. 在……外面、外面的、外部	
❾ or·der	（B）	I. 柳丁、柑橘	
❿ out·side	（H）	J. 一次、曾經、一旦	
⓫ page	（E）	K. 顏料、油漆、粉刷、油漆	
⓬ paint	（K）	L. 鉛筆	
⓭ pair	（S）	M. 數、數字	
⓮ par·ent(s)	（P）	N. 工資、薪水、付錢	
⓯ par·ty	（R）	O. 開的、公開的、打開	
⓰ pay	（N）	P. 雙親、家長	
⓱ pen·cil	（L）	Q. 官員	
⓲ peo·ple	（F）	R. 聚會、黨派	
⓳ per·haps	（A）	S. 一雙、一對、配成對	
⓴ pi·an·o	（C）	T. 海洋	

我的學習紀錄

每一次使用遮色片驗收成果後，記得填上挑戰日期&正確率。

★ 日期： ；答對 題
★ 日期： ；答對 題
★ 日期： ；答對 題

恭喜挑戰成功！
若無法一次就答對全部題目，也不要灰心，記得回到前面多做復習！學習本來就是一種累積的過程，只要確定每一次自己都有多記住一點點，就是一種成功。

★小提醒：請先將下列單字完整看過、聽過 4~6 遍後，接著搭配橘紅色遮色片使用，並試著說出各單字的中文意思。

○ MP3 Track 0131

pic·ture [`pɪktʃə] 名 圖片、相片 動 畫 同 image 圖像

pie [paɪ] 名 派、餡餅

piece [pis] 名 一塊、一片 同 fragment 碎片

pig [pɪg] 名 豬

place [ples] 名 地方、地區、地位 動 放置
反 displace 移開

○ MP3 Track 0132

plan [plæn] 動 計畫、規劃 名 計畫、安排
同 project 計劃

plant [plænt] 名 植物、工廠 動 栽種 反 animal 動物

play [ple] 名 遊戲、玩耍
動 玩、做遊戲、扮演、演奏
同 game 遊戲

play·er [`pleə] 名 運動員、演奏者、玩家
同 sportsman 運動員

play·ground [`ple͵graʊnd] 名 運動場、遊戲場

挑戰 3 次記熟這些單字

學習結束，記得使用遮色片驗收成果，並填上挑戰日期，7 天正好是記憶衰減的周期，所以每次的挑戰時間切勿超過 7 天喔！

★挑戰1：正確率50% 日期：_____

★挑戰2：正確率80% 日期：_____

★挑戰3：正確率100% 日期：_____ 恭喜挑戰成功！

★小提醒：請先將下列單字完整看過、聽過 4~6 遍後，接著搭配
橘紅色遮色片使用，並試著說出各單字的中文意思。

○ MP3 Track 0133

please [pliz]
動 請、使高興、取悅
反 displease 得罪、觸怒

pock·et [ˋpɑkɪt]
名 口袋 形 小型的、袖珍的

po·et·ry [ˋpoˑɪtrɪ]
名 詩、詩集 同 verse 詩

point [pɔɪnt]
名 尖端、點、要點、
（比賽中所得的）分數
動 瞄準、指向 同 dot 點

po·lice [pəˋlis]
名 警察

○ MP3 Track 0134

po·lice·man/ cop
[pəˋlismən]/[kɑp]
名 警察

pond [pɑnd]
名 池塘

pool [pul]
名 水池

poor [pʊr]
形 貧窮的、可憐的、差的、壞的
名 窮人 反 rich 富有的

pop·corn
[ˋpɑpˏkɔrn]
名 爆米花

A
B
C
D
E
F
G
H
I
J
K
L
M
N
O
P
Q
R
S
T
U
V
W
X
Y
Z

挑戰 3 次記熟這些單字

學習結束，記得使用遮色片驗收成果，並填上挑戰日期，7 天正好是
記憶衰減的周期，所以每次的挑戰時間切勿超過 7 天喔！

★**挑戰**1：正確率50%　日期：＿＿＿＿＿＿＿＿＿＿＿

★**挑戰**2：正確率80%　日期：＿＿＿＿＿＿＿＿＿＿＿

★**挑戰**3：正確率100%　日期：＿＿＿＿＿＿＿＿＿　恭喜挑戰成功！

★小提醒：請先將下列單字完整看過、聽過 4~6 遍後，接著搭配
橘紅色遮色片使用，並試著說出各單字的中文意思。

Part 01 基礎單字篇

Part 02 進階單字篇

● MP3 Track 0135

po·si·tion
[pə`zɪʃən]
名 位置、工作職位、形勢
同 location 位置

pos·si·ble
[`pɑsəbḷ]
形 可能的 同 likely 可能的

pow·er [`paʊɚ]
名 力量、權力、動力 同 strength 力量

prac·tice
[`præktɪs]
名 實踐、練習、熟練 動 練習
同 exercise 練習

pre·pare [pri`pɛr]
動 預備、準備

● MP3 Track 0136

pret·ty [`prɪtɪ]
形 漂亮的、美好的 同 lovely 可愛的

price [praɪs]
名 價格、代價 同 value 價格、價值

print [prɪnt]
名 印跡、印刷字體、版 動 印刷

prob·lem
[`prɑbləm]
名 問題 反 solution 解答

prove [pruv]
動 證明、證實 同 confirm 證實

挑戰 3 次記熟這些單字

學習結束，記得使用遮色片驗收成果，並填上挑戰日期，7 天正好是
記憶衰減的周期，所以每次的挑戰時間切勿超過 7 天喔！

★挑戰1：正確率50%　日期：＿＿＿＿＿＿＿＿＿＿

★挑戰2：正確率80%　日期：＿＿＿＿＿＿＿＿＿＿

★挑戰3：正確率100% 日期：＿＿＿＿＿＿＿＿＿＿　恭喜挑戰成功！

★小提醒：請先將下列單字完整看過、聽過 4~6 遍後，接著搭配
橘紅色遮色片使用，並試著說出各單字的中文意思。

○ MP3 Track 0137

pub·lic [ˈpʌblɪk]　形 公眾的　名 民眾　反 private 私人的

pull [pʊl]　動 拉、拖　反 push 推

pur·ple [ˈpɝpl̩]　形 紫色的　名 紫色

pur·pose [ˈpɝpəs]　名 目的、意圖　同 aim 目的

push [pʊʃ]　動 推、壓、按、促進　名 推、推動
反 pull 拉、拖

○ MP3 Track 0138

put [pʊt]　動 放置　同 place 放置

開頭的單字

queen [ˈkwin]　名 女王、皇后　反 king 國王

ques·tion [ˈkwɛstʃən]　名 疑問　動 質疑、懷疑　反 answer 答案

quick [kwɪk]　形 快的　副 快　同 fast 快

qui·et [ˈkwaɪət]　形 安靜的　名 安靜　動 使平靜
同 still 寂靜的

A
B
C
D
E
F
G
H
I
J
K
L
M
N
O
P
Q
R
S
T
U
V
W
X
Y
Z

挑戰 3 次記熟這些單字

學習結束，記得使用遮色片驗收成果，並填上挑戰日期，7 天正好是
記憶衰減的周期，所以每次的挑戰時間切勿超過 7 天喔！

★挑戰1：正確率50%　日期：＿＿＿＿＿＿＿＿＿＿

★挑戰2：正確率80%　日期：＿＿＿＿＿＿＿＿＿＿

★挑戰3：正確率100%　日期：＿＿＿＿＿＿＿＿＿＿　恭喜挑戰成功！

★小提醒：請先將下列單字完整看過、聽過 4~6 遍後，接著搭配
橘紅色遮色片使用，並試著說出各單字的中文意思。

○ MP3 Track 0139

quite [kwaɪt]　　　　副 完全地、相當、頗

Rr 開頭的單字

race [res]　　　　動 賽跑 名 種族、比賽
同 folk（某一民族的）廣大成員

ra·di·o [ˋredɪo]　　　名 收音機

rail·road [ˋrelˌrod]　　名 鐵路

rain [ren]　　　　　名 雨、雨水 動 下雨
同 shower 雨、降雨

○ MP3 Track 0140

rain·bow [ˋrenˌbo]　　名 彩虹

raise [rez]　　　　　動 舉起、抬起、提高、養育
反 lower 下降

rat [ræt]　　　　　　名 老鼠 同 mouse 老鼠

reach [ritʃ]　　　　　動 伸手拿東西、到達 同 approach 接近

read [rid]　　　　　　動 讀、看（書、報等）、朗讀

挑戰 3 次記熟這些單字

學習結束，記得使用遮色片驗收成果，並填上挑戰日期，7 天正好是
記憶衰減的周期，所以每次的挑戰時間切勿超過 7 天喔！

★挑戰1：正確率50%　日期：＿＿＿＿＿＿＿＿＿＿

★挑戰2：正確率80%　日期：＿＿＿＿＿＿＿＿＿＿

★挑戰3：正確率100% 日期：＿＿＿＿＿＿＿＿＿＿　　恭喜挑戰成功！

隨堂小測驗！請搭配遮色片使用

學到一個階段快來驗證你的實力吧！每答完一題就把遮色片往下移，並檢查自己是否答對，並在右方空格做紀錄，待全部作答完畢，有答錯的部分，請再回到前面找出單字繼續複習，三五天後再做一次測驗，反覆的看聽直到全部答對，相信一輩子都忘不了這些單字了！

單字	解答	中譯	答對✓／答錯✗
① pic·ture	（M）	A. 舉起、抬起、提高、養育	☐☐☐☐
② piece	（I）	B. 可能的	☐☐☐☐
③ place	（E）	C. 收音機	☐☐☐☐
④ plan	（G）	D. 實踐、練習、熟練	☐☐☐☐
⑤ plant	（K）	E. 地方、地區、地位、放置	☐☐☐☐
⑥ play·ground	（T）	F. 安靜的、使平靜	☐☐☐☐
⑦ please	（Q）	G. 計畫、規劃、安排	☐☐☐☐
⑧ po·et·ry	（R）	H. 疑問、詢問、質疑、懷疑	☐☐☐☐
⑨ point	（N）	I. 一塊、一片	☐☐☐☐
⑩ pond	（P）	J. 公眾的、民眾	☐☐☐☐
⑪ poor	（S）	K. 植物、工廠、栽種	☐☐☐☐
⑫ pos·si·ble	（B）	L. 證明、證實	☐☐☐☐
⑬ prac·tice	（D）	M. 圖片、相片、畫	☐☐☐☐
⑭ prove	（L）	N. 尖端、點、要點、瞄準	☐☐☐☐
⑮ pub·lic	（J）	O. 紫色的	☐☐☐☐
⑯ pur·ple	（O）	P. 池塘	☐☐☐☐
⑰ ques·tion	（H）	Q. 請、使高興、取悅	☐☐☐☐
⑱ qui·et	（F）	R. 詩、詩集	☐☐☐☐
⑲ ra·di·o	（C）	S. 貧窮的、可憐的、差的	☐☐☐☐
⑳ raise	（A）	T. 運動場、遊戲場	☐☐☐☐

我的學習紀錄

每一次使用遮色片驗收成果後，記得填上挑戰日期＆正確率。

★ 日期：　　　　　　；答對　　　　題

★ 日期：　　　　　　；答對　　　　題

★ 日期：　　　　　　；答對　　　　題

恭喜挑戰成功！
若無法一次就答對全部題目，也不要灰心，記得回到前面多做復習！學習本來就是一種累積的過程，只要確定每一次自己都有多記住一點點，就是一種成功。

★小提醒：請先將下列單字完整看過、聽過 4~6 遍後，接著搭配
橘紅色遮色片使用，並試著說出各單字的中文意思。

● MP3 Track 0141

read·y [ˈrɛdɪ]	形 作好準備的
re·al [ˈriəl]	形 真的、真實的 副 真正的 同 actual 真的、真正的
rea·son [ˈrizṇ]	名 理由 同 cause 理由、原因
re·ceive [rɪˈsiv]	動 收到 反 send 發送、寄
red [rɛd]	名 紅色 形 紅色的

● MP3 Track 0142

re·mem·ber [rɪˈmɛmbɚ]	動 記得 同 remind 使記起
re·port [rɪˈport]	動 報告、報導 名 報導、報告
rest [rɛst]	動 休息 名 睡眠、休息 同 relaxation 休息
re·turn [rɪˈtɝn]	動 歸還、送回 名 返回、復發 形 返回的 反 depart 出發
rice [raɪs]	名 稻米、米飯

挑戰 3 次記熟這些單字

學習結束，記得使用遮色片驗收成果，並填上挑戰日期，7 天正好是
記憶衰減的周期，所以每次的挑戰時間切勿超過 7 天喔！

★挑戰1：正確率50%　日期：＿＿＿＿＿＿＿＿＿＿

★挑戰2：正確率80%　日期：＿＿＿＿＿＿＿＿＿＿

★挑戰3：正確率100%　日期：＿＿＿＿＿＿＿＿＿＿　　恭喜挑戰成功！

★小提醒：請先將下列單字完整看過、聽過 4~6 遍後，接著搭配
橘紅色遮色片使用，並試著說出各單字的中文意思。

○ MP3 Track 0143

rich [rɪtʃ] 　形 富裕的 同 wealthy 富裕的

ride [raɪd] 　動 騎、乘 名 騎馬、騎車或乘車旅行

right [raɪt] 　形 正確的、右邊的
名 正確、右方、權利
同 correct 正確的

ring [rɪŋ] 　動 按鈴、打電話 名 戒指、鈴聲

rise [raɪz] 　動 上升、增長 名 上升 同 ascend 升起

○ MP3 Track 0144

riv·er [ˈrɪvɚ] 　名 江、河 同 stream 小河

road [rod] 　名 路、道路、街道、路線
同 path 路、道路

ro·bot [ˈrobət] 　名 機器人

rock [rɑk] 　動 搖晃 名 岩石 同 stone 石頭

roll [rol] 　動 滾動、捲 名 名冊、卷
同 wheel 滾動、打滾

A
B
C
D
E
F
G
H
I
J
K
L
M
N
O
P
Q
R
S
T
U
V
W
X
Y
Z

挑戰 3 次記熟這些單字

學習結束，記得使用遮色片驗收成果，並填上挑戰日期，7 天正好是
記憶衰減的周期，所以每次的挑戰時間切勿超過 7 天喔！

★挑戰1：正確率50% 　日期：＿＿＿＿＿＿＿＿＿＿＿＿

★挑戰2：正確率80% 　日期：＿＿＿＿＿＿＿＿＿＿＿＿

★挑戰3：正確率100% 日期：＿＿＿＿＿＿＿＿＿＿　恭喜挑戰成功！

★小提醒：請先將下列單字完整看過、聽過 4~6 遍後，接著搭配
橘紅色遮色片使用，並試著說出各單字的中文意思。

Part 01 基礎單字篇

Part 02 進階單字篇

○ MP3 Track 0145

roof [ruf]　　名 屋頂、車頂　反 floor 地板

room [rum]　　名 房間、室　同 chamber 房間

roost·er [ˈrustɚ]　名 雄雞、好鬥者　同 cock 公雞

root [rut]　　名 根源、根　動 生根　同 origin 起源

rope [rop]　　名 繩、索　動 用繩拴住　同 cord 繩索

○ MP3 Track 0146

rose [roz]　　名 玫瑰花、薔薇花　形 玫瑰色的

round [raʊnd]　形 圓的、球的　名 圓物、一回合
動 使旋轉　介 在……四周

row [ro]　　名 排、行、列　動 划船　同 paddle 划船

rub [rʌb]　　動 磨擦

rub·ber [ˈrʌbɚ]　名 橡膠、橡皮　形 橡膠做的

挑戰 3 次記熟這些單字

學習結束，記得使用遮色片驗收成果，並填上挑戰日期，7 天正好是
記憶衰減的周期，所以每次的挑戰時間切勿超過 7 天喔！

★挑戰1：正確率50%　日期：

★挑戰2：正確率80%　日期：

★挑戰3：正確率100% 日期：　　　　　　　　恭喜挑戰成功！

★小提醒：請先將下列單字完整看過、聽過 4~6 遍後，接著搭配橘紅色遮色片使用，並試著說出各單字的中文意思。

○ MP3 Track 0147

rule [rul]　　　名 規則 動 統治 同 govern 統治、管理

run [rʌn]　　　動 跑、運轉 名 跑

Ss 開頭的單字

sad [sæd]　　　形 令人難過的、悲傷的
同 sorrowful 悲哀的

safe [sef]　　　形 安全的 反 dangerous 危險的

sail [sel]　　　名 帆、篷、航行、船隻 動 航行

○ MP3 Track 0148

sale [sel]　　　名 賣、出售 反 purchase 購買

salt [sɔlt]　　　名 鹽 形 鹽的 反 sugar 糖

same [sem]　　　形 同樣的 副 同樣地 代 同樣的人或事
反 different 不同的

sand [sænd]　　　名 沙、沙子

Sat·ur·day/
Sat. [ˈsætɚde]　　　名 星期六

A
B
C
D
E
F
G
H
I
J
K
L
M
N
O
P
Q
R
S
T
U
V
W
X
Y
Z

挑戰 3 次記熟這些單字

學習結束，記得使用遮色片驗收成果，並填上挑戰日期，7 天正好是記憶衰減的周期，所以每次的挑戰時間切勿超過 7 天喔！

★挑戰1：正確率50%　日期：＿＿＿＿＿＿＿＿

★挑戰2：正確率80%　日期：＿＿＿＿＿＿＿＿

★挑戰3：正確率100%　日期：＿＿＿＿＿＿＿　恭喜挑戰成功！

★小提醒：請先將下列單字完整看過、聽過 4~6 遍後，接著搭配
橘紅色遮色片使用，並試著說出各單字的中文意思。

○ MP3 Track 0149

save [sev]
動 救、搭救、挽救、儲蓄
反 waste 浪費、消耗

saw [sɔ]
名 鋸 動 用鋸子鋸

say [se]
動 說、講

scare [skɛr]
動 驚嚇、使害怕 名 害怕
同 frighten 使害怕

scene [sin]
名 戲劇的一場、風景 同 view 景色

○ MP3 Track 0150

school [skul]
名 學校

sea [si]
名 海 同 ocean 海洋

sea·son [`sizn]
名 季節

seat [sit]
名 座位 動 坐下 同 chair 椅子

sec·ond [`sɛkənd]
形 第二的 名 秒

挑戰 3 次記熟這些單字

學習結束，記得使用遮色片驗收成果，並填上挑戰日期，7 天正好是
記憶衰減的周期，所以每次的挑戰時間切勿超過 7 天喔！

★挑戰1：正確率50%　日期：＿＿＿＿＿＿＿＿＿＿

★挑戰2：正確率80%　日期：＿＿＿＿＿＿＿＿＿＿

★挑戰3：正確率100% 日期：＿＿＿＿＿＿＿＿＿＿　恭喜挑戰成功！

隨堂小測驗！請搭配遮色片使用

學到一個階段快來驗證你的實力吧！每答完一題就把遮色片往下移，並檢查自己是否答對，並在右方空格做紀錄，待全部作答完畢，有答錯的部分，請再回到前面找出單字繼續複習，三五天後再做一次測驗，反覆的看聽直到全部答對，相信一輩子都忘不了這些單字了！

單字	解答	中譯	答對✓／答錯✗
❶ read·y	（S）	A. 根源、根、生根	
❷ re·ceive	（G）	B. 季節	
❸ re·mem·ber	（K）	C. 橡膠、橡皮、橡膠做的	
❹ re·port	（Q）	D. 救、搭救、挽救、儲蓄	
❺ re·turn	（O）	E. 雄雞、好鬥者	
❻ right	（M）	F. 戲劇的一場、風景	
❼ riv·er	（T）	G. 收到	
❽ rock	（J）	H. 規則、統治	
❾ roost·er	（E）	I. 驚嚇、使害怕、害怕	
❿ root	（A）	J. 搖晃、岩石	
⓫ rose	（R）	K. 記得	
⓬ rub·ber	（C）	L. 帆、篷、航行、船隻	
⓭ rule	（H）	M. 正確的、右邊的、正確	
⓮ sail	（L）	N. 星期六	
⓯ Sat·ur·day	（N）	O. 歸還、送回、返回、復發	
⓰ save	（D）	P. 座位、坐下	
⓱ scare	（I）	Q. 報告、報導	
⓲ scene	（F）	R. 玫瑰花、薔薇花、玫瑰色的	
⓳ sea·son	（B）	S. 作好準備的	
⓴ seat	（P）	T. 江、河	

我的學習紀錄

每一次使用遮色片驗收成果後，記得填上挑戰日期＆正確率。

★ 日期： ；答對 題

★ 日期： ；答對 題

★ 日期： ；答對 題

恭喜挑戰成功！
若無法一次就答對全部題目，也不要灰心，記得回到前面多做復習！學習本來就是一種累積的過程，只要確定每一次自己都有多記住一點點，就是一種成功。

★小提醒：請先將下列單字完整看過、聽過 4~6 遍後，接著搭配
　　　　橘紅色遮色片使用，並試著說出各單字的中文意思。

○ MP3 Track 0151

see [si]	動 看、理解 　同 watch 看
seed [sid]	名 種子 　動 播種於
seem [sim]	動 似乎
see·saw [ˋsiˏsɔ]	名 蹺蹺板
self [sɛlf]	名 自己、自我

○ MP3 Track 0152

self·ish [ˋsɛlfɪʃ]	形 自私的、不顧別人的
sell [sɛl]	動 賣、出售、銷售 　反 buy 買
send [sɛnd]	動 派遣、寄出 　同 mail 寄信
sense [sɛns]	名 感覺、意義
sen·tence [ˋsɛntəns]	名 句子、判決 　動 判決 　同 judge 判決

挑戰 3 次記熟這些單字

學習結束，記得使用遮色片驗收成果，並填上挑戰日期，7 天正好是
記憶衰減的周期，所以每次的挑戰時間切勿超過 7 天喔！

★挑戰1：正確率50%　日期：

★挑戰2：正確率80%　日期：

★挑戰3：正確率100% 日期：　　　　　　　恭喜挑戰成功！

★小提醒：請先將下列單字完整看過、聽過 4~6 遍後，接著搭配
橘紅色遮色片使用，並試著說出各單字的中文意思。

○ MP3 Track 0153

Sep·tem·ber/
Sept. [sɛpˋtɛmbə]　　名 九月

serve [sɝv]　　動 服務、招待

serv·ice [ˋsɝvɪs]　　名 服務

set [sɛt]　　名 (一)套、(一)副　動 放、擱置
　　　　　　同 place 放置

sev·en [ˋsɛvən]　　名 七

○ MP3 Track 0154

sev·en·teen
[ˌsɛvənˋtin]　　名 十七

sev·en·ty
[ˋsɛvəntɪ]　　名 七十

sev·er·al
[ˋsɛvərəl]　　形 幾個的　代 幾個

shake [ʃek]　　動 搖、發抖　名 搖動、震動

shall [ʃæl]　　連 將

A
B
C
D
E
F
G
H
I
J
K
L
M
N
O
P
Q
R
S
S
T
U
V
W
X
Y
Z

挑戰 3 次記熟這些單字

學習結束，記得使用遮色片驗收成果，並填上挑戰日期，7 天正好是
記憶衰減的周期，所以每次的挑戰時間切勿超過 7 天喔！

★挑戰1：正確率50%　日期：_____

★挑戰2：正確率80%　日期：_____

★挑戰3：正確率100%　日期：_____　　恭喜挑戰成功！

★小提醒：請先將下列單字完整看過、聽過 4~6 遍後，接著搭配
橘紅色遮色片使用，並試著說出各單字的中文意思。

○ MP3 Track 0155

shape [ʃep]	動 使成形 名 形狀 同 form 使成形
shark [ʃɑrk]	名 鯊魚
sharp [ʃɑrp]	形 鋒利的、刺耳的、尖銳的、嚴厲的 同 blunt 嚴厲的
she [ʃi]	代 她
sheep [ʃip]	名 羊、綿羊

○ MP3 Track 0156

sheet [ʃit]	名 床單
shine [ʃaɪn]	動 照耀、發光、發亮 名 光亮 同 glow 發光
ship [ʃɪp]	名 大船、海船 同 boat 船
shirt [ʃɜt]	名 襯衫
shoe(s) [ʃu(z)]	名 鞋

挑戰 3 次記熟這些單字

學習結束，記得使用遮色片驗收成果，並填上挑戰日期，7 天正好是
記憶衰減的周期，所以每次的挑戰時間切勿超過 7 天喔！

★挑戰1：正確率50%　日期：＿＿＿＿＿＿＿＿＿＿＿

★挑戰2：正確率80%　日期：＿＿＿＿＿＿＿＿＿＿＿

★挑戰3：正確率100% 日期：＿＿＿＿＿＿＿＿＿＿　恭喜挑戰成功！

★小提醒：請先將下列單字完整看過、聽過 4~6 遍後，接著搭配
橘紅色遮色片使用，並試著說出各單字的中文意思。

A B C D E F G H I J K L M N O P Q R S T U V W X Y Z

○ MP3 Track 0157

shop/store
[ʃɑp]/[stor]
名 商店、店鋪

shore [ʃor]
名 岸、濱 同 bank 岸

short [ʃɔrt]
形 矮的、短的、不足的 副 突然地
反 long 長的、遠的

shot [ʃɑt]
名 子彈、射擊 同 bullet 子彈

shoul·der
[ˈʃoldɚ]
名 肩、肩膀

○ MP3 Track 0158

shout [ʃaʊt]
動 呼喊、喊叫 名 叫喊、呼喊
同 yell 叫喊

show [ʃo]
動 出示、表明 名 展覽、表演
同 display 陳列、展出

shut [ʃʌt]
動 關上、閉上

shy [ʃaɪ]
形 害羞的、靦腆的 反 bold 大膽的

sick [sɪk]
形 有病的、患病的、想吐的、厭倦的
同 ill 生病的

挑戰 3 次記熟這些單字

學習結束，記得使用遮色片驗收成果，並填上挑戰日期，7 天正好是
記憶衰減的周期，所以每次的挑戰時間切勿超過 7 天喔！

★挑戰1：正確率50%　**日期：**＿＿＿＿＿＿＿＿＿

★挑戰2：正確率80%　**日期：**＿＿＿＿＿＿＿＿＿

★挑戰3：正確率100%　**日期：**＿＿＿＿＿＿＿　恭喜挑戰成功！

★小提醒：請先將下列單字完整看過、聽過 4~6 遍後，接著搭配
橘紅色遮色片使用，並試著說出各單字的中文意思。

● MP3 Track 0159

side [saɪd]　名 邊、旁邊、側面　形 旁邊的、側面的

sight [saɪt]　名 視力、情景、景象

sil·ly [ˋsɪlɪ]　形 傻的、愚蠢的　同 foolish 愚蠢的

sil·ver [ˋsɪlvə]　名 銀　形 銀色的

sim·ple [ˋsɪmpl̩]　形 簡單的、簡易的　反 complex 複雜的

● MP3 Track 0160

since [sɪns]　副 從……以來　介 自從
　　　　　　　　連 從……以來、因為、既然

sing [sɪŋ]　動 唱

sing·er [ˋsɪŋə]　名 歌唱家、歌手、唱歌的人

sir [sɝ]　名 先生　反 madam 小姐

sis·ter [ˋsɪstə]　名 姐妹、姐、妹　反 brother 兄弟

挑戰 3 次記熟這些單字

學習結束，記得使用遮色片驗收成果，並填上挑戰日期，7 天正好是
記憶衰減的周期，所以每次的挑戰時間切勿超過 7 天喔！

★挑戰1：正確率50%　日期：＿＿＿＿＿＿＿

★挑戰2：正確率80%　日期：＿＿＿＿＿＿＿

★挑戰3：正確率100%　日期：＿＿＿＿＿＿＿　恭喜挑戰成功！

隨堂小測驗！請搭配遮色片使用

學到一個階段快來驗證你的實力吧！每答完一題就把遮色片往下移，並檢查自己是否答對，並在右方空格做紀錄，待全部作答完畢，有答錯的部分，請再回到前面找出單字繼續複習，三五天後再做一次測驗，反覆的看聽直到全部答對，相信一輩子都忘不了這些單字了！

單字	解答	中譯	答對✓／答錯✗
❶ seed	（M）	A. 子彈、射擊	☐☐☐☐
❷ see·saw	（J）	B. 床單	☐☐☐☐
❸ self·ish	（T）	C. 矮的、短的、不足的	☐☐☐☐
❹ sense	（Q）	D. 搖、發抖、搖動、震動	☐☐☐☐
❺ Sep·tem·ber	（S）	E. 銀、銀色的	☐☐☐☐
❻ serv·ice	（O）	F. 使成形、形狀	☐☐☐☐
❼ sev·er·al	（K）	G. 視力、情景、景象	☐☐☐☐
❽ shake	（D）	H. 鋒利的、刺耳的、尖銳的	☐☐☐☐
❾ shape	（F）	I. 岸、濱	☐☐☐☐
❿ sharp	（H）	J. 蹺蹺板	☐☐☐☐
⓫ sheet	（B）	K. 幾個的、幾個	☐☐☐☐
⓬ shine	（R）	L. 歌唱家、歌手、唱歌的人	☐☐☐☐
⓭ shore	（I）	M. 種子、播種於	☐☐☐☐
⓮ short	（C）	N. 簡單的、簡易的	☐☐☐☐
⓯ shot	（A）	O. 服務	☐☐☐☐
⓰ sight	（G）	P. 傻的、愚蠢的	☐☐☐☐
⓱ sil·ly	（P）	Q. 感覺、意義	☐☐☐☐
⓲ sil·ver	（E）	R. 照耀、發光、發亮、光亮	☐☐☐☐
⓳ sim·ple	（N）	S. 九月	☐☐☐☐
⓴ sing·er	（L）	T. 自私的、不顧別人的	☐☐☐☐

我的學習紀錄

每一次使用遮色片驗收成果後，記得填上挑戰日期＆正確率。

★ 日期： ；答對 題

★ 日期： ；答對 題

★ 日期： ；答對 題

恭喜挑戰成功！
若無法一次就答對全部題目，也不要灰心，記得回到前面多做復習！學習本來就是一種累積的過程，只要確定每一次自己都有多記住一點點，就是一種成功。

挑戰你的閱讀力！短文／對話：

一、遇到不熟的單字不必急於查找。
（千萬不要把中文寫在原文上，會造成依賴哦！）
二、完整閱讀文章後，再參考右方的譯文，驗證自己學習成果。
三、本書特別將較困難的單字、片語列於文章右下方。
四、多讀幾次，仔細鑽研文中的一字一句，徹底理解每篇文章的意思。

A Day Out
出門去

Jean: What are we going to have for lunch?

Billy: Anything as you please.

Jean: How about we order some takeaway food and bring them to the park?

Billy: Sounds great.

Jean: Okay, I am going to have a rose apple pie and a glass of orange juice.

Billy: I'll take some egg fried rice and a can of soda.

Jean: Cool. Let's go get the food and head to the park!

On the way to the park...

Billy: Look! Your favorite store is having a 30% off sale!

Jean: Wow! You're right. They sure are! Take a look at this pair of silver shoes! And that purple off-the-shoulder dress too! They are so pretty!

Billy: I bet they would look great on you!

Jean: Oh, never mind... The discounted price still seems a bit out of reach for me.

Billy: Don't worry about it. Let me get those for you since I received a pay rise this September.

※ 文章中橘紅色單字都是前 24 頁中學習過的單字，如果你忘記了，記得再回去復習哦！

Jean: Thank you so much, Billy. You are the best! I can't wait to show them off at the party on Saturday!

珍：我們午餐要吃什麼呢？

比利：都可以，隨妳高興吧。

珍：那我們外帶食物去公園吃如何？

比利：聽起來很棒！

珍：好，我要吃玫瑰蘋果派還有一杯柳橙汁。

比利：那我要蛋炒飯跟一瓶汽水。

珍：好啊，我們現在出發買食物去公園吧！

去公園途中⋯

比利：你看！妳最喜歡的那家店在打七折耶！

珍：哇！你說對了！他們真的在打折呢！你看這雙銀色的鞋子！還有那件紫色露肩洋裝！它們真美！

比利：妳穿起來肯定美呆了！

珍：噢，還是算了吧⋯它們就算打折之後，對我來說還是有點太貴了。

比利：這妳就別擔心了！我今年九月剛調薪，就讓我買給妳吧！

珍：太謝謝你了，比利！你最好了！我等不及要在星期六的派對上穿來炫耀了！

生字補充：

- takeaway 外帶
- favorite 最愛的
- totally 完全地
- discounted 打折扣

★小提醒：請先將下列單字完整看過、聽過 4~6 遍後，接著搭配
　　　　　橘紅色遮色片使用，並試著說出各單字的中文意思。

○ MP3 Track 0161

sit [sɪt]　動 坐 反 stand 站

six [sɪks]　名 六

six·teen [sɪks`tin]　名 十六

six·ty [`sɪkstɪ]　名 六十

size [saɪz]　名 大小、尺寸

○ MP3 Track 0162

skill [skɪl]　名 技能 同 capability 技能

skin [skɪn]　名 皮、皮膚

sky [skaɪ]　名 天、天空

sleep [slip]　動 睡 名 睡眠、睡眠期 反 wake 醒來

slow [slo]　形 慢的、緩慢的 副 慢
動（使）慢下來 反 fast 快的

挑戰 3 次記熟這些單字

學習結束，記得使用遮色片驗收成果，並填上挑戰日期，7 天正好是
記憶衰減的周期，所以每次的挑戰時間切勿超過 7 天喔！

★挑戰1：正確率50%　日期：＿＿＿＿＿＿＿＿＿＿

★挑戰2：正確率80%　日期：＿＿＿＿＿＿＿＿＿＿

★挑戰3：正確率100%　日期：＿＿＿＿＿＿＿＿＿＿　恭喜挑戰成功！

★小提醒：請先將下列單字完整看過、聽過 4~6 遍後，接著搭配
橘紅色遮色片使用，並試著說出各單字的中文意思。

○ MP3 Track 0163

small [smɔl] 　形 小的、少的　反 large 大的

smart [smɑrt] 　形 聰明的　同 intelligent 聰明的

smell [smɛl] 　動 嗅、聞到　名 氣味、香味
　　　　　　　　　同 scent 氣味、香味

smile [smaɪl] 　動 微笑　名 微笑　反 frown 皺眉

smoke [smok] 　名 煙、煙塵　動 抽菸　同 fume 煙、氣

○ MP3 Track 0164

snake [snek] 　名 蛇

snow [sno] 　名 雪　動 下雪

so [so] 　副 這樣、如此地　連 所以

soap [sop] 　名 肥皂

so·da [ˈsodə] 　名 汽水、蘇打

A
B
C
D
E
F
G
H
I
J
K
L
M
N
O
P
Q
R
S
T
U
V
W
X
Y
Z

挑戰 3 次記熟這些單字

學習結束，記得使用遮色片驗收成果，並填上挑戰日期，7 天正好是
記憶衰減的周期，所以每次的挑戰時間切勿超過 7 天喔！

★挑戰1：正確率50%　日期：＿＿＿＿＿＿＿＿＿

★挑戰2：正確率80%　日期：＿＿＿＿＿＿＿＿＿

★挑戰3：正確率100%　日期：＿＿＿＿＿＿＿＿＿　恭喜挑戰成功！

★小提醒：請先將下列單字完整看過、聽過 4~6 遍後，接著搭配橘紅色遮色片使用，並試著說出各單字的中文意思。

Part 01 基礎單字篇

Part 02 進階單字篇

○ MP3 Track 0165

so·fa [ˋsofə]　　名 沙發　同 couch 沙發

soft [sɔft]　　形 軟的、柔和的　反 hard 硬的

soil [sɔɪl]　　名 土壤　動 弄髒、弄汙　同 dirt 泥、土

some [sʌm]　　形 一些的、若干的　代 若干、一些　同 certain 某些、某幾個

some·one [ˋsʌmˏwʌn]　　代 一個人、某一個人　同 somebody 某一個人

○ MP3 Track 0166

some·thing [ˋsʌmθɪŋ]　　代 某物、某事

some·times [ˋsʌmˏtaɪmz]　　副 有時

son [sʌn]　　名 兒子　反 daughter 女兒

song [sɔŋ]　　名 歌曲

soon [sun]　　副 很快地、不久　同 shortly 不久

挑戰 3 次記熟這些單字

學習結束，記得使用遮色片驗收成果，並填上挑戰日期，7 天正好是記憶衰減的周期，所以每次的挑戰時間切勿超過 7 天喔！

★挑戰1：正確率50%　日期：＿＿＿＿＿＿＿＿

★挑戰2：正確率80%　日期：＿＿＿＿＿＿＿＿

★挑戰3：正確率100% 日期：＿＿＿＿＿＿＿　　恭喜挑戰成功！

★小提醒：請先將下列單字完整看過、聽過 4~6 遍後，接著搭配
橘紅色遮色片使用，並試著說出各單字的中文意思。

○ MP3 Track 0167

sor·ry [ˋsɔrɪ]	形 難過的、惋惜的、抱歉的 反 glad 開心的
soul [sol]	名 靈魂、心靈 反 body 身體
sound [saʊnd]	名 聲音、聲響 動 發出聲音、聽起來像 同 voice 聲音
soup [sup]	名 湯 同 broth 湯
sour [ˋsaʊr]	形 酸的 動 變酸 名 酸的東西

○ MP3 Track 0168

south [saʊθ]	名 南、南方 形 南的、南方的 副 向南方、在南方 反 north 北方
space [spes]	名 空間、太空 動 隔開、分隔
speak [spik]	動 說話、講話 同 talk 講話
spe·cial [ˋspɛʃəl]	形 專門的、特別的 反 usual 平常的
speech [spitʃ]	名 言談、說話

A
B
C
D
E
F
G
H
I
J
K
L
M
N
O
P
Q
R
S
T
U
V
W
X
Y
Z

挑戰 3 次記熟這些單字

學習結束，記得使用遮色片驗收成果，並填上挑戰日期，7 天正好是
記憶衰減的周期，所以每次的挑戰時間切勿超過 7 天喔！

★挑戰1：正確率50%　日期：＿＿＿＿＿＿＿＿＿＿

★挑戰2：正確率80%　日期：＿＿＿＿＿＿＿＿＿＿

★挑戰3：正確率100% 日期：＿＿＿＿＿＿＿＿　恭喜挑戰成功！

★小提醒：請先將下列單字完整看過、聽過 4~6 遍後，接著搭配橘紅色遮色片使用，並試著說出各單字的中文意思。

○ MP3 Track 0169

spell [spɛl]　動 用字母拼、拼寫

spend [spɛnd]　動 花費、付錢 同 consume 花費

spoon [spun]　名 湯匙、調羹

sport [sport]　名 運動 同 exercise 運動

spring [sprɪŋ]　名 跳躍、彈回、春天 動 跳、躍、彈跳 同 jump 跳

○ MP3 Track 0170

stair [stɛr]　名 樓梯

stand [stænd]　動 站起、立起 名 立場、觀點 反 sit 坐

star [star]　名 星、恆星 形 著名的、卓越的 動 扮演主角

start [start]　名 開始、起點 動 開始、著手 同 begin 開始

state [stet]　名 狀態、狀況、情、州 動 陳述、說明、闡明 同 declare 聲明、表示

挑戰 3 次記熟這些單字

學習結束，記得使用遮色片驗收成果，並填上挑戰日期，7 天正好是記憶衰減的周期，所以每次的挑戰時間切勿超過 7 天喔！

★挑戰1：正確率50%　日期：＿＿＿＿＿＿＿＿＿

★挑戰2：正確率80%　日期：＿＿＿＿＿＿＿＿＿

★挑戰3：正確率100%　日期：＿＿＿＿＿＿＿　恭喜挑戰成功！

隨堂小測驗！請搭配遮色片使用

學到一個階段快來驗證你的實力吧！每答完一題就把遮色片往下移，並檢查自己是否答對，並在右方空格做紀錄，待全部作答完畢，有答錯的部分，請再回到前面找出單字繼續複習，三五天後再做一次測驗，反覆的看聽直到全部答對，相信一輩子都忘不了這些單字了！

單字	解答	中譯	答對✓／答錯✗
❶ six·teen	（Q）	A. 軟的、柔和的	☐☐☐☐
❷ size	（S）	B. 酸的、變酸、酸的東西	☐☐☐☐
❸ skill	（I）	C. 聰明的	☐☐☐☐
❹ sky	（L）	D. 說話、講話	☐☐☐☐
❺ slow	（N）	E. 煙、煙塵、抽菸	☐☐☐☐
❻ smart	（C）	F. 聲音、聲響、發出聲音	☐☐☐☐
❼ smoke	（E）	G. 肥皂	☐☐☐☐
❽ snow	（T）	H. 空間、太空、隔開、分隔	☐☐☐☐
❾ soap	（G）	I. 技能	☐☐☐☐
❿ soft	（A）	J. 歌曲	☐☐☐☐
⓫ soil	（P）	K. 樓梯	☐☐☐☐
⓬ stair	（K）	L. 天、天空	☐☐☐☐
⓭ song	（J）	M. 開始、起點、著手	☐☐☐☐
⓮ soul	（R）	N. 慢的、緩慢的	☐☐☐☐
⓯ sound	（F）	O. 花費、付錢	☐☐☐☐
⓰ sour	（B）	P. 土壤、弄髒、弄汙	☐☐☐☐
⓱ space	（H）	Q. 十六	☐☐☐☐
⓲ speak	（D）	R. 靈魂、心靈	☐☐☐☐
⓳ spend	（O）	S. 大小、尺寸	☐☐☐☐
⓴ start	（M）	T. 雪、下雪	☐☐☐☐

我的學習紀錄

每一次使用遮色片驗收成果後，記得填上挑戰日期＆正確率。

★ 日期：　　　　　；答對　　　　題

★ 日期：　　　　　；答對　　　　題

★ 日期：　　　　　；答對　　　　題

恭喜挑戰成功！
若無法一次就答對全部題目，也不要灰心，記得回到前面多做復習！學習本來就是一種累積的過程，只要確定每一次自己都有多記住一點點，就是一種成功。

★小提醒：請先將下列單字完整看過、聽過 4~6 遍後，接著搭配
橘紅色遮色片使用，並試著說出各單字的中文意思。

○ MP3 Track 0171

state·ment 名陳述、聲明、宣佈
[ˋstetmənt]

sta·tion [ˋsteʃən] 名車站

stay [ste] 名逗留、停留 動停留 同 remain 留下

step [stɛp] 名腳步、步驟 動踏 同 pace 步

still [stɪl] 形無聲的、不動的 副仍然

○ MP3 Track 0172

stone [ston] 名石、石頭 同 rock 石頭

stop [stɑp] 名停止 動停止、結束 同 halt 停止

sto·ry [ˋstorɪ] 名故事 同 tale 故事

strange [strendʒ] 形陌生的、奇怪的、不熟悉的
反 familiar 熟悉的

street [strit] 名街、街道

挑戰 3 次記熟這些單字

學習結束，記得使用遮色片驗收成果，並填上挑戰日期，7 天正好是
記憶衰減的周期，所以每次的挑戰時間切勿超過 7 天喔！

★挑戰1：正確率50% 日期：＿＿＿＿＿＿＿＿

★挑戰2：正確率80% 日期：＿＿＿＿＿＿＿＿

★挑戰3：正確率100% 日期：＿＿＿＿＿＿＿＿ 恭喜挑戰成功！

★小提醒：請先將下列單字完整看過、聽過 4~6 遍後，接著搭配橘紅色遮色片使用，並試著說出各單字的中文意思。

○ MP3 Track 0173

strong [strɔŋ] 　形 強壯的、強健的 　副 健壯地
　　　　　　　　 反 weak 虛弱的

stu·dent [ˋstjudṇt] 　名 學生 　反 teacher 老師

stud·y [ˋstʌdɪ] 　名 學習 　動 學習、研究

stu·pid [ˋstjupɪd] 　形 愚蠢的、笨的 　反 wise 聰明的

such [sʌtʃ] 　形 這樣的、如此的 　代 這樣的人或物

○ MP3 Track 0174

sug·ar [ˋʃʊgɚ] 　名 糖 　反 salt 鹽

sum·mer [ˋsʌmɚ] 　名 夏天、夏季

sun [sʌn] 　名 太陽、日 　動 曬

Sun·day/Sun. [ˋsʌnde] 　名 星期日

su·per [ˋsupɚ] 　形 很棒的、超級的

A
B
C
D
E
F
G
H
I
J
K
L
M
N
O
P
Q
R
S
T
U
V
W
X
Y
Z

挑戰 3 次記熟這些單字

學習結束，記得使用遮色片驗收成果，並填上挑戰日期，7 天正好是記憶衰減的周期，所以每次的挑戰時間切勿超過 7 天喔！

★挑戰1：正確率50% 　日期：＿＿＿＿＿＿＿＿＿＿

★挑戰2：正確率80% 　日期：＿＿＿＿＿＿＿＿＿＿

★挑戰3：正確率100% 日期：＿＿＿＿＿＿＿　恭喜挑戰成功！

★小提醒：請先將下列單字完整看過、聽過 4~6 遍後，接著搭配橘紅色遮色片使用，並試著說出各單字的中文意思。

○ MP3 Track 0175

sup·per [ˋsʌpɚ]　名 晚餐、晚飯　反 breakfast 早餐

sure [ʃʊr]　形 一定的、確信的　副 確定
反 doubtful 懷疑的

sur·prise [sɚˋpraɪz]　名 驚喜、詫異　動 使驚喜、使詫異
同 amaze 使大為驚奇

sweet [swit]　形 甜的、甜味的　名 糖果

swim [swɪm]　動 游、游泳　名 游泳

 Tt 開頭的單字

○ MP3 Track 0176

ta·ble [ˋtebl̩]　名 桌子　同 desk 桌子

tail [tel]　名 尾巴、尾部　動 尾隨、追蹤

take [tek]　動 抓住、拾起、量出、吸引

tale [tel]　名 故事　同 story 故事

talk [tɔk]　名 談話、聊天　動 說話、對人講話
同 converse 談話

挑戰 3 次記熟這些單字

學習結束，記得使用遮色片驗收成果，並填上挑戰日期，7 天正好是記憶衰減的周期，所以每次的挑戰時間切勿超過 7 天喔！

★挑戰1：正確率50%　日期：＿＿＿＿＿＿＿＿＿＿

★挑戰2：正確率80%　日期：＿＿＿＿＿＿＿＿＿＿

★挑戰3：正確率100%　日期：＿＿＿＿＿＿＿＿＿　恭喜挑戰成功！

★小提醒：請先將下列單字完整看過、聽過 4~6 遍後，接著搭配
橘紅色遮色片使用，並試著說出各單字的中文意思。

○ MP3 Track 0177

tall [tɔl] | 形 高的 反 short 矮的

taste [test] | 名 味覺 動 品嘗、辨味

tax·i·cab/ tax·i/cab [ˈtæksɪˌkæb]/[ˈtæksɪ]/ [kæb] | 名 計程車

tea [ti] | 名 茶水、茶

teach [titʃ] | 動 教、教書、教導

○ MP3 Track 0178

teach·er [ˈtitʃɚ] | 名 教師、老師

tell [tɛl] | 動 告訴、說明、分辨 同 inform 告知

ten [tɛn] | 名 十

than [ðæn] | 連 比 介 與……比較

thank [θæŋk] | 動 感謝、謝謝 名 表示感激 同 appreciate 感謝

A
B
C
D
E
F
G
H
I
J
K
L
M
N
O
P
Q
R
S
T
U
V
W
X
Y
Z

挑戰 3 次記熟這些單字

學習結束，記得使用遮色片驗收成果，並填上挑戰日期，7 天正好是
記憶衰減的週期，所以每次的挑戰時間切勿超過 7 天喔！

★挑戰1：正確率50% 日期：＿＿＿＿＿＿＿＿＿＿＿

★挑戰2：正確率80% 日期：＿＿＿＿＿＿＿＿＿＿＿

★挑戰3：正確率100% 日期：＿＿＿＿＿＿＿＿＿＿＿ 恭喜挑戰成功！

★小提醒：請先將下列單字完整看過、聽過 4~6 遍後，接著搭配
橘紅色遮色片使用，並試著說出各單字的中文意思。

● MP3 Track 0179

that [ðæt]　　　形 那、那個　代 那個　副 那麼、那樣

the [ðə]　　　　冠 用於知道的人或物之前、
　　　　　　　　　　指特定的人或物

their(s) [ðɛr(z)]　代 他們的（東西）、她們的（東西）、
　　　　　　　　　　它們的（東西）

them [ðɛm]　　　代 他們

then [ðɛn]　　　副 當時、那時、然後

● MP3 Track 0180

there [ðɛr]　　　副 在那兒、往那兒　反 here 在這兒

these [ðiz]　　　代 這些、這些的（this 的複數）
　　　　　　　　　　反 those 那些

they [ðe]　　　　代 他們

thing [θɪŋ]　　　名 東西、物體　同 object 物體

think [θɪŋk]　　　動 想、思考　同 consider 考慮

挑戰 3 次記熟這些單字

學習結束，記得使用遮色片驗收成果，並填上挑戰日期，7 天正好是
記憶衰減的周期，所以每次的挑戰時間切勿超過 7 天喔！

★挑戰1：正確率50%　日期：＿＿＿＿＿＿＿＿＿＿

★挑戰2：正確率80%　日期：＿＿＿＿＿＿＿＿＿＿

★挑戰3：正確率100%　日期：＿＿＿＿＿＿＿＿＿＿　恭喜挑戰成功！

隨堂小測驗！請搭配遮色片使用

學到一個階段快來驗證你的實力吧！每答完一題就把遮色片往下移，並檢查自己是否答對，並在右方空格做紀錄，待全部作答完畢，有答錯的部分，請再回到前面找出單字繼續複習，三五天後再做一次測驗，反覆的看聽直到全部答對，相信一輩子都忘不了這些單字了！

單字	解答	中譯	答對✓／答錯✗
❶ state·ment	（P）	A. 腳步、步驟、踏	☐☐☐☐
❷ sta·tion	（G）	B. 糖	☐☐☐☐
❸ stay	（T）	C. 茶水、茶	☐☐☐☐
❹ step	（A）	D. 強壯的、強健的、健壯地	☐☐☐☐
❺ strange	（I）	E. 味覺	☐☐☐☐
❻ strong	（D）	F. 晚餐、晚飯	☐☐☐☐
❼ stu·pid	（M）	G. 車站	☐☐☐☐
❽ sug·ar	（B）	H. 驚喜、詫異、使驚喜	☐☐☐☐
❾ sum·mer	（R）	I. 陌生的、奇怪的、不熟悉的	☐☐☐☐
❿ su·per	（N）	J. 比、與……比較	☐☐☐☐
⑪ sup·per	（F）	K. 故事	☐☐☐☐
⑫ sur·prise	（H）	L. 當時、那時、然後	☐☐☐☐
⑬ tale	（K）	M. 愚蠢的、笨的	☐☐☐☐
⑭ taste	（E）	N. 很棒的、超級的	☐☐☐☐
⑮ tea	（C）	O. 想、思考	☐☐☐☐
⑯ than	（J）	P. 陳述、聲明、宣佈	☐☐☐☐
⑰ then	（L）	Q. 東西、物體	☐☐☐☐
⑱ there	（S）	R. 夏天、夏季	☐☐☐☐
⑲ thing	（Q）	S. 在那兒、往那兒	☐☐☐☐
⑳ think	（O）	T. 逗留、停留	☐☐☐☐

我的學習紀錄

每一次使用遮色片驗收成果後，記得填上挑戰日期＆正確率。

★ 日期：　　　　　　　；答對　　　　　題

★ 日期：　　　　　　　；答對　　　　　題

★ 日期：　　　　　　　；答對　　　　　題

恭喜挑戰成功！
若無法一次就答對全部題目，也不要灰心，記得回到前面多做復習！學習本來就是一種累積的過程，只要確定每一次自己都有多記住一點點，就是一種成功。

★小提醒：請先將下列單字完整看過、聽過 4~6 遍後，接著搭配
　　　　橘紅色遮色片使用，並試著說出各單字的中文意思。

○ MP3 Track 0181

third [θɝd]　　　名 第三　形 第三的

thir·teen [ˈθɝˈtin]　名 十三

thir·ty [ˈθɝtɪ]　　名 三十

this [ðɪs]　　　形 這、這個　代 這個　反 that 那個

those [ðoz]　　　代 那些、那些的（that 的複數）

○ MP3 Track 0182

though [ðo]　　　副 但是、然而　連 雖然、儘管
　　　　　　　　　　 同 although 雖然

thought [θɔt]　　名 思考、思維

thou·sand　　　名 一千、多數、成千
[ˈθaʊzn̩d]

three [θri]　　　名 三

throw [θro]　　　動 投、擲、扔

挑戰 3 次記熟這些單字

學習結束，記得使用遮色片驗收成果，並填上挑戰日期，7 天正好是
記憶衰減的周期，所以每次的挑戰時間切勿超過 7 天喔！

★挑戰1：正確率50%　日期：＿＿＿＿＿＿＿

★挑戰2：正確率80%　日期：＿＿＿＿＿＿＿

★挑戰3：正確率100%　日期：＿＿＿＿＿＿＿　　　恭喜挑戰成功！

★小提醒：請先將下列單字完整看過、聽過 4~6 遍後，接著搭配
　　　　橘紅色遮色片使用，並試著說出各單字的中文意思。

○ MP3 Track 0183

Thurs·day/ **Thurs./Thur.** [ˈθɝzde]	名 星期四
thus [ðʌs]	副 因此、所以 同 therefore 因此
tick·et [ˈtɪkɪt]	名 車票、入場券
tie [taɪ]	名 領帶、領結 動 打結
ti·ger [ˈtaɪgɚ]	名 老虎

○ MP3 Track 0184

time [taɪm]	名 時間
ti·ny [ˈtaɪnɪ]	形 極小的 反 giant 巨大的
tire [taɪr]	動 使疲倦 名 輪胎
to [tʊ]	介 到、向、往
to·day [təˈde]	名 今天 副 在今天、本日 反 tomorrow 明天

A B C D E F G H I J K L M N O P Q R S **T** U V W X Y Z

挑戰 3 次記熟這些單字

學習結束，記得使用遮色片驗收成果，並填上挑戰日期，7 天正好是
記憶衰減的周期，所以每次的挑戰時間切勿超過 7 天喔！

★挑戰1：正確率50%　日期：＿＿＿＿＿＿＿＿＿

★挑戰2：正確率80%　日期：＿＿＿＿＿＿＿＿＿

★挑戰3：正確率100%　日期：＿＿＿＿＿＿＿　恭喜挑戰成功！

★小提醒：請先將下列單字完整看過、聽過 4~6 遍後，接著搭配橘紅色遮色片使用，並試著說出各單字的中文意思。

Part 01 基礎單字篇

Part 02 進階單字篇

○ MP3 Track 0185

to·geth·er [təˋgɛðɚ]
副 在一起、緊密地 反 alone 單獨地

to·mor·row [təˋmɔro]
名 明天 副 在明天

tone [ton]
名 風格、音調

to·night [təˋnaɪt]
名 今天晚上 副 今晚

too [tu]
副 也

○ MP3 Track 0186

tool [tul]
名 工具、用具 同 device 設備、儀器

top [tɑp]
形 頂端的 名 頂端 動 勝過、高於 反 bottom 底部

to·tal [ˋtotl]
形 全部的 名 總數、全部 動 總計 同 entire 全部

touch [tʌtʃ]
名 接觸、碰、觸摸 同 contact 接觸

to·ward(s) [təˋwɔrd(z)]
介 對⋯⋯、向⋯⋯、對於⋯⋯

挑戰 3 次記熟這些單字

學習結束，記得使用遮色片驗收成果，並填上挑戰日期，7 天正好是記憶衰減的周期，所以每次的挑戰時間切勿超過 7 天喔！

★挑戰1：正確率50%　日期：

★挑戰2：正確率80%　日期：

★挑戰3：正確率100%　日期：　　　　　　恭喜挑戰成功！

★小提醒：請先將下列單字完整看過、聽過 4~6 遍後，接著搭配
橘紅色遮色片使用，並試著說出各單字的中文意思。

○ MP3 Track 0187

town [taʊn]	名 城鎮、鎮
toy [tɔɪ]	名 玩具
train [tren]	名 火車 動 教育、訓練 同 educate 教育
tree [tri]	名 樹
trip [trɪp]	名 旅行 動 絆倒 同 journey 旅行

○ MP3 Track 0188

trou·ble [ˈtrʌbl̩]	名 憂慮 動 使煩惱、折磨 同 disturb 使心神不寧
true [tru]	形 真的、對的 反 false 假的、錯的
try [traɪ]	名 試驗、嘗試 動 嘗試 同 attempt 企圖、嘗試
T-shirt [ˈtiʃɝt]	名 T 恤
Tues·day/ Tues./Tue. [ˈtjʊzde]	名 星期二

A
B
C
D
E
F
G
H
I
J
K
L
M
N
O
P
Q
R
S
T
U
V
W
X
Y
Z

挑戰 3 次記熟這些單字

學習結束，記得使用遮色片驗收成果，並填上挑戰日期，7 天正好是
記憶衰減的周期，所以每次的挑戰時間切勿超過 7 天喔！

★**挑戰1**：正確率50%　日期：＿＿＿＿＿＿＿＿＿＿

★**挑戰2**：正確率80%　日期：＿＿＿＿＿＿＿＿＿＿

★**挑戰3**：正確率100%　日期：＿＿＿＿＿＿＿＿＿＿　恭喜挑戰成功！

★小提醒：請先將下列單字完整看過、聽過 4~6 遍後，接著搭配
橘紅色遮色片使用，並試著說出各單字的中文意思。

● MP3 Track 0189

tum·my [ˈtʌmɪ]　名（口語）肚子

turn [tɜn]　名 旋轉、轉動　動 轉動　同 rotate 旋轉

twelve [twɛlv]　名 十二

twen·ty [ˈtwɛntɪ]　名 二十

twice [twaɪs]　副 兩次、兩倍

● MP3 Track 0190

two [tu]　名 二

 開頭的單字

un·cle [ˈʌŋkḷ]　名 叔叔、伯伯、舅舅、姑父、姨父

un·der [ˈʌndɚ]　介 小於、少於、低於　反 over 在上方
副 在下面、往下面

un·der·stand [ˌʌndɚˈstænd]　動 瞭解、明白　同 comprehend 理解

u·nit [ˈjunɪt]　名 單位、單元

挑戰 3 次記熟這些單字

學習結束，記得使用遮色片驗收成果，並填上挑戰日期，7 天正好是
記憶衰減的周期，所以每次的挑戰時間切勿超過 7 天喔！

★挑戰1：正確率50%　日期：＿＿＿＿＿＿＿＿＿＿

★挑戰2：正確率80%　日期：＿＿＿＿＿＿＿＿＿＿

★挑戰3：正確率100%　日期：＿＿＿＿＿＿＿＿　　恭喜挑戰成功！

隨堂小測驗！請搭配遮色片使用

學到一個階段快來驗證你的實力吧！每答完一題就把遮色片往下移，並檢查自己是否答對，並在右方空格做紀錄，待全部作答完畢，有答錯的部分，請再回到前面找出單字繼續複習，三五天後再做一次測驗，反覆的看聽直到全部答對，相信一輩子都忘不了這些單字了！

單字	解答	中譯	答對✓／答錯✗
❶ third	（Q）	A. 但是、然而、雖然、儘管	
❷ those	（I）	B. 真的、對的	
❸ though	（A）	C. 使疲倦、輪胎	
❹ thought	（R）	D. 對……、向……	
❺ thou·sand	（E）	E. 一千、多數、成千	
❻ tick·et	（M）	F. 風格、音調	
❼ tie	（K）	G. 時間	
❽ time	（G）	H. 明天、在明天	
❾ tire	（C）	I. 那些、那些的	
❿ to·geth·er	（S）	J. 星期二	
⓫ to·mor·row	（H）	K. 領帶、領結、打結	
⓬ tone	（F）	L. 憂慮、使煩惱、折磨	
⓭ to·ward(s)	（D）	M. 車票、入場券	
⓮ trou·ble	（L）	N. 小於、少於、低於、在下	
⓯ true	（B）	O. 瞭解、明白	
⓰ Tues·day	（J）	P. 兩次、兩倍	
⓱ turn	（T）	Q. 第三、第三的	
⓲ twice	（P）	R. 思考、思維	
⓳ un·der	（N）	S. 在一起、緊密地	
⓴ un·der·stand	（O）	T. 旋轉、轉動	

我的學習紀錄

每一次使用遮色片驗收成果後，記得填上挑戰日期＆正確率。

★ 日期：　　　　；答對　　　　題
★ 日期：　　　　；答對　　　　題
★ 日期：　　　　；答對　　　　題

恭喜挑戰成功！
若無法一次就答對全部題目，也不要灰心，記得回到前面多做復習！學習本來就是一種累積的過程，只要確定每一次自己都有多記住一點點，就是一種成功。

★小提醒：請先將下列單字完整看過、聽過 4~6 遍後，接著搭配橘紅色遮色片使用，並試著說出各單字的中文意思。

Part 01 基礎單字篇

Part 02 進階單字篇

○ MP3 Track 0191

un·til [ən'tɪl]　連 直到……為止　介 直到……為止

up [ʌp]　副 向上地　介 在高處

up·stairs ['ʌp,stɛrz]　副 往（在）樓上　形 樓上的　名 樓上

us [ʌs]　代 我們

use [juz]　動 使用、消耗　名 使用

○ MP3 Track 0192

use·ful ['jusfəl]　形 有用的、有益的、有幫助的

Vv 開頭的單字

veg·e·ta·ble ['vɛdʒətəbl̩]　名 蔬菜　反 meat 肉類

ver·y ['vɛrɪ]　副 很、非常

view [vju]　名 看見、景觀　動 觀看、視察　同 sight 景象

vis·it ['vɪzɪt]　動 訪問　名 訪問

挑戰 3 次記熟這些單字

學習結束，記得使用遮色片驗收成果，並填上挑戰日期，7 天正好是記憶衰減的周期，所以每次的挑戰時間切勿超過 7 天喔！

★挑戰1：正確率50%　日期：＿＿＿＿＿＿＿＿

★挑戰2：正確率80%　日期：＿＿＿＿＿＿＿＿

★挑戰3：正確率100%　日期：＿＿＿＿＿＿　恭喜挑戰成功！

★小提醒：請先將下列單字完整看過、聽過 4~6 遍後，接著搭配
橘紅色遮色片使用，並試著說出各單字的中文意思。

A
B
C
D
E
F
G
H
I
J
K
L
M
N
O
P
Q
R
S
T
U
V
W
X
Y
Z

○ MP3 Track 0193

voice [vɔɪs]　　　**名** 聲音、發言

開頭的單字

wait [wet]　　　**動** 等待 **名** 等待、等待的時間

walk [wɔk]　　　**動** 走、步行 **名** 步行、走、散步

wall [wɔl]　　　**名** 牆壁

want [wɑnt]　　　**動** 想要、要 **名** 需要 **同** desire 想要

○ MP3 Track 0194

war [wɔr]　　　**名** 戰爭 **反** peace 和平

warm [wɔrm]　　　**形** 暖和的、溫暖的 **動** 使暖和

wash [wɑʃ]　　　**動** 洗滌 **名** 沖洗 **同** clean 弄乾淨

waste [west]　　　**動** 浪費、濫用 **名** 浪費
形 廢棄的、無用的 **反** save 節省

watch [wɑtʃ]　　　**動** 注視、觀看、注意 **名** 手錶
反 ignore 忽略

挑戰 3 次記熟這些單字

學習結束，記得使用遮色片驗收成果，並填上挑戰日期，7 天正好是
記憶衰減的周期，所以每次的挑戰時間切勿超過 7 天喔！

★挑戰1：正確率50%　日期：_____

★挑戰2：正確率80%　日期：_____

★挑戰3：正確率100% 日期：_____　　恭喜挑戰成功！

★小提醒：請先將下列單字完整看過、聽過 4~6 遍後，接著搭配橘紅色遮色片使用，並試著說出各單字的中文意思。

● MP3 Track 0195

wa·ter [ˈwɔtɚ]	名 水 動 澆水、灑水
way [we]	名 路、道路
we [wi]	代 我們
weak [wik]	形 無力的、虛弱的 同 feeble 虛弱的
wear [wɛr]	動 穿、戴、耐久

● MP3 Track 0196

weath·er [ˈwɛðɚ]	名 天氣
wed·ding [ˈwɛdɪŋ]	名 婚禮、結婚 同 marriage 婚禮、結婚
Wedne·sday/ Wed./Weds. [ˈwɛnzde]	名 星期三
week [wik]	名 星期、工作日
week·end [ˈwikˌɛnd]	名 週末（星期六和星期日）

挑戰 3 次記熟這些單字

學習結束，記得使用遮色片驗收成果，並填上挑戰日期，7 天正好是記憶衰減的周期，所以每次的挑戰時間切勿超過 7 天喔！

★挑戰1：正確率50%　日期：＿＿＿＿＿＿＿＿＿＿＿＿

★挑戰2：正確率80%　日期：＿＿＿＿＿＿＿＿＿＿＿＿

★挑戰3：正確率100%　日期：＿＿＿＿＿＿＿＿＿　恭喜挑戰成功！

★小提醒：請先將下列單字完整看過、聽過 4~6 遍後，接著搭配橘紅色遮色片使用，並試著說出各單字的中文意思。

A B C D E F G H I J K L M N O P Q R S T U V W X Y Z

○ MP3 Track 0197

weigh [we] 　動 稱重

weight [wet] 　名 重、重量

wel·come ['wɛlkəm] 　動 歡迎　名 親切的接待　形 受歡迎的　感（親切的招呼）歡迎

well [wɛl] 　形 健康的　副 好、令人滿意地　反 badly 壞、拙劣地

west [wɛst] 　名 西方　形 西部的、西方的　副 向西方　反 east 東方

○ MP3 Track 0198

what [hwɑt] 　形 什麼　代（疑問代詞）什麼

when [hwɛn] 　副 什麼時候、何時　連 當……時　代（關係代詞）那時

where [hwɛr] 　副 在哪裡　代 在哪裡　名 地點

wheth·er ['hwɛðɚ] 　連 是否、無論如何　同 if 是否

which [hwɪtʃ] 　形 哪一個　代 哪一個

挑戰 3 次記熟這些單字

學習結束，記得使用遮色片驗收成果，並填上挑戰日期，7 天正好是記憶衰減的周期，所以每次的挑戰時間切勿超過 7 天喔！

★挑戰1：正確率50%　日期：

★挑戰2：正確率80%　日期：

★挑戰3：正確率100%　日期：　　　　　　　恭喜挑戰成功！

★小提醒：請先將下列單字完整看過、聽過 4~6 遍後，接著搭配橘紅色遮色片使用，並試著說出各單字的中文意思。

◯ MP3 Track 0199

while [hwaɪl]	名 時間 連 當……的時候、另一方面
white [hwaɪt]	形 白色的 名 白色 反 black 黑色
who [hu]	代 誰
whole [hol]	形 全部的、整個的 名 全體、整體 反 partial 部分的
whom [hum]	代 誰

◯ MP3 Track 0200

whose [huz]	代 誰的
why [hwaɪ]	副 為什麼
wide [waɪd]	形 寬廣的 副 寬廣地 同 broad 寬的、闊的
wife [waɪf]	名 妻子 反 husband 丈夫
will [wɪl]	名 意志、意志力 助動 將、會

挑戰 3 次記熟這些單字

學習結束，記得使用遮色片驗收成果，並填上挑戰日期，7 天正好是記憶衰減的周期，所以每次的挑戰時間切勿超過 7 天喔！

★挑戰1：正確率50%　日期：＿＿＿＿＿＿＿＿＿

★挑戰2：正確率80%　日期：＿＿＿＿＿＿＿＿＿

★挑戰3：正確率100%　日期：＿＿＿＿＿＿＿　恭喜挑戰成功！

隨堂小測驗！請搭配遮色片使用

學到一個階段快來驗證你的實力吧！每答完一題就把遮色片往下移，並檢查自己是否答對，並在右方空格做紀錄，待全部作答完畢，有答錯的部分，請再回到前面找出單字繼續複習，三五天後再做一次測驗，反覆的看聽直到全部答對，相信一輩子都忘不了這些單字了！

單字	解答	中譯	答對✓／答錯✗
❶ un·til/till	（L）	A. 戰爭	☐☐☐☐
❷ up·stairs	（Q）	B. 水、澆水、灑水	☐☐☐☐
❸ use·ful	（H）	C. 西方、西部的、西方的	☐☐☐☐
❹ veg·e·ta·ble	（D）	D. 蔬菜	☐☐☐☐
❺ vis·it	（J）	E. 稱重	☐☐☐☐
❻ voice	（T）	F. 注視、觀看、注意、手錶	☐☐☐☐
❼ wait	（S）	G. 什麼時候、何時、當……時	☐☐☐☐
❽ war	（A）	H. 有用的、有益的、有幫助的	☐☐☐☐
❾ waste	（N）	I. 週末（星期六和星期日）	☐☐☐☐
❿ watch	（F）	J. 訪問	☐☐☐☐
⓫ wa·ter	（B）	K. 是否、無論如何	☐☐☐☐
⓬ weak	（P）	L. 直到……為止	☐☐☐☐
⓭ wed·ding	（R）	M. 意志、意志力、將、會	☐☐☐☐
⓮ week·end	（I）	N. 浪費、濫用、廢棄的	☐☐☐☐
⓯ weigh	（E）	O. 時間、當……的時候	☐☐☐☐
⓰ west	（C）	P. 無力的、虛弱的	☐☐☐☐
⓱ when	（G）	Q. 往（在）樓上、樓上的	☐☐☐☐
⓲ wheth·er	（K）	R. 婚禮、結婚	☐☐☐☐
⓳ while	（O）	S. 等待、等待的時間	☐☐☐☐
⓴ will	（M）	T. 聲音、發言	☐☐☐☐

我的學習紀錄

每一次使用遮色片驗收成果後，記得填上挑戰日期＆正確率。

★ 日期：　　　　　；答對　　　　題

★ 日期：　　　　　；答對　　　　題

★ 日期：　　　　　；答對　　　　題

恭喜挑戰成功！
若無法一次就答對全部題目，也不要灰心，記得回到前面多做復習！學習本來就是一種累積的過程，只要確定每一次自己都有多記住一點點，就是一種成功。

★小提醒：請先將下列單字完整看過、聽過 4~6 遍後，接著搭配
橘紅色遮色片使用，並試著說出各單字的中文意思。

Part 01 基礎單字篇

Part 02 進階單字篇

○ MP3 Track 0201

win [wɪn] 動 獲勝、贏 反 lose 輸

wind [wɪnd] 名 風 同 breeze 微風

win·dow [ˋwɪndo] 名 窗戶

wine [waɪn] 名 葡萄酒

win·ter [ˋwɪntɚ] 名 冬季 反 summer 夏天

○ MP3 Track 0202

wish [wɪʃ] 動 願望、希望 名 願望、希望

with [wɪð] 介 具有、帶有、和……一起、用
反 without 沒有

wom·an [ˋwʊmən] 名 成年女人、婦女 反 man 成年男人

wood(s) [wʊd(z)] 名 木材、樹林

word [wɝd] 名 字、單字、話

挑戰 3 次記熟這些單字

學習結束，記得使用遮色片驗收成果，並填上挑戰日期，7 天正好是
記憶衰減的周期，所以每次的挑戰時間切勿超過 7 天喔！

★挑戰1：正確率50%　日期：＿＿＿＿＿＿＿＿＿＿＿

★挑戰2：正確率80%　日期：＿＿＿＿＿＿＿＿＿＿＿

★挑戰3：正確率100%　日期：＿＿＿＿＿＿＿＿　恭喜挑戰成功！

★小提醒：請先將下列單字完整看過、聽過 4~6 遍後，接著搭配
橘紅色遮色片使用，並試著說出各單字的中文意思。

○ MP3 Track 0203

work [wɜk]　名 工作、勞動 動 操作、工作、做
同 labor 工作、勞動

work·er [ˈwɜkɚ]　名 工作者、工人

world [wɜld]　名 地球、世界

worm [wɜm]　名 蚯蚓或其他類似的小蟲 動 蠕行
同 crawl 蠕行

wor·ry [ˈwɜrɪ]　名 憂慮、擔心 動 煩惱、擔心、發愁

○ MP3 Track 0204

worse [wɜs]　形 更壞的、更差的 副 更壞、更糟
名 更壞的事 反 better 更好的

worst [wɜst]　形 最壞的、最差的 副 最差地、最壞地
名 最壞的情況（結果、行為）
反 best 最好的

write [raɪt]　動 書寫、寫下、寫字

writ·er [ˈraɪtɚ]　名 作者、作家 同 author 作者

wrong [rɔŋ]　形 壞的、錯 副 錯誤地、不適當地
名 錯誤、壞事 同 false 錯的

A
B
C
D
E
F
G
H
I
J
K
L
M
N
O
P
Q
R
S
T
U
V
W
X
Y
Z

挑戰 3 次記熟這些單字

學習結束，記得使用遮色片驗收成果，並填上挑戰日期，7 天正好是
記憶衰減的周期，所以每次的挑戰時間切勿超過 7 天喔！

★挑戰1：正確率50%　日期：

★挑戰2：正確率80%　日期：

★挑戰3：正確率100% 日期：　　　　　　　恭喜挑戰成功！

★小提醒：請先將下列單字完整看過、聽過 4~6 遍後，接著搭配
橘紅色遮色片使用，並試著說出各單字的中文意思。

開頭的單字

Part 01 基礎單字篇

Part 02 進階單字篇

🔘 MP3 Track 0205

| **yam** [jæm] | 名 山藥、甘薯 同 sweet potato 甘薯 |

| **year** [jɪr] | 名 年、年歲 |

| **yel·low** [ˈjɛlo] | 形 黃色的 名 黃色 |

| **yes/yeah** [jɛs]/[jɛə] | 副 是的 名 是、好 |

| **yes·ter·day** [ˈjɛstəde] | 名 昨天、昨日 副 在昨天 |

🔘 MP3 Track 0206

| **yet** [jɛt] | 副 直到此時、還（沒）連 但是、而又 反 already 已經 |

| **you** [ju] | 代 你、你們 |

| **young** [jʌŋ] | 形 年輕的、年幼的 名 青年 反 old 老的 |

| **your(s)** [jʊr(z)] | 形 你的（東西）、你們的（東西） |

| **yuck·y** [ˈjʌkɪ] | 形 令人厭惡的、令人不快的 |

挑戰 3 次記熟這些單字

學習結束，記得使用遮色片驗收成果，並填上挑戰日期，7 天正好是
記憶衰減的周期，所以每次的挑戰時間切勿超過 7 天喔！

★挑戰1：正確率50% 日期：＿＿＿＿＿＿＿＿＿＿＿

★挑戰2：正確率80% 日期：＿＿＿＿＿＿＿＿＿＿＿

★挑戰3：正確率100% 日期：＿＿＿＿＿＿＿＿＿ 恭喜挑戰成功！

★小提醒：請先將下列單字完整看過、聽過 4~6 遍後，接著搭配
　　　　橘紅色遮色片使用，並試著說出各單字的中文意思。

○ MP3 Track 0207

yum·my [ˋjʌmɪ] 　形 舒適的、愉快的、美味的

Zz 開頭的單字

ze·ro [ˋzɪro] 　名 零

zoo [zu] 　名 動物園

A
B
C
D
E
F
G
H
I
J
K
L
M
N
O
P
Q
R
S
T
U
V
W
X
Y
Z

挑戰 3 次記熟這些單字

學習結束，記得使用遮色片驗收成果，並填上挑戰日期，7 天正好是
記憶衰減的周期，所以每次的挑戰時間切勿超過 7 天喔！

★挑戰1：**正確率50%**　日期：_____

★挑戰2：**正確率80%**　日期：_____

★挑戰3：**正確率100%**　日期：_____　　恭喜挑戰成功！

隨堂小測驗！請搭配遮色片使用

學到一個階段快來驗證你的實力吧！每答完一題就把遮色片往下移，並檢查自己是否答對，並在右方空格做紀錄，待全部作答完畢，有答錯的部分，請再回到前面找出單字繼續複習，三五天後再做一次測驗，反覆的看聽直到全部答對，相信一輩子都忘不了這些單字了！

單字	解答	中譯	答對✓／答錯✗
① win	（K）	A. 年輕的、年幼的	▢▢▢▢
② wind	（T）	B. 直到此時、還（沒）	▢▢▢▢
③ win·ter	（O）	C. 黃色的、黃色	▢▢▢▢
④ wish	（Q）	D. 昨天、昨日	▢▢▢▢
⑤ with	（H）	E. 壞的、錯誤地、壞事	▢▢▢▢
⑥ wood(s)	（S）	F. 作者、作家	▢▢▢▢
⑦ world	（R）	G. 零	▢▢▢▢
⑧ wor·ry	（M）	H. 具有、帶有、用	▢▢▢▢
⑨ writ·er	（F）	I. 舒適的、愉快的	▢▢▢▢
⑩ wrong	（E）	J. 年、年歲	▢▢▢▢
⑪ yam/sweet po·ta·to	（P）	K. 獲勝、贏	▢▢▢▢
⑫ year	（J）	L. 動物園	▢▢▢▢
⑬ yel·low	（C）	M. 憂慮、擔心、煩惱	▢▢▢▢
⑭ yes·ter·day	（D）	N. 令人厭惡的	▢▢▢▢
⑮ yet	（B）	O. 冬季	▢▢▢▢
⑯ young	（A）	P. 山藥、甘薯	▢▢▢▢
⑰ yuck·y	（N）	Q. 願望、希望	▢▢▢▢
⑱ yum·my	（I）	R. 地球、世界	▢▢▢▢
⑲ ze·ro	（G）	S. 木材、樹林	▢▢▢▢
⑳ zoo	（L）	T. 風	▢▢▢▢

我的學習紀錄

每一次使用遮色片驗收成果後，記得填上挑戰日期＆正確率。

★ 日期： ；答對 題

★ 日期： ；答對 題

★ 日期： ；答對 題

恭喜挑戰成功！

若無法一次就答對全部題目，也不要灰心，記得回到前面多做復習！學習本來就是一種累積的過程，只要確定每一次自己都有多記住一點點，就是一種成功。

Note

挑戰你的閱讀力！短文／對話：

一、遇到不熟的單字不必急於查找。
　　（千萬不要把中文寫在原文上，會造成依賴哦！）
二、完整閱讀文章後，再參考右方的譯文，驗證自己學習成果。
三、本書特別將較困難的單字、片語列於文章右下方。
四、多讀幾次，仔細鑽研文中的一字一句，徹底理解每篇文章的意思。

A Glass of Iced Tea

一杯冰茶

Jimmy: I'm going to the grocery store. I want to make some sweet and sour soup for supper tonight. We need some vegetables.

Chris: Summer is right around the corner, I have to get a dozen of sodas as well. Let me come along!

Jimmy: Sure. Let's walk to the store together!

Chris: Where exactly is this store? The weather is super hot! I want to go swimming!

Jimmy: It is right down this street. We will be there soon.

Chris: Wait a minute... I see a shop right there on the other side of the road. Can I go get some iced tea first?

Jimmy: Yeah, sure.

Chris: I got my tea. Now, let's head towards the grocery store!

Jimmy: Can I try a sip of your tea?

Chris: Sure you can. Go ahead!

Jimmy: Thank you.

※ 文章中橘紅色單字都是前 24 頁中學習過的單字，如果你忘記了，記得再回去復習哦！

吉　米：我要去雜貨店，今天想煮酸辣湯當晚餐，我們需
　　　　要一些蔬菜。

克里斯：夏天就快到了，我也去要買一箱汽水，讓我一起
　　　　去吧！

吉　米：當然好啊，我們一起走到店裡吧！

克里斯：這家店到底在哪裡啊？天氣超級熱的！我好想去
　　　　游泳！

吉　米：就在這條街上，我們馬上就會走到了。

克里斯：等一下…我看到對街有一家小商店，我可不可以
　　　　先去買一杯冰茶？

吉　米：好啊，當然可以。

克里斯：我買到了，我們現在走去雜貨店吧！

吉　米：我可以嘗嘗看你的茶嗎？

克里斯：當然，你喝吧！

吉　米：謝謝你。

生字補充：

* grocery store 雜貨店
* corner 轉角
* exactly 究竟；到底
* sip 啜飲

Part 02
進階**單字篇**

- 單字 A~Z
- 隨堂小測驗
- 挑戰你的閱讀力

★小提醒：請先將下列單字完整看過、聽過 4~6 遍後，接著搭配
　　　　橘紅色遮色片使用，並試著說出各單字的中文意思。

Aa 開頭的單字

Part 01 基礎單字篇

Part 02 進階單字篇

◎ MP3 Track 0208

a·bil·i·ty [ə`bɪlətɪ] 名 能力 同 capacity 能力

a·broad [ə`brɔd] 副 在國外、到國外
同 overseas 在國外

ab·sence [`æbsn̩s] 名 缺席、缺乏 反 presence 出席

ab·sent [`æbsn̩t] 形 缺席的

ac·cept [ək`sɛpt] 動 接受 反 refuse 拒絕

◎ MP3 Track 0209

ac·tive [`æktɪv] 形 活躍的 同 dynamic 充滿活力的

ad·di·tion [ə`dɪʃən] 名 加、加法 同 supplement 增補

ad·vance [əd`væns] 名 前進 動 使前進 同 progress 前進

af·fair [ə`fɛr] 名 事件 同 matter 事件

aid [ed] 名 援助 動 援助

挑戰 3 次記熟這些單字

學習結束，記得使用遮色片驗收成果，並填上挑戰日期，7 天正好是
記憶衰減的周期，所以每次的挑戰時間切勿超過 7 天喔！

★挑戰1：正確率50%　日期：＿＿＿＿＿＿＿＿

★挑戰2：正確率80%　日期：＿＿＿＿＿＿＿＿

★挑戰3：正確率100% 日期：＿＿＿＿＿＿＿＿　恭喜挑戰成功！

★小提醒：請先將下列單字完整看過、聽過 4~6 遍後，接著搭配
橘紅色遮色片使用，並試著說出各單字的中文意思。

○ MP3 Track 0210

aim [em] 　名 瞄準、目標 動 企圖、瞄準
同 target 目標

air·craft ['ɛr,kræft] 　名 飛機、飛行器 同 jet 噴射飛機

air·line ['ɛr,laɪn] 　名（飛機）航線、航空公司

a·larm [ə'lɑrm] 　名 恐懼、警報器 動 使驚慌

al·bum ['ælbəm] 　名 相簿、專輯

○ MP3 Track 0211

a·like [ə'laɪk] 　形 相似的、相同的 副 相似地、相同地
反 different 不一樣的

a·live [ə'laɪv] 　形 活的 反 dead 死的

al·mond ['ɑmənd] 　名 杏仁、杏樹

a·loud [ə'laʊd] 　副 高聲地、大聲地

al·pha·bet ['ælfə,bɛt] 　名 字母、字母表

A B C D E F G H I J K L M N O P Q R S T U V W X Y Z

挑戰 3 次記熟這些單字

學習結束，記得使用遮色片驗收成果，並填上挑戰日期，7 天正好是
記憶衰減的周期，所以每次的挑戰時間切勿超過 7 天喔！

★挑戰1：正確率50%　日期：＿＿＿＿＿＿

★挑戰2：正確率80%　日期：＿＿＿＿＿＿

★挑戰3：正確率100%　日期：＿＿＿＿＿＿　恭喜挑戰成功！

★小提醒：請先將下列單字完整看過、聽過 4~6 遍後，接著搭配
　　　　橘紅色遮色片使用，並試著說出各單字的中文意思。

Part 01 基礎單字篇

Part 02 進階單字篇

○ MP3 Track 0212

al·though [ɔl`ðo] 連 雖然、縱然 同 though 雖然

al·to·ge·ther 副 完全地、總共 反 partly 部分地
[ˌɔltə`gɛðə]

a·mount 名 總數、合計 動 總計 同 sum 總計
[ə`maʊnt]

an·cient [`enʃənt] 形 古老的、古代的 同 antique 古老的

an·kle [`æŋkl] 名 腳踝

○ MP3 Track 0213

an·y·bod·y/ an·y·one 代 任何人
[`ɛnɪˌbɑdɪ]/[`ɛnɪˌwʌn]

an·y·how 副 隨便、無論如何
[`ɛnɪˌhaʊ] 同 however 無論如何

an·y·time 副 任何時候 同 whenever 無論何時
[`ɛnɪˌtaɪm]

an·y·way 副 無論如何
[`ɛnɪˌwe]

an·y·where 副 任何地方 同 anyplace 任何地方
[`ɛnɪˌhwɛr]

挑戰 3 次記熟這些單字

學習結束，記得使用遮色片驗收成果，並填上挑戰日期，7 天正好是
記憶衰減的周期，所以每次的挑戰時間切勿超過 7 天喔！

★挑戰1：正確率50%　　日期：＿＿＿＿＿＿＿＿＿＿＿

★挑戰2：正確率80%　　日期：＿＿＿＿＿＿＿＿＿＿＿

★挑戰3：正確率100%　日期：＿＿＿＿＿＿＿＿＿　恭喜挑戰成功！

★小提醒：請先將下列單字完整看過、聽過 4~6 遍後，接著搭配
橘紅色遮色片使用，並試著說出各單字的中文意思。

○ MP3 Track 0214

ap·art·ment 名 公寓 同 flat 公寓
[ə`pɑrtmənt]

ap·pear·ance 名 出現、露面 同 look 外表
[ə`pɪrəns]

ap·pe·tite 名 食慾、胃口
[`æpəˌtaɪt]

ap·ply [ə`plaɪ] 動 請求、應用 同 request 請求

a·pron [`eprən] 名 圍裙 同 flap 圍裙

○ MP3 Track 0215

ar·gue [`ɑrgjʊ] 動 爭辯、辯論

ar·gu·ment 名 爭論、議論 同 dispute 爭論
[`ɑrgjəmənt]

arm [ɑrm] 名 手臂 動 武裝、備戰

arm·chair 名 扶椅
[`ɑrmˌtʃɛr]

ar·range 動 安排、籌備
[ə`rendʒ]

A
B
C
D
E
F
G
H
I
J
K
L
M
N
O
P
Q
R
S
T
U
V
W
X
Y
Z

挑戰 3 次記熟這些單字

學習結束，記得使用遮色片驗收成果，並填上挑戰日期，7 天正好是
記憶衰減的周期，所以每次的挑戰時間切勿超過 7 天喔！

★挑戰1：正確率50% 日期：＿＿＿＿＿＿＿＿＿＿

★挑戰2：正確率80% 日期：＿＿＿＿＿＿＿＿＿＿

★挑戰3：正確率100% 日期：＿＿＿＿＿＿＿＿ 恭喜挑戰成功！

★小提醒：請先將下列單字完整看過、聽過 4~6 遍後，接著搭配
橘紅色遮色片使用，並試著說出各單字的中文意思。

● MP3 Track 0216

ar·range·ment 名 佈置、準備 反 disturb 擾亂
[əˋrendʒmənt]

ar·rest [əˋrɛst]　動 逮捕、拘捕 名 阻止、扣留
　　　　　　　　反 release 釋放

ar·rive [əˋraɪv]　動 到達、來臨 反 leave 離開

ar·row [ˋæro]　名 箭

**ar·ti·cle/
es·say**
[ˋɑrtɪkl̩]/[ˋɛse]　名 文章、論文

● MP3 Track 0217

art·ist [ˋɑrtɪst]　名 藝術家、大師

a·sleep [əˋslip]　形 睡著的 反 awake 醒著的

as·sis·tant　名 助手、助理 同 aid 助手
[əˋsɪstənt]

at·tack [əˋtæk]　動 攻擊 名 攻擊 同 assault 攻擊

at·tend [əˋtɛnd]　動 出席

挑戰 3 次記熟這些單字

學習結束，記得使用遮色片驗收成果，並填上挑戰日期，7 天正好是
記憶衰減的周期，所以每次的挑戰時間切勿超過 7 天喔！

★挑戰1：正確率50%　日期：＿＿＿＿＿＿＿＿＿

★挑戰2：正確率80%　日期：＿＿＿＿＿＿＿＿＿

★挑戰3：正確率100%　日期：＿＿＿＿＿＿＿　恭喜挑戰成功！

隨堂小測驗！請搭配遮色片使用

學到一個階段快來驗證你的實力吧！每答完一題就把遮色片往下移，並檢查自己是否答對，並在右方空格做紀錄，待全部作答完畢，有答錯的部分，請再回到前面找出單字繼續複習，三五天後再做一次測驗，反覆的看聽直到全部答對，相信一輩子都忘不了這些單字了！

單字	解答	中譯	答對✓／答錯✗
❶ a·bil·i·ty	（P）	A. 高聲地、大聲地	☐☐☐☐
❷ a·broad	（S）	B. 腳踝	☐☐☐☐
❸ ab·sence	（I）	C. 活躍的	☐☐☐☐
❹ ac·tive	（C）	D. 箭	☐☐☐☐
❺ ad·di·tion	（M）	E. 杏仁、杏樹	☐☐☐☐
❻ af·fair	（K）	F. 恐懼、警報器、使驚慌	☐☐☐☐
❼ aid	（J）	G. 攻擊	☐☐☐☐
❽ a·larm	（F）	H. 逮捕、拘捕、阻止	☐☐☐☐
❾ a·live	（N）	I. 缺席、缺乏	☐☐☐☐
❿ al·mond	（E）	J. 援助	☐☐☐☐
⓫ a·loud	（A）	K. 事件	☐☐☐☐
⓬ an·cient	（Q）	L. 佈置、準備	☐☐☐☐
⓭ an·kle	（B）	M. 加、加法	☐☐☐☐
⓮ ap·art·ment	（T）	N. 活的	☐☐☐☐
⓯ a·pron	（O）	O. 圍裙	☐☐☐☐
⓰ ar·range·ment	（L）	P. 能力	☐☐☐☐
⓱ ar·rest	（H）	Q. 古老的、古代的	☐☐☐☐
⓲ ar·row	（D）	R. 藝術家、大師	☐☐☐☐
⓳ art·ist	（R）	S. 在國外、到國外	☐☐☐☐
⓴ at·tack	（G）	T. 公寓	☐☐☐☐

我的學習紀錄

每一次使用遮色片驗收成果後，記得填上挑戰日期＆正確率。

★ 日期：＿＿＿＿＿＿＿＿＿；答對＿＿＿＿＿＿題

★ 日期：＿＿＿＿＿＿＿＿＿；答對＿＿＿＿＿＿題

★ 日期：＿＿＿＿＿＿＿＿＿；答對＿＿＿＿＿＿題

恭喜挑戰成功！
若無法一次就答對全部題目，也不要灰心，記得回到前面多做復習！學習本來就是一種累積的過程，只要確定每一次自己都有多記住一點點，就是一種成功。

★小提醒：請先將下列單字完整看過、聽過 4~6 遍後，接著搭配
橘紅色遮色片使用，並試著說出各單字的中文意思。

● MP3 Track 0218

at·ten·tion [əˋtɛnʃən]　名 注意、專心　同 concern 注意

a·void [əˋvɔɪd]　動 避開、避免　反 face 面對

 Bb　開頭的單字

ba·by·sit [ˋbebɪˏsɪt]　動（臨時）照顧嬰孩

ba·by·sit·ter
[ˋbebɪsɪtɚ]　名 保姆

back·ward
[ˋbækwɚd]　形 向後方的　反 forward 向前方的

● MP3 Track 0219

back·wards
[ˋbækwɚdz]　副 向後地　反 forwards 向前方地

bake [bek]　動 烘、烤　同 toast 烘、烤

bak·er·y [ˋbekərɪ]　名 麵包坊、麵包店

bal·co·ny [ˋbælkənɪ]　名 陽臺　同 porch 陽臺

bam·boo [bæmˋbu]　名 竹子

挑戰 3 次記熟這些單字

學習結束，記得使用遮色片驗收成果，並填上挑戰日期，7 天正好是
記憶衰減的周期，所以每次的挑戰時間切勿超過 7 天喔！

★挑戰1：正確率50%　日期：

★挑戰2：正確率80%　日期：

★挑戰3：正確率100%　日期：　　　　　　　恭喜挑戰成功！

★小提醒：請先將下列單字完整看過、聽過 4~6 遍後，接著搭配
　　　　　橘紅色遮色片使用，並試著說出各單字的中文意思。

○ MP3 Track 0220

bank·er [ˋbæŋkɚ]　名 銀行家

bar·be·cue/ BBQ [ˋbɑrbɪkju]　名 烤肉 同 roast 烤肉

bark [bɑrk]　動（狗）吠叫 名 吠聲 同 roar 吼叫

base·ment [ˋbesmənt]　名 地下室、地窖 同 cellar 地窖

bas·ics [ˋbesɪks]　名 基礎、原理 反 trivial 瑣碎的

○ MP3 Track 0221

ba·sis [ˋbesɪs]　名 根據、基礎 同 bottom 底部
名詞複數 bases

bat·tle [ˋbætḷ]　名 戰役 動 作戰 同 combat 戰鬥

bead [bid]　名 珠子、串珠 動 穿成一串
同 pearl 珠子

bean [bin]　名 豆子、沒有價值的東西
同 straw 沒有價值的東西

bear [bɛr]　名 熊 動 忍受 同 endure 忍受

A
B
C
D
E
F
G
H
I
J
K
L
M
N
O
P
Q
R
S
T
U
V
W
X
Y
Z

挑戰 3 次記熟這些單字

學習結束，記得使用遮色片驗收成果，並填上挑戰日期，7 天正好是
記憶衰減的周期，所以每次的挑戰時間切勿超過 7 天喔！

★挑戰1：正確率50%　日期：＿＿＿＿＿＿＿＿＿

★挑戰2：正確率80%　日期：＿＿＿＿＿＿＿＿＿

★挑戰3：正確率100%　日期：＿＿＿＿＿＿＿＿＿　恭喜挑戰成功！

★小提醒：請先將下列單字完整看過、聽過 4~6 遍後，接著搭配
　　　　橘紅色遮色片使用，並試著說出各單字的中文意思。

● MP3 Track 0222

beard [bɪrd]　　名 鬍子

bed·room
[`bɛdˏrum]　　名 臥房

beef [bif]　　名 牛肉

beep [bip]　　名 警笛聲　動 發出嗶嗶聲

beer [bɪr]　　名 啤酒　同 bitter 苦

● MP3 Track 0223

bee·tle [`bitl̩]　　名 甲蟲　動 急走

beg [bɛg]　　動 乞討、懇求　同 appeal 懇求

be·gin·ner
[bɪ`gɪnɚ]　　名 初學者　同 freshman 新手

be·lief [bɪ`lif]　　名 相信、信念　同 faith 信念

be·liev·a·ble
[bɪ`livəbl̩]　　形 可信任的　同 credible 可信的

挑戰 3 次記熟這些單字

學習結束，記得使用遮色片驗收成果，並填上挑戰日期，7 天正好是
記憶衰減的周期，所以每次的挑戰時間切勿超過 7 天喔！

★挑戰1：正確率50%　日期：＿＿＿＿＿＿＿＿＿＿

★挑戰2：正確率80%　日期：＿＿＿＿＿＿＿＿＿＿

★挑戰3：正確率100%　日期：＿＿＿＿＿＿＿＿＿　　恭喜挑戰成功！

★小提醒：請先將下列單字完整看過、聽過 4~6 遍後，接著搭配
　　　　橘紅色遮色片使用，並試著說出各單字的中文意思。

🔵 MP3 Track 0224

A
B
C
D
E
F
G
H
I
J
K
L
M
N
O
P
Q
R
S
T
U
V
W
X
Y
Z

belt [bɛlt]　　名 皮帶 動 圍繞 同 strap 皮帶

bench [bɛntʃ]　　名 長凳 同 settle 長椅

bend [bɛnd]　　動 使彎曲 名 彎曲 反 stretch 伸直

be·sides　　介 除了……之外 副 並且
[bɪˋsaɪdz]　　同 otherwise 除此之外

bet [bɛt]　　動 下賭注 名 打賭 同 gamble 打賭

🔵 MP3 Track 0225

be·yond [bɪˋjɑnd]　　介 在遠處、超過 副 此外
反 within 不超過

bill [bɪl]　　名 帳單 同 check 帳單

bind [baɪnd]　　動 綁、包紮 反 release 鬆開

bit·ter [ˋbɪtɚ]　　形 苦的、嚴厲的 反 sweet 甜的

black·board　　名 黑板
[ˋblækˏbord]

挑戰 3 次記熟這些單字

　　學習結束，記得使用遮色片驗收成果，並填上挑戰日期，7 天正好是
記憶衰減的周期，所以每次的挑戰時間切勿超過 7 天喔！

★挑戰1：正確率50%　日期：＿＿＿＿＿＿＿＿＿

★挑戰2：正確率80%　日期：＿＿＿＿＿＿＿＿＿

★挑戰3：正確率100%　日期：＿＿＿＿＿＿＿＿＿　恭喜挑戰成功！

★小提醒：請先將下列單字完整看過、聽過 4~6 遍後，接著搭配
橘紅色遮色片使用，並試著說出各單字的中文意思。

● MP3 Track 0226

blank [blæŋk]　　形 空白的 名 空白 同 empty 空的

blind [blaɪnd]　　形 瞎的

blood·y [ˋblʌdɪ]　　形 流血的

board [bord]　　名 板、佈告欄 同 wood 木板

boil [bɔɪl]　　動（水）沸騰、使發怒 名 煮
同 rage 發怒

● MP3 Track 0227

bomb [bɑm]　　名 炸彈 動 轟炸

bon·y [ˋbonɪ]　　形 多骨的、骨瘦如柴的
同 skinny 骨瘦如柴的

book·case [ˋbʊkˌkes]　　名 書櫃、書架

bor·row [ˋbɑro]　　動 借來、採用 反 loan 借出

boss [bɔs]　　名 老闆、主人 動 指揮、監督
同 manager 負責人、經理

挑戰 3 次記熟這些單字

學習結束，記得使用遮色片驗收成果，並填上挑戰日期，7 天正好是
記憶衰減的周期，所以每次的挑戰時間切勿超過 7 天喔！

★挑戰1：正確率50%　日期：＿＿＿＿＿＿＿＿＿＿

★挑戰2：正確率80%　日期：＿＿＿＿＿＿＿＿＿＿

★挑戰3：正確率100%　日期：＿＿＿＿＿　　　恭喜挑戰成功！

隨堂小測驗！請搭配遮色片使用

學到一個階段快來驗證你的實力吧！每答完一題就把遮色片往下移，並檢查自己是否答對，並在右方空格做紀錄，待全部作答完畢，有答錯的部分，請再回到前面找出單字繼續複習，三五天後再做一次測驗，反覆的看聽直到全部答對，相信一輩子都忘不了這些單字了！

單字	解答	中譯	答對✓／答錯✗
❶ at·ten·tion	（I）	A. 老闆、主人	☐☐☐☐
❷ a·void	（P）	B. 空白的、空白	☐☐☐☐
❸ back·wards	（D）	C. 長凳	☐☐☐☐
❹ bal·co·ny	（S）	D. 向後地	☐☐☐☐
❺ base·ment	（F）	E. 瞎的	☐☐☐☐
❻ ba·sis	（L）	F. 地下室、地窖	☐☐☐☐
❼ bat·tle	（Q）	G. 鬍子	☐☐☐☐
❽ beard	（G）	H. 在遠處、超過、此外	☐☐☐☐
❾ be·lief	（R）	I. 注意、專心	☐☐☐☐
❿ bench	（C）	J. 借來、採用	☐☐☐☐
⓫ bend	（T）	K. 多骨的、骨瘦如柴的	☐☐☐☐
⓬ be·yond	（H）	L. 根據、基礎	☐☐☐☐
⓭ bind	（M）	M. 綁、包紮	☐☐☐☐
⓮ blank	（B）	N. 書櫃、書架	☐☐☐☐
⓯ blind	（E）	O. 炸彈、轟炸	☐☐☐☐
⓰ bomb	（O）	P. 避開、避免	☐☐☐☐
⓱ bon·y	（K）	Q. 戰役、作戰	☐☐☐☐
⓲ book·case	（N）	R. 相信、信念	☐☐☐☐
⓳ bor·row	（J）	S. 陽臺	☐☐☐☐
⓴ boss	（A）	T. 使彎曲、彎曲	☐☐☐☐

我的學習紀錄

每一次使用遮色片驗收成果後，記得填上挑戰日期＆正確率。

★ 日期： ；答對 題

★ 日期： ；答對 題

★ 日期： ；答對 題

恭喜挑戰成功！

若無法一次就答對全部題目，也不要灰心，記得回到前面多做復習！學習本來就是一種累積的過程，只要確定每一次自己都有多記住一點點，就是一種成功。

★小提醒：請先將下列單字完整看過、聽過 4~6 遍後，接著搭配
橘紅色遮色片使用，並試著說出各單字的中文意思。

○ MP3 Track 0228

both·er [ˈbɑðɚ] 　動 打擾　同 annoy 打擾

bot·tle [ˈbɑtl̩] 　名 瓶　動 用瓶裝　同 container 容器

bow [baʊ] 　名 彎腰、鞠躬　動 向下彎

bowl·ing [ˈbolɪŋ] 　名 保齡球

brain [bren] 　名 腦、智力　同 intelligence 智力

○ MP3 Track 0229

branch [bræntʃ] 　名 枝狀物、分店、分公司　動 分支
　反 trunk 樹幹

brand [brænd] 　名 品牌　動 打烙印　同 mark 做記號

brick [brɪk] 　名 磚頭、磚塊

brief [brif] 　形 短暫的　名 摘要、短文　反 long 長的

broad [brɔd] 　形 寬闊的　反 narrow 窄的

挑戰 3 次記熟這些單字

學習結束，記得使用遮色片驗收成果，並填上挑戰日期，7 天正好是
記憶衰減的周期，所以每次的挑戰時間切勿超過 7 天喔！

★挑戰1：正確率50%　日期：＿＿＿＿＿＿＿＿＿＿＿

★挑戰2：正確率80%　日期：＿＿＿＿＿＿＿＿＿＿＿

★挑戰3：正確率100%　日期：＿＿＿＿＿＿＿＿＿＿　恭喜挑戰成功！

★小提醒：請先將下列單字完整看過、聽過 4~6 遍後，接著搭配
橘紅色遮色片使用，並試著說出各單字的中文意思。

○ MP3 Track 0230

broad·cast
[`brɔdˌkæst]
動 廣播、播出 名 廣播節目
同 announce 播報

brunch [brʌntʃ]
名 早午餐

brush [brʌʃ]
名 刷子 動 刷、擦掉 同 wipe 擦去

bun/roll [bʌn]/[rol]
名 小圓麵包、麵包捲

bun·dle [`bʌndl̩]
名 捆、包裹 同 package 包裹

○ MP3 Track 0231

burn [bɝn]
動 燃燒 名 烙印 同 fire 燃燒

burst [bɝst]
動 破裂、爆炸 名 猝發、爆發
同 explode 爆炸

busi·ness [`bɪznɪs]
名 商業、買賣 同 commerce 商業

but·ton [`bʌtn̩]
名 扣子 動 用扣子扣住 同 clasp 扣住

開頭的單字

cab·bage [`kæbɪdʒ]
名 包心菜

挑戰 3 次記熟這些單字

學習結束，記得使用遮色片驗收成果，並填上挑戰日期，7 天正好是
記憶衰減的周期，所以每次的挑戰時間切勿超過 7 天喔！

★挑戰1：正確率50%　日期：＿＿＿＿＿＿＿＿

★挑戰2：正確率80%　日期：＿＿＿＿＿＿＿＿

★挑戰3：正確率100% 日期：＿＿＿＿＿＿＿＿　恭喜挑戰成功！

★小提醒：請先將下列單字完整看過、聽過 4~6 遍後，接著搭配橘紅色遮色片使用，並試著說出各單字的中文意思。

○ MP3 Track 0232

ca·ble [ˋkebl̩]　名 纜繩、電纜 同 wire 電線

café/cafe [kəˋfe]　名 咖啡館

caf·e·te·ri·a [͵kæfəˋtɪrɪə]　名 自助餐館 同 restaurant 餐廳

cal·en·dar [ˋkæləndɚ]　名 日曆

calm [kɑm]　形 平靜的 名 平靜 動 使平靜 同 peaceful 平靜的

○ MP3 Track 0233

can·cel [ˋkænsl̩]　動 取消 同 erase 清除

can·cer [ˋkænsɚ]　名 癌、腫瘤

can·dle [ˋkændl̩]　名 蠟燭、燭光 同 torch 光芒

cap·tain [ˋkæptɪn]　名 船長、艦長 同 chief 首領、長官

car·pet [ˋkɑrpɪt]　名 地毯 動 鋪地毯 同 mat 地席

挑戰 3 次記熟這些單字

學習結束，記得使用遮色片驗收成果，並填上挑戰日期，7 天正好是記憶衰減的周期，所以每次的挑戰時間切勿超過 7 天喔！

★挑戰1：正確率50%　日期：_____

★挑戰2：正確率80%　日期：_____

★挑戰3：正確率100%　日期：_____　恭喜挑戰成功！

★小提醒：請先將下列單字完整看過、聽過 4~6 遍後，接著搭配
橘紅色遮色片使用，並試著說出各單字的中文意思。

○ MP3 Track 0234

car·rot [ˈkærət] 　　名 胡蘿蔔

cart [kɑrt] 　　名 手拉車

car·toon
[kɑrˈtun] 　　名 卡通

cash [kæʃ] 　　名 現金 動 付現 同 currency 貨幣

cas·sette
[kæˈsɛt] 　　名 卡帶、盒子

○ MP3 Track 0235

cast·le [ˈkæsl̩] 　　名 城堡 同 palace 皇宮

cave [kev] 　　名 洞穴 動 挖掘 同 hole 洞

ceil·ing [ˈsilɪŋ] 　　名 天花板 反 floor 地板

cell [sɛl] 　　名 細胞

cen·tral [ˈsɛntrəl] 　　形 中央的

A
B
C
D
E
F
G
H
I
J
K
L
M
N
O
P
Q
R
S
T
U
V
W
X
Y
Z

挑戰 3 次記熟這些單字

學習結束，記得使用遮色片驗收成果，並填上挑戰日期，7 天正好是
記憶衰減的周期，所以每次的挑戰時間切勿超過 7 天喔！

★挑戰1：正確率50%　日期：＿＿＿＿＿＿＿＿＿＿

★挑戰2：正確率80%　日期：＿＿＿＿＿＿＿＿＿＿

★挑戰3：正確率100%　日期：＿＿＿＿＿＿＿＿＿＿　　恭喜挑戰成功！

★小提醒：請先將下列單字完整看過、聽過 4~6 遍後，接著搭配
橘紅色遮色片使用，並試著說出各單字的中文意思。

○ MP3 Track 0236

cen·tu·ry
[ˋsɛntʃərɪ]
名 世紀

ce·re·al [ˋsɪrɪəl]
名 穀類作物

chalk [tʃɔk]
名 粉筆

change [tʃendʒ]
動 改變、兌換 名 零錢、變化
同 coin 硬幣

char·ac·ter
[ˋkærɪktɚ]
名 個性

○ MP3 Track 0237

charge [tʃɑrdʒ]
動 索價、命令 名 費用、職責
同 rate 費用

cheap [tʃip]
形 低價的、易取得的 副 低價地
反 expensive 昂貴的

cheat [tʃit]
動 欺騙 名 詐欺、騙子 同 liar 騙子

chem·i·cal
[ˋkɛmɪkl̩]
形 化學的 名 化學

chess [tʃɛs]
名 西洋棋

挑戰 3 次記熟這些單字

學習結束，記得使用遮色片驗收成果，並填上挑戰日期，7 天正好是
記憶衰減的周期，所以每次的挑戰時間切勿超過 7 天喔！

★挑戰1：正確率50%　日期：＿＿＿＿＿＿＿＿＿＿＿

★挑戰2：正確率80%　日期：＿＿＿＿＿＿＿＿＿＿＿

★挑戰3：正確率100% 日期：＿＿＿＿＿＿＿＿　恭喜挑戰成功！

隨堂小測驗！請搭配遮色片使用

學到一個階段快來驗證你的實力吧！每答完一題就把遮色片往下移，並檢查自己是否答對，並在右方空格做紀錄，待全部作答完畢，有答錯的部分，請再回到前面找出單字繼續複習，三五天後再做一次測驗，反覆的看聽直到全部答對，相信一輩子都忘不了這些單字了！

單字	解答	中譯	答對✓／答錯✗
❶ both·er	（H）	A. 捆、包裹	
❷ brain	（K）	B. 取消	
❸ brand	（C）	C. 品牌、打烙印	
❹ brick	（P）	D. 化學的、化學	
❺ brief	（E）	E. 短暫的、摘要、短文	
❻ broad	（S）	F. 破裂、爆炸、猝發、爆發	
❼ broad·cast	（R）	G. 地毯、鋪地毯	
❽ bun·dle	（A）	H. 打擾	
❾ burst	（F）	I. 卡帶、盒子	
❿ but·ton	（L）	J. 纜繩、電纜	
⓫ ca·ble	（J）	K. 腦、智力	
⓬ calm	（T）	L. 扣子、用扣子扣住	
⓭ can·cel	（B）	M. 個性	
⓮ can·dle	（N）	N. 蠟燭、燭光	
⓯ car·pet	（G）	O. 洞穴、挖掘	
⓰ cas·sette	（I）	P. 磚頭、磚塊	
⓱ cave	（O）	Q. 天花板	
⓲ ceil·ing	（Q）	R. 廣播、播出、廣播節目	
⓳ char·ac·ter	（M）	S. 寬闊的	
⓴ chem·i·cal	（D）	T. 平靜的、平靜、使平靜	

我的學習紀錄

每一次使用遮色片驗收成果後，記得填上挑戰日期＆正確率。

★ 日期： ；答對 題

★ 日期： ；答對 題

★ 日期： ；答對 題

恭喜挑戰成功！
若無法一次就答對全部題目，也不要灰心，記得回到前面多做復習！學習本來就是一種累積的過程，只要確定每一次自己都有多記住一點點，就是一種成功。

★小提醒：請先將下列單字完整看過、聽過 4~6 遍後，接著搭配
橘紅色遮色片使用，並試著說出各單字的中文意思。

● MP3 Track 0238

child·ish [ˈtʃaɪdɪʃ]　形 孩子氣的　同 naive 天真的

child·like [ˈtʃaɪldlaɪk]　形 純真的　反 mature 成熟的

chin [tʃɪn]　名 下巴

choc·o·late [ˈtʃɔkəlɪt]　名 巧克力

choice [tʃɔɪs]　名 選擇　形 精選的　同 selection 選擇

● MP3 Track 0239

choose [tʃuz]　動 選擇　同 select 選擇

chop·stick(s) [ˈtʃɑpˌstɪk(s)]　名 筷子

cir·cle [ˈsɝkl̩]　名 圓形　動 圍繞　同 round 環繞

cit·i·zen [ˈsɪtəzn̩]　名 公民、居民　同 inhabitant 居民

claim [klem]　動 主張　名 要求、權利　同 right 權利

挑戰 3 次記熟這些單字

學習結束，記得使用遮色片驗收成果，並填上挑戰日期，7 天正好是
記憶衰減的周期，所以每次的挑戰時間切勿超過 7 天喔！

★挑戰1：正確率50%　日期：＿＿＿＿＿＿＿＿＿

★挑戰2：正確率80%　日期：＿＿＿＿＿＿＿＿＿

★挑戰3：正確率100%　日期：＿＿＿＿＿＿＿　恭喜挑戰成功！

★小提醒：請先將下列單字完整看過、聽過 4~6 遍後，接著搭配
橘紅色遮色片使用，並試著說出各單字的中文意思。

○ MP3 Track 0240

clap [klæp]	動 鼓（掌）、拍擊 名 拍擊聲
clas·sic [ˈklæsɪk]	形 古典的 名 經典作品 同 ancient 古代的
claw [klɔ]	名 爪 動 抓 同 grip 抓、緊握
clay [kle]	名 黏土 同 mud 土
clean·er [klinɚ]	名 清潔工、清潔劑 同 detergent 清潔劑

○ MP3 Track 0241

clerk [klɝk]	名 職員
clev·er [ˈklɛvɚ]	形 聰明的、伶俐的 反 stupid 愚蠢的
cli·mate [ˈklaɪmɪt]	名 氣候 同 weather 天氣
clos·et [ˈklɑzɪt]	名 櫥櫃 同 cabinet 櫥櫃
cloth [klɔθ]	名 布料 同 textile 紡織品

A
B
C
D
E
F
G
H
I
J
K
L
M
N
O
P
Q
R
S
T
U
V
W
X
Y
Z

挑戰 3 次記熟這些單字

學習結束，記得使用遮色片驗收成果，並填上挑戰日期，7 天正好是
記憶衰減的周期，所以每次的挑戰時間切勿超過 7 天喔！

★挑戰1：正確率50% 日期：＿＿＿＿＿＿＿＿＿＿＿＿

★挑戰2：正確率80% 日期：＿＿＿＿＿＿＿＿＿＿＿＿

★挑戰3：正確率100% 日期：＿＿＿＿＿＿＿＿＿＿＿＿ 恭喜挑戰成功！

★小提醒：請先將下列單字完整看過、聽過 4~6 遍後，接著搭配
橘紅色遮色片使用，並試著說出各單字的中文意思。

◯ MP3 Track 0242

clothe [kloð]	動 穿衣、給……穿衣
clothes [kloz]	名 衣服 同 clothing 衣服
cloth·ing [ˈkloðɪŋ]	名 衣服 同 clothes 衣服
cloud·y [ˈklaʊdɪ]	形 烏雲密佈的、多雲的 反 bright 晴朗的
clown [klaʊn]	名 小丑、丑角 同 comic 滑稽人物

◯ MP3 Track 0243

club [klʌb]	名 俱樂部、社團 同 association 協會、社團
coach [kotʃ]	名 教練、顧問 動 訓練 同 counselor 顧問、參事
coal [kol]	名 煤 同 fuel 燃料
cock [kɑk]	名 公雞 同 rooster 公雞
cock·roach/ roach [ˈkɑkˌrotʃ]/[rotʃ]	名 蟑螂

挑戰 3 次記熟這些單字

學習結束，記得使用遮色片驗收成果，並填上挑戰日期，7 天正好是
記憶衰減的周期，所以每次的挑戰時間切勿超過 7 天喔！

★挑戰1：正確率50%　日期：＿＿＿＿＿＿＿＿＿＿

★挑戰2：正確率80%　日期：＿＿＿＿＿＿＿＿＿＿

★挑戰3：正確率100%　日期：＿＿＿＿＿＿＿　　恭喜挑戰成功！

★小提醒：請先將下列單字完整看過、聽過 4~6 遍後，接著搭配橘紅色遮色片使用，並試著說出各單字的中文意思。

○ MP3 Track 0244

coin [kɔɪn]　名 硬幣 動 鑄造 同 money 錢幣

col·lect [kəˈlɛkt]　動 收集 同 gather 收集

col·or·ful [ˈkʌləfəl]　形 富有色彩的

comb [kom]　名 梳子 動 梳、刷 同 brush 梳子、刷

com·fort·a·ble [ˈkʌmfətəbl̩]　形 舒服的 同 content 滿意的

○ MP3 Track 0245

com·pa·ny [ˈkʌmpənɪ]　名 公司、同伴 同 enterprise 公司

comp·are [kəmˈpɛr]　動 比較 同 contrast 對比

com·plain [kəmˈplen]　動 抱怨 同 grumble 抱怨

com·plete [kəmˈplit]　形 完整的 動 完成 同 conclude 結束

com·put·er [kəmˈpjutɚ]　名 電腦

A
B
C
D
E
F
G
H
I
J
K
L
M
N
O
P
Q
R
S
T
U
V
W
X
Y
Z

挑戰 3 次記熟這些單字

學習結束，記得使用遮色片驗收成果，並填上挑戰日期，7 天正好是記憶衰減的周期，所以每次的挑戰時間切勿超過 7 天喔！

★挑戰1：正確率50%　日期：＿＿＿＿＿＿＿＿＿

★挑戰2：正確率80%　日期：＿＿＿＿＿＿＿＿＿

★挑戰3：正確率100% 日期：＿＿＿＿＿＿＿＿＿　　恭喜挑戰成功！

★小提醒：請先將下列單字完整看過、聽過 4~6 遍後，接著搭配
橘紅色遮色片使用，並試著說出各單字的中文意思。

● MP3 Track 0246

con·firm [kən`fɝm] 　動 證實 同 establish 證實

con·flict [`kɑnflɪkt] 　名 衝突、爭鬥 動 衝突
同 clash 衝突

Con·fu·cius [kən`fjuʃəs] 　名 孔子

con·grat·u·la·tions [kən͵grætʃə`leʃənz] 　名 祝賀、恭喜 同 blessing 祝福

con·sid·er [kən`sɪdə] 　動 考慮、把……視為
同 deliberate 仔細考慮

● MP3 Track 0247

con·tact [`kɑntækt] 　名 接觸、親近 動 接觸
同 approach 接近

con·tain [kən`ten] 　動 包含、含有 反 exclude 不包括

con·trol [kən`trol] 　名 管理、控制 動 支配、控制
同 command 控制、指揮

con·trol·ler [kən`trolə] 　名 管理員 同 administrator 管理人

con·ve·nient [kən`vinjənt] 　形 方便的、合宜的 同 suitable 適當的

挑戰 3 次記熟這些單字

學習結束，記得使用遮色片驗收成果，並填上挑戰日期，7 天正好是
記憶衰減的周期，所以每次的挑戰時間切勿超過 7 天喔！

★挑戰1：正確率50%　日期：

★挑戰2：正確率80%　日期：

★挑戰3：正確率100%　日期：　　　　　　　恭喜挑戰成功！

隨堂小測驗！請搭配遮色片使用

學到一個階段快來驗證你的實力吧！每答完一題就把遮色片往下移，並檢查自己是否答對，並在右方空格做紀錄，待全部作答完畢，有答錯的部分，請再回到前面找出單字繼續複習，三五天後再做一次測驗，反覆的看聽直到全部答對，相信一輩子都忘不了這些單字了！

單字	解答	中譯	答對✓／答錯✗
❶ child·like	（L）	A. 煤	☐☐☐☐
❷ choice	（S）	B. 舒服的	☐☐☐☐
❸ cir·cle	（F）	C. 氣候	☐☐☐☐
❹ claim	（P）	D. 衣服	☐☐☐☐
❺ clay	（N）	E. 收集	☐☐☐☐
❻ clerk	（K）	F. 圓形、圍繞	☐☐☐☐
❼ clev·er	（H）	G. 比較	☐☐☐☐
❽ cli·mate	（C）	H. 聰明的、伶俐的	☐☐☐☐
❾ cloth	（O）	I. 證實	☐☐☐☐
❿ clothes	（D）	J. 小丑、丑角	☐☐☐☐
⓫ clown	（J）	K. 職員	☐☐☐☐
⓬ coal	（A）	L. 純真的	☐☐☐☐
⓭ coin	（T）	M. 方便的、合宜的	☐☐☐☐
⓮ col·lect	（E）	N. 黏土	☐☐☐☐
⓯ com·fort·a·ble	（B）	O. 布料	☐☐☐☐
⓰ comp·are	（G）	P. 主張、要求、權利	☐☐☐☐
⓱ com·plain	（Q）	Q. 抱怨	☐☐☐☐
⓲ con·firm	（I）	R. 孔子	☐☐☐☐
⓳ Con·fu·cius	（R）	S. 選擇、精選的	☐☐☐☐
⓴ con·ve·nient	（M）	T. 硬幣、鑄造	☐☐☐☐

我的學習紀錄

每一次使用遮色片驗收成果後，記得填上挑戰日期＆正確率。

★ 日期：_____ ；答對 _____ 題

★ 日期：_____ ；答對 _____ 題

★ 日期：_____ ；答對 _____ 題

恭喜挑戰成功！
若無法一次就答對全部題目，也不要灰心，記得回到前面多做復習！學習本來就是一種累積的過程，只要確定每一次自己都有多記住一點點，就是一種成功。

挑戰你的閱讀力！短文／對話：

一、遇到不熟的單字不必急於查找。
　（千萬不要把中文寫在原文上，會造成依賴哦！）
二、完整閱讀文章後，再參考右方的譯文，驗證自己學習成果。
三、本書特別將較困難的單字、片語列於文章右下方。
四、多讀幾次，仔細鑽研文中的一字一句，徹底理解每篇文章的意思。

First Time Babysitting

第一次當褓母

I worked as a babysitter during my time at university. I still remember the first child I have ever taken care of. His name was Sam. Sam's parents led a busy lifestyle. His mom was an artist, and his father a banker.

On my first day at work, I had a bowl of cereal right before leaving my apartment. I walked through the woods, and finally arrived at this ancient castle looking house. The man who answered the door was Sam's father. We had a brief conversation before he went off to work. I found Sam in his bedroom, sitting on a carpet, quietly watching cartoon. It didn't seem to bother him that there was a stranger in his house. He was a calm little boy.

I walked downstairs to the kitchen, put on an apron to start cooking Sam his brunch. I baked some buns in the oven, roasted a few carrots and beans, and boiled a cabbage. Sam seemed to have a great appetite, so I gave him a

※ 文章中橘紅色單字都是前 24 頁中學習過的單字，如果你忘記了，記得再回去復習哦！

piece of almond chocolate after meal. After that, we played games with clay and chalks outside. It was a lot of fun! I think I did pretty well that day as a complete beginner.

　　我在大學時期曾當過褓母。我還記得照顧過的第一個孩子，他的名字是山姆，雙親的生活型態非常忙碌，他的媽媽是藝術家，爸爸則是一位銀行家。

　　第一天上班，在離開公寓前，我吃了一碗穀片當早餐。走過一片樹林，我終於找到這個看起來很像一座古堡的房子，來應門的是山姆的父親，我在他出門上班前跟他簡短的聊了一下。我在房間找到山姆，他坐在地毯上，安靜地看著卡通，似乎完全不介意家裡有一位陌生人，山姆是個平靜的小男孩。

　　我走到樓下的廚房，穿上圍裙，開始煮早午餐給山姆吃。我把一些小麵包送進烤箱，也烤了一些胡蘿蔔、豆子，還煮了一顆萵苣，我看山姆好像胃口很好，所以飯後我給了他一塊杏仁巧克力。後來，我們到外面用粉筆跟黏土些遊戲，我們玩得很盡興！對於我這樣的新手褓姆來說，我自認那天表現還不錯。

生字補充：

- university 大學
- stranger 陌生人
- oven 烤箱
- roast 烤

★小提醒：請先將下列單字完整看過、聽過 4~6 遍後，接著搭配橘紅色遮色片使用，並試著說出各單字的中文意思。

○ MP3 Track 0248

con·ver·sa·tion [kɑnvɚˋseʃən] 名 交談、談話 同 dialogue 交談

cook·er [ˋkʊkɚ] 名 炊具

cop·y/Xe·rox/ xe·rox [ˋkɑpɪ]/[ˋzɪrɑks] 名 拷貝 同 imitate 仿製

cor·ner [ˋkɔrnɚ] 名 角落 同 angle 角

cost·ly [ˋkɔstlɪ] 形 價格高的 同 expensive 昂貴的

○ MP3 Track 0249

cot·ton [ˋkɑtn̩] 名 棉花

cough [kɔf] 動 咳出 名 咳嗽

coun·try·side [ˋkʌntrɪˌsaɪd] 名 鄉間

coun·ty [ˋkaʊntɪ] 名 郡、縣

cou·ple [ˋkʌpl̩] 名 配偶、一對 動 結合

挑戰 3 次記熟這些單字

學習結束，記得使用遮色片驗收成果，並填上挑戰日期，7 天正好是記憶衰減的周期，所以每次的挑戰時間切勿超過 7 天喔！

★挑戰1：正確率50% 日期：＿＿＿＿＿＿＿＿＿

★挑戰2：正確率80% 日期：＿＿＿＿＿＿＿＿＿

★挑戰3：正確率100% 日期：＿＿＿＿＿＿＿＿＿ 恭喜挑戰成功！

★小提醒：請先將下列單字完整看過、聽過 4~6 遍後，接著搭配
橘紅色遮色片使用，並試著說出各單字的中文意思。

○ MP3 Track 0250

cour·age [ˈkɝɪdʒ] 名 勇氣 反 fear 恐懼

court [kort] 名 法院

cou·sin [ˈkʌzn̩] 名 堂（表）兄弟姊妹

crab [kræb] 名 蟹

crane [kren] 名 起重機、鶴

○ MP3 Track 0251

cray·on [ˈkreən] 名 蠟筆

cra·zy [ˈkrezɪ] 形 發狂的、瘋癲的 同 mad 發狂的

cream [krim] 名 乳酪、乳製品

cre·ate [krɪˈet] 動 創造 同 design 設計

crime [kraɪm] 名 罪、犯罪行為 同 sin 罪

A
B
C
D
E
F
G
H
I
J
K
L
M
N
O
P
Q
R
S
T
U
V
W
X
Y
Z

挑戰 3 次記熟這些單字

學習結束，記得使用遮色片驗收成果，並填上挑戰日期，7 天正好是
記憶衰減的周期，所以每次的挑戰時間切勿超過 7 天喔！

★挑戰1：正確率50% 日期：＿＿＿＿＿＿＿＿＿

★挑戰2：正確率80% 日期：＿＿＿＿＿＿＿＿＿

★挑戰3：正確率100% 日期：＿＿＿＿＿＿＿＿＿ 恭喜挑戰成功！

★小提醒：請先將下列單字完整看過、聽過 4~6 遍後，接著搭配
橘紅色遮色片使用，並試著說出各單字的中文意思。

○ MP3 Track 0252

cri·sis [ˈkraɪsɪs] | 名 危機 同 emergency 緊急關頭
名詞複數 crises

crop [krɑp] | 名 農作物 同 growth 產物

cross [krɔs] | 名 十字形、交叉
動 使交叉、橫過、反對
同 oppose 反對

crow [kro] | 名 烏鴉 動 啼叫

crowd [kraʊd] | 名 人群、群眾 動 擁擠 同 group 群眾

○ MP3 Track 0253

cru·el [ˈkruəl] | 形 殘忍的、無情的 同 mean 殘忍的

cul·ture [ˈkʌltʃɚ] | 名 文化

cure [kjʊr] | 動 治療 名 治療 同 heal 治療

cu·ri·ous [ˈkjʊrɪəs] | 形 求知的、好奇的

cur·tain/ drape [ˈkɝtn̩]/[drep] | 名 窗簾 動 掩蔽

挑戰 3 次記熟這些單字

學習結束，記得使用遮色片驗收成果，並填上挑戰日期，7 天正好是
記憶衰減的周期，所以每次的挑戰時間切勿超過 7 天喔！

★挑戰1：正確率50%　日期：＿＿＿＿＿＿＿＿＿＿＿＿＿

★挑戰2：正確率80%　日期：＿＿＿＿＿＿＿＿＿＿＿＿＿

★挑戰3：正確率100%　日期：＿＿＿＿＿＿＿＿＿＿　恭喜挑戰成功！

★小提醒：請先將下列單字完整看過、聽過 4~6 遍後，接著搭配
橘紅色遮色片使用，並試著說出各單字的中文意思。

A B C D E F G H I J K L M N O P Q R S T U V W X Y Z

○ MP3 Track 0254

cus·tom [ˈkʌstəm] 名 習俗、習慣 同 tradition 習俗、傳統

cus·tom·er [ˈkʌstəmɚ] 名 顧客、客戶 同 client 客戶

 Dd 開頭的單字

dai·ly [ˈdelɪ] 形 每日的 名 日報

dam·age [ˈdæmɪdʒ] 名 損害、損失 動 毀損

dan·ger·ous [ˈdendʒərəs] 形 危險的 反 secure 安全的

○ MP3 Track 0255

da·ta [ˈdetə] 名 資料、事實 同 information 資料

dawn [dɔn] 名 黎明、破曉 動 開始出現、頓悟 反 dusk 黃昏

deaf [dɛf] 形 耳聾

de·bate [dɪˈbet] 名 討論、辯論 動 討論、辯論 同 discuss 討論

debt [dɛt] 名 債、欠款 同 obligation 債、欠款

挑戰 3 次記熟這些單字

學習結束，記得使用遮色片驗收成果，並填上挑戰日期，7 天正好是
記憶衰減的周期，所以每次的挑戰時間切勿超過 7 天喔！

★挑戰1：正確率50% 日期：＿＿＿＿＿＿＿＿＿＿＿＿

★挑戰2：正確率80% 日期：＿＿＿＿＿＿＿＿＿＿＿＿

★挑戰3：正確率100% 日期：＿＿＿＿＿＿＿＿ 恭喜挑戰成功！

★小提醒：請先將下列單字完整看過、聽過 4~6 遍後，接著搭配
橘紅色遮色片使用，並試著說出各單字的中文意思。

Part 01 基礎單字篇

Part 02 進階單字篇

○ MP3 Track 0256

de·ci·sion [dɪˋsɪʒən]
名 決定、決斷力
同 determination 決定

dec·o·rate [ˋdɛkəˌret]
動 裝飾、佈置 同 beautify 裝飾

de·gree [dɪˋgri]
名 學位、程度 同 extent 程度

de·lay [dɪˋle]
動 延緩 名 耽擱

de·li·cious [dɪˋlɪʃəs]
形 美味的 同 yummy 美味的

○ MP3 Track 0257

de·liv·er [dɪˋlɪvɚ] 動 傳送、遞送 同 transfer 傳送

den·tist [ˋdɛntɪst] 名 牙醫、牙科醫生

de·ny [dɪˋnaɪ] 動 否認、拒絕 同 reject 拒絕

de·part·ment [dɪˋpɑrtmənt]
名 部門、處、局 同 section 部門

de·pend [dɪˋpɛnd] 動 依賴、依靠 同 rely 依賴

挑戰 3 次記熟這些單字

學習結束，記得使用遮色片驗收成果，並填上挑戰日期，7 天正好是
記憶衰減的周期，所以每次的挑戰時間切勿超過 7 天喔！

★挑戰1：正確率50%　日期：＿＿＿＿＿＿＿＿

★挑戰2：正確率80%　日期：＿＿＿＿＿＿＿＿

★挑戰3：正確率100%　日期：＿＿＿＿＿＿＿　恭喜挑戰成功！

隨堂小測驗！請搭配遮色片使用

學到一個階段快來驗證你的實力吧！每答完一題就把遮色片往下移，並檢查自己是否答對，並在右方空格做紀錄，待全部作答完畢，有答錯的部分，請再回到前面找出單字繼續複習，三五天後再做一次測驗，反覆的看聽直到全部答對，相信一輩子都忘不了這些單字了！

單字	解答	中譯	答對✓／答錯✗
❶ con·ver·sa·tion	（H）	A. 咳、咳嗽	☐☐☐☐
❷ cor·ner	（P）	B. 債、欠款	☐☐☐☐
❸ cot·ton	（S）	C. 創造	☐☐☐☐
❹ cough	（A）	D. 習俗、習慣	☐☐☐☐
❺ cou·ple	（T）	E. 勇氣	☐☐☐☐
❻ cour·age	（E）	F. 危機	☐☐☐☐
❼ court	（Q）	G. 黎明、破曉、開始出現	☐☐☐☐
❽ crane	（L）	H. 交談、談話	☐☐☐☐
❾ cre·ate	（C）	I. 每日的、日報	☐☐☐☐
❿ crime	（N）	J. 十字形、交叉、使交叉	☐☐☐☐
⓫ cri·sis	（F）	K. 求知的、好奇的	☐☐☐☐
⓬ cross	（J）	L. 起重機、鶴	☐☐☐☐
⓭ crowd	（O）	M. 治療	☐☐☐☐
⓮ cul·ture	（R）	N. 罪、犯罪行為	☐☐☐☐
⓯ cure	（M）	O. 人群、群眾、擁擠	☐☐☐☐
⓰ cu·ri·ous	（K）	P. 角落	☐☐☐☐
⓱ cus·tom	（D）	Q. 法院	☐☐☐☐
⓲ dai·ly	（I）	R. 文化	☐☐☐☐
⓳ dawn	（G）	S. 棉花	☐☐☐☐
⓴ debt	（B）	T. 配偶、一對、結合	☐☐☐☐

我的學習紀錄

每一次使用遮色片驗收成果後，記得填上挑戰日期＆正確率。

★ 日期：　　　　　　；答對　　　　　題

★ 日期：　　　　　　；答對　　　　　題

★ 日期：　　　　　　；答對　　　　　題

恭喜挑戰成功！
若無法一次就答對全部題目，也不要灰心，記得回到前面多做復習！學習本來就是一種累積的過程，只要確定每一次自己都有多記住一點點，就是一種成功。

★小提醒：請先將下列單字完整看過、聽過 4~6 遍後，接著搭配
橘紅色遮色片使用，並試著說出各單字的中文意思。

● MP3 Track 0258

depth [dɛpθ]　名 深度、深淵　同 gravity 深遠

de·scribe [dɪˋskraɪb]　動 敘述、描述　同 define 解釋

de·sert [ˋdɛzɚt]/[dɪˋzɝt]　名 沙漠、荒地　動 拋棄、丟開
形 荒蕪的　反 fertile 肥沃的

de·sign [dɪˋzaɪn]　名 設計　動 設計
同 sketch 設計、構思

de·sire [dɪˋzaɪr]　名 渴望、期望　同 fancy 渴望

● MP3 Track 0259

des·sert [dɪˋzɝt]　名 餐後點心、甜點

de·tect [dɪˋtɛkt]　動 查出、探出、發現
同 discover 發現

de·vel·op [dɪˋvɛləp]　動 發展、開發

de·vel·op·ment [dɪˋvɛləpmənt]　名 發展、開發

dew [dju]　名 露水、露

挑戰 3 次記熟這些單字

學習結束，記得使用遮色片驗收成果，並填上挑戰日期，7 天正好是
記憶衰減的周期，所以每次的挑戰時間切勿超過 7 天喔！

★挑戰1：正確率50%　日期：＿＿＿＿＿＿＿＿

★挑戰2：正確率80%　日期：＿＿＿＿＿＿＿＿

★挑戰3：正確率100%　日期：＿＿＿＿＿＿＿＿　恭喜挑戰成功！

★小提醒：請先將下列單字完整看過、聽過 4~6 遍後，接著搭配
橘紅色遮色片使用，並試著說出各單字的中文意思。

○ MP3 Track 0260

di·al [`daɪəl]　名 刻度盤　動 撥（電話）同 call 打電話

dia·mond [`daɪmənd]　名 鑽石

di·a·ry [`daɪərɪ]　名 日誌、日記本　同 journal 日誌

dic·tion·ar·y [`dɪkʃənˌɛrɪ]　名 字典、辭典

dif·fer·ence [`dɪfərəns]　名 差異、差別　反 similarity 相似處

○ MP3 Track 0261

dif·fi·cul·ty [`dɪfəˌkʌltɪ]　名 困難　反 ease 簡單

di·no·saur [`daɪnəˌsɔr]　名 恐龍

di·rec·tion [dəˋrɛkʃən]　名 指導、方向　同 way 方向

di·rec·tor [dəˋrɛktə]　名 指揮者、導演

dis·agree [ˌdɪsəˋgri]　動 不符合、不同意　反 agree 同意

A B C **D** E F G H I J K L M N O P Q R S T U V W X Y Z

挑戰 3 次記熟這些單字

學習結束，記得使用遮色片驗收成果，並填上挑戰日期，7 天正好是
記憶衰減的周期，所以每次的挑戰時間切勿超過 7 天喔！

★挑戰1：正確率50%　日期：＿＿＿＿＿＿＿＿＿＿

★挑戰2：正確率80%　日期：＿＿＿＿＿＿＿＿＿＿

★挑戰3：正確率100%　日期：＿＿＿＿＿＿＿＿　恭喜挑戰成功！

★小提醒：請先將下列單字完整看過、聽過 4~6 遍後，接著搭配
橘紅色遮色片使用，並試著說出各單字的中文意思。

🔘 MP3 Track 0262

dis·agree·ment
[ˌdɪsəˈgrimənt]

名 意見不合、不同意
反 agreement 同意

dis·ap·pear
[ˌdɪsəˈpɪr]

動 消失、不見 反 appear 出現

dis·cuss [dɪˈskʌs]

動 討論、商議 同 consult 商議

dis·cus·sion
[dɪˈskʌʃən]

名 討論、商議 同 consultation 商議

dis·hon·est
[dɪsˈɑnɪst]

形 不誠實的 反 honest 誠實的

🔘 MP3 Track 0263

dis·play [dɪˈsple]

動 展出 名 展示、展覽 同 show 展示

dis·tance
[ˈdɪstəns]

名 距離 同 length 距離、長度

dis·tant [ˈdɪstənt]

形 疏遠的、有距離的

di·vide [dəˈvaɪd]

動 分開 同 separate 分開

di·vi·sion
[dəˈvɪʒən]

名 分割、除去

挑戰 3 次記熟這些單字

學習結束，記得使用遮色片驗收成果，並填上挑戰日期，7 天正好是
記憶衰減的周期，所以每次的挑戰時間切勿超過 7 天喔！

★挑戰1：正確率50%　日期：＿＿＿＿＿＿＿＿＿＿＿＿

★挑戰2：正確率80%　日期：＿＿＿＿＿＿＿＿＿＿＿＿

★挑戰3：正確率100%　日期：＿＿＿＿＿＿＿＿＿＿　恭喜挑戰成功！

★小提醒：請先將下列單字完整看過、聽過 4~6 遍後，接著搭配
　　　　橘紅色遮色片使用，並試著說出各單字的中文意思。

○ MP3 Track 0264

diz·zy [ˈdɪzɪ]　　形 暈眩的、被弄糊塗的

dol·phin [ˈdɑlfɪn]　　名 海豚

don·key [ˈdɑŋkɪ]　　名 驢子、傻瓜 同 mule 驢、騾子

dot [dɑt]　　名 圓點 動 以點表示

dou·ble [ˈdʌbl̩]　　形 雙倍的 副 雙倍地 名 二倍
動 加倍 反 single 單一的

○ MP3 Track 0265

doubt [daʊt]　　名 疑問 動 懷疑 反 believe 相信

dough·nut [ˈdoˏnʌt]　　名 油炸圈餅、甜甜圈

down·town [ˈdaʊnˋtaʊn]　　副 鬧區的 名 鬧區、商業區

Dr. [ˈdɑktɚ]　　名 醫生、博士 同 doctor 醫生

drag [dræg]　　動 拖曳 同 pull 拖、拉

A
B
C
D
E
F
G
H
I
J
K
L
M
N
O
P
Q
R
S
T
U
V
W
X
Y
Z

挑戰 3 次記熟這些單字

學習結束，記得使用遮色片驗收成果，並填上挑戰日期，7 天正好是
記憶衰減的周期，所以每次的挑戰時間切勿超過 7 天喔！

★挑戰1：正確率50%　日期：＿＿＿＿＿＿＿＿＿＿

★挑戰2：正確率80%　日期：＿＿＿＿＿＿＿＿＿＿

★挑戰3：正確率100% 日期：＿＿＿＿＿＿＿＿＿＿　恭喜挑戰成功！

★小提醒：請先將下列單字完整看過、聽過 4~6 遍後，接著搭配
橘紅色遮色片使用，並試著說出各單字的中文意思。

Part 01 基礎單字篇

Part 02 進階單字篇

○ MP3 Track 0266

drag·on
[ˋdrægən]
名 龍

drag·on·fly
[ˋdrægənˏflaɪ]
名 蜻蜓

dra·ma [ˋdræmə] 名 劇本、戲劇 同 theater 戲劇

draw·er [ˋdrɔɚ] 名 抽屜、製圖員

draw·ing [ˋdrɔɪŋ] 名 繪圖 同 illustration 圖表

○ MP3 Track 0267

dress [drɛs] 名 洋裝 動 穿衣服 同 clothe 穿衣服

drop [drɑp] 動 （使）滴下、滴

drug [drʌg] 名 藥、藥物 同 medicine 藥

drug·store
[ˋdrʌgˏstor]
名 藥房 同 pharmacy 藥房

drum [drʌm] 名 鼓

挑戰 3 次記熟這些單字

學習結束，記得使用遮色片驗收成果，並填上挑戰日期，7 天正好是
記憶衰減的周期，所以每次的挑戰時間切勿超過 7 天喔！

★挑戰1：正確率50%　**日期：**＿＿＿＿＿＿＿＿＿

★挑戰2：正確率80%　**日期：**＿＿＿＿＿＿＿＿＿

★挑戰3：正確率100%　**日期：**＿＿＿＿＿＿＿　恭喜挑戰成功！

隨堂小測驗！請搭配遮色片使用

學到一個階段快來驗證你的實力吧！每答完一題就把遮色片往下移，並檢查自己是否答對，並在右方空格做紀錄，待全部作答完畢，有答錯的部分，請再回到前面找出單字繼續複習，三五天後再做一次測驗，反覆的看聽直到全部答對，相信一輩子都忘不了這些單字了！

單字	解答	中譯	答對✓／答錯✗
❶ depth	（K）	A. 藥房	☐☐☐☐
❷ de·sert	（S）	B. 發展、開發	☐☐☐☐
❸ de·sire	（E）	C.（使）滴下、滴	☐☐☐☐
❹ des·sert	（O）	D. 日誌、日記本	☐☐☐☐
❺ de·tect	（H）	E. 渴望、期望	☐☐☐☐
❻ de·vel·op	（B）	F. 困難	☐☐☐☐
❼ di·al	（M）	G. 劇本、戲劇	☐☐☐☐
❽ di·a·ry	（D）	H. 查出、探出、發現	☐☐☐☐
❾ dif·fi·cul·ty	（F）	I. 疑問、懷疑	☐☐☐☐
❿ di·rec·tion	（T）	J. 不誠實的	☐☐☐☐
⓫ dis·agree	（Q）	K. 深度、深淵	☐☐☐☐
⓬ dis·cuss	（P）	L. 距離	☐☐☐☐
⓭ dis·hon·est	（J）	M. 刻度盤、撥（電話）	☐☐☐☐
⓮ dis·tance	（L）	N. 分開	☐☐☐☐
⓯ di·vide	（N）	O. 餐後點心、甜點	☐☐☐☐
⓰ doubt	（I）	P. 討論、商議	☐☐☐☐
⓱ down·town	（R）	Q. 不符合、不同意	☐☐☐☐
⓲ dra·ma	（G）	R. 鬧區的、鬧區、商業區	☐☐☐☐
⓳ drop	（C）	S. 沙漠、荒地、拋棄、丟開	☐☐☐☐
⓴ drug·store	（A）	T. 指導、方向	☐☐☐☐

我的學習紀錄

每一次使用遮色片驗收成果後，記得填上挑戰日期＆正確率。

★ 日期： ；答對 題

★ 日期： ；答對 題

★ 日期： ；答對 題

恭喜挑戰成功！
若無法一次就答對全部題目，也不要灰心，記得回到前面多做復習！學習本來就是一種累積的過程，只要確定每一次自己都有多記住一點點，就是一種成功。

★小提醒：請先將下列單字完整看過、聽過 4~6 遍後，接著搭配橘紅色遮色片使用，並試著說出各單字的中文意思。

● MP3 Track 0268

dry·er [draɪɚ]   名 烘乾機、吹風機

dull [dʌl]   形 遲鈍的、單調的 同 flat 單調的

dumb [dʌm]   形 啞的、笨的 反 smart 聰明的

dump·ling [`dʌmplɪŋ]   名 麵團、餃子

du·ty [`djutɪ]   名 責任、義務 同 responsibility 責任

 開頭的單字

● MP3 Track 0269

earn [ɝn]   動 賺取、得到 同 obtain 得到

earth·quake [`ɝθ͵kwek]   名 地震 同 tremor 地震

east·ern [`istɚn]   形 東方的、東方人 反 western 西方的

ed·u·ca·tion [͵ɛdʒɚ`keʃən]   名 教育 同 instruction 教育

ef·fect [ə`fɛkt]   名 影響、效果 動 招致 同 produce 引起

挑戰 3 次記熟這些單字

學習結束，記得使用遮色片驗收成果，並填上挑戰日期，7 天正好是記憶衰減的周期，所以每次的挑戰時間切勿超過 7 天喔！

★挑戰1：正確率50%   日期：_____

★挑戰2：正確率80%   日期：_____

★挑戰3：正確率100%   日期：_____   恭喜挑戰成功！

★小提醒：請先將下列單字完整看過、聽過 4~6 遍後，接著搭配
橘紅色遮色片使用，並試著說出各單字的中文意思。

A
B
C
D
E
F
G
H
I
J
K
L
M
N
O
P
Q
R
S
T
U
V
W
X
Y
Z

○ MP3 Track 0270

ef·fec·tive [əˈfɛktɪv]　形 有效的　反 vain 無效的

ef·fort [ˈɛfət]　名 努力　同 attempt 努力嘗試

el·der [ˈɛldə]　形 年長的　名 長輩　反 junior 晚輩

e·lect [ɪˈlɛkt]　動 挑選、選舉　形 挑選的　同 select 挑選

el·e·ment [ˈɛləmənt]　名 基本要素　同 component 構成要素

○ MP3 Track 0271

el·e·va·tor [ˈɛləˌvetə]　名 升降機、電梯　同 escalator 電扶梯

e·mo·tion [ɪˈmoʃən]　名 情感　同 feeling 情感

en·cour·age [ɪnˈkɝɪdʒ]　動 鼓勵　同 inspire 激勵

en·cour·age·ment [ɪnˈkɝɪdʒmənt]　名 鼓勵　同 incentive 鼓勵

end·ing [ˈɛndɪŋ]　名 結局、結束　同 terminal 終點

挑戰 3 次記熟這些單字

學習結束，記得使用遮色片驗收成果，並填上挑戰日期，7 天正好是
記憶衰減的周期，所以每次的挑戰時間切勿超過 7 天喔！

★挑戰1：正確率50%　日期：

★挑戰2：正確率80%　日期：

★挑戰3：正確率100%　日期：　　　　　　恭喜挑戰成功！

★小提醒：請先將下列單字完整看過、聽過 4~6 遍後，接著搭配
橘紅色遮色片使用，並試著說出各單字的中文意思。

🔘 MP3 Track 0272

en·e·my [ˈɛnəmɪ] 　名 敵人 　同 opponent 敵手

en·er·gy [ˈɛnədʒɪ] 　名 能量、精力 　同 strength 力量

en·joy [ɪnˈdʒɔɪ] 　動 享受、欣賞 　同 appreciate 欣賞

en·joy·ment
[ɪnˈdʒɔɪmənt] 　名 享受、愉快 　同 pleasure 愉快

en·tire [ɪnˈtaɪr] 　形 全部的 　反 partial 部分的

🔘 MP3 Track 0273

en·trance
[ˈɛntrəns] 　名 入口 　同 exit 出口

en·ve·lope
[ˈɛnvəˌlop] 　名 信封

en·vi·ron·ment
[ɪnˈvaɪrənmənt] 　名 環境

e·ras·er [ɪˈresɚ] 　名 橡皮擦

er·ror [ˈɛrɚ] 　名 錯誤 　同 mistake 錯誤

挑戰 3 次記熟這些單字

學習結束，記得使用遮色片驗收成果，並填上挑戰日期，7 天正好是
記憶衰減的周期，所以每次的挑戰時間切勿超過 7 天喔！

★挑戰1：正確率50%　日期：_____

★挑戰2：正確率80%　日期：_____

★挑戰3：正確率100%　日期：_____　　恭喜挑戰成功！

★小提醒：請先將下列單字完整看過、聽過 4~6 遍後，接著搭配
橘紅色遮色片使用，並試著說出各單字的中文意思。

A
B
C
D
E
F
G
H
I
J
K
L
M
N
O
P
Q
R
S
T
U
V
W
X
Y
Z

○ MP3 Track 0274

es·pe·cial·ly 副 特別地 反 mostly 一般地
[ə`spɛʃəlɪ]

e·vent [ɪ`vɛnt] 名 事件 同 episode 事件

ex·act [ɪg`zækt] 形 正確的 同 precise 準確的

ex·cel·lent 形 最好的 同 admirable 極好的
[`ɛkslənt]

ex·cite [ɪk`saɪt] 動 刺激、鼓舞 反 calm 使鎮定

○ MP3 Track 0275

ex·cite·ment 名 興奮、激動 同 turmoil 騷動
[ɪk`saɪtmənt]

ex·cuse [ɪk`skjuz] 名 藉口 動 原諒 反 blame 責備

ex·er·cise 名 練習 動 運動 同 practice 練習
[`ɛksɚˌsaɪz]

ex·ist [ɪg`zɪst] 動 存在 同 be 存在

ex·pect [ɪk`spɛkt] 動 期望 同 suppose 期望

挑戰 3 次記熟這些單字

學習結束，記得使用遮色片驗收成果，並填上挑戰日期，7 天正好是
記憶衰減的周期，所以每次的挑戰時間切勿超過 7 天喔！

★挑戰1：正確率50%　日期：＿＿＿＿＿＿＿＿＿

★挑戰2：正確率80%　日期：＿＿＿＿＿＿＿＿＿

★挑戰3：正確率100%　日期：＿＿＿＿＿＿＿＿　恭喜挑戰成功！

★小提醒：請先將下列單字完整看過、聽過 4~6 遍後，接著搭配
橘紅色遮色片使用，並試著說出各單字的中文意思。

Part 01 基礎單字篇

Part 02 進階單字篇

● MP3 Track 0276

ex·pen·sive
[ɪk`spɛnsɪv]
　形 昂貴的　反 cheap 便宜的

ex·pe·ri·ence
[ɪk`spɪrɪəns]
　名 經驗　動 體驗
　同 occurrence 經歷、事件

ex·pert [`ɛkspɝt]
　形 熟練的　名 專家　反 amateur 業餘

ex·plain [ɪk`splen]
　動 解釋

ex·press [ɪk`sprɛs]
　動 表達、說明　同 indicate 表明

● MP3 Track 0277

ex·tra [`ɛkstrə]
　形 額外的　副 特別地
　同 additional 額外的

eye·brow [`aɪˌbraʊ]
　名 眉毛　同 brow 眉毛

Ff 開頭的單字

fail [fel]
　動 失敗、不及格　反 achieve 實現、達到

fail·ure [`feljɚ]
　名 失敗、失策　同 success 成功

fair [fɛr]
　形 公平的、合理的　副 光明正大地
　同 just 公正的

挑戰 3 次記熟這些單字

學習結束，記得使用遮色片驗收成果，並填上挑戰日期，7 天正好是
記憶衰減的周期，所以每次的挑戰時間切勿超過 7 天喔！

★挑戰1：正確率50%　日期：＿＿＿＿＿＿＿＿＿＿

★挑戰2：正確率80%　日期：＿＿＿＿＿＿＿＿＿＿

★挑戰3：正確率100%　日期：＿＿＿＿＿＿＿＿＿＿　　恭喜挑戰成功！

隨堂小測驗！請搭配遮色片使用

學到一個階段快來驗證你的實力吧！每答完一題就把遮色片往下移，並檢查自己是否答對，並在右方空格做紀錄，待全部作答完畢，有答錯的部分，請再回到前面找出單字繼續複習，三五天後再做一次測驗，反覆的看聽直到全部答對，相信一輩子都忘不了這些單字了！

單字	解答	中譯	答對√／答錯✗
❶ dull	（O）	A. 經驗、體驗	
❷ du·ty	（S）	B. 存在	
❸ ed·u·ca·tion	（G）	C. 失敗、失策	
❹ ef·fect	（D）	D. 影響、效果、引起	
❺ el·der	（M）	E. 環境	
❻ e·lect	（P）	F. 表達、說明	
❼ el·e·ment	（I）	G. 教育	
❽ e·mot·ion	（R）	H. 期望	
❾ en·cour·age·ment	（L）	I. 基本要素	
❿ en·e·my	（Q）	J. 入口	
⓫ en·trance	（J）	K. 特別地	
⓬ en·vi·ron·ment	（E）	L. 鼓勵	
⓭ es·pe·cial·ly	（K）	M. 年長的、長輩	
⓮ ex·cuse	（T）	N. 額外的、特別地	
⓯ ex·ist	（B）	O. 遲鈍的、單調的	
⓰ ex·pect	（H）	P. 挑選、選舉、挑選的	
⓱ ex·pe·ri·ence	（A）	Q. 敵人	
⓲ ex·press	（F）	R. 情感	
⓳ ex·tra	（N）	S. 責任、義務	
⓴ fail·ure	（C）	T. 藉口、原諒	

我的學習紀錄

每一次使用遮色片驗收成果後，記得填上挑戰日期＆正確率。

★ 日期：　　　　　；答對　　　　題

★ 日期：　　　　　；答對　　　　題

★ 日期：　　　　　；答對　　　　題

恭喜挑戰成功！
若無法一次就答對全部題目，也不要灰心，記得回到前面多做復習！學習本來就是一種累積的過程，只要確定每一次自己都有多記住一點點，就是一種成功。

★小提醒：請先將下列單字完整看過、聽過 4~6 遍後，接著搭配橘紅色遮色片使用，並試著說出各單字的中文意思。

Part 01 基礎單字篇

○ MP3 Track 0278

fa·mous [ˈfeməs] 形 有名的、出名的

fault [fɔlt] 名 責任、過失 動 犯錯 同 error 過失

fa·vor [ˈfevɚ] 名 喜好 動 贊成

fa·vor·ite [ˈfevərɪt] 形 最喜歡的 同 precious 珍愛的

fear·ful [ˈfɪrfəl] 形 可怕的、嚇人的 同 afraid 害怕的

Part 02 進階單字篇

○ MP3 Track 0279

fee [fi] 名 費用 同 fare 費用

fe·male [ˈfimel] 形 女性的 名 女性 同 feminine 女性的

fence [fɛns] 名 籬笆、圍牆 動 防衛、防護

fes·ti·val [ˈfɛstəvḷ] 名 節日 同 holiday 節日

fe·ver [ˈfivɚ] 名 發燒、熱、入迷

挑戰 3 次記熟這些單字

學習結束，記得使用遮色片驗收成果，並填上挑戰日期，7 天正好是記憶衰減的周期，所以每次的挑戰時間切勿超過 7 天喔！

★挑戰1：正確率50%　日期：＿＿＿＿＿＿＿

★挑戰2：正確率80%　日期：＿＿＿＿＿＿＿

★挑戰3：正確率100%　日期：＿＿＿＿＿＿＿　　恭喜挑戰成功！

★小提醒：請先將下列單字完整看過、聽過 4~6 遍後，接著搭配
橘紅色遮色片使用，並試著說出各單字的中文意思。

○ MP3 Track 0280

field [fild]	名 田野、領域
fight·er [ˈfaɪtɚ]	名 戰士
fig·ure [ˈfɪgjɚ]	名 人影、畫像、數字 動 演算 同 symbol 數字、符號
film [fɪlm]	名 電影、膠捲 同 cinema 電影
fire·man/ fire·wom·an [ˈfaɪrmən]/ [ˈfaɪrwʊmən]	名 消防員／女消防員

○ MP3 Track 0281

firm [fɝm]	形 堅固的 副 牢固地 同 enterprise 公司
fish·er·man [ˈfɪʃəmən]	名 漁夫
fit [fɪt]	形 適合的 動 適合 名 適合 同 suit 適合
fix [fɪks]	動 使穩固、修理 同 repair 修理
flag [flæg]	名 旗、旗幟 同 banner 旗、橫幅

A
B
C
D
E
F
G
H
I
J
K
L
M
N
O
P
Q
R
S
T
U
V
W
X
Y
Z

挑戰 3 次記熟這些單字

學習結束，記得使用遮色片驗收成果，並填上挑戰日期，7 天正好是
記憶衰減的周期，所以每次的挑戰時間切勿超過 7 天喔！

★挑戰1：正確率50%　**日期：** _____

★挑戰2：正確率80%　**日期：** _____

★挑戰3：正確率100%　**日期：** _____　恭喜挑戰成功！

★小提醒：請先將下列單字完整看過、聽過 4~6 遍後，接著搭配
橘紅色遮色片使用，並試著說出各單字的中文意思。

○ MP3 Track 0282

flash [flæʃ]　動 閃亮　名 一瞬間　同 flame 照亮

flash·light/ flash [ˋflæʃͺlaɪt]/[flæʃ]　名 手電筒、閃光　同 lantern 燈籠

flat [flæt]　名 平的東西、公寓　形 平坦的

flight [flaɪt]　名 飛行

flood [flʌd]　名 洪水、水災　動 淹沒
反 drought 旱災

○ MP3 Track 0283

flour [flaʊr]　名 麵粉　動 撒粉於

flow [flo]　動 流出、流動　名 流程、流量
同 stream 流動

flu [flu]　名 流行性感冒

flute [flut]　名 橫笛、用笛吹奏

fo·cus [ˋfokəs]　名 焦點、焦距　動 使集中在焦點、集中
同 concentrate 集中

挑戰 3 次記熟這些單字

學習結束，記得使用遮色片驗收成果，並填上挑戰日期，7 天正好是
記憶衰減的周期，所以每次的挑戰時間切勿超過 7 天喔！

★挑戰1：正確率50%　日期：＿＿＿＿＿＿＿＿＿＿

★挑戰2：正確率80%　日期：＿＿＿＿＿＿＿＿＿＿

★挑戰3：正確率100%　日期：＿＿＿＿＿＿＿＿＿＿　恭喜挑戰成功！

★小提醒：請先將下列單字完整看過、聽過 4~6 遍後，接著搭配
　　　　橘紅色遮色片使用，並試著說出各單字的中文意思。

○ MP3 Track 0284

fog·gy [`fɑgɪ]　形 多霧的、朦朧的

fol·low·ing [`fɑloɪŋ]　名 下一個　形 接著的　同 next 下一個

fool [ful]　名 傻子　動 愚弄、欺騙　同 trick 戲弄

fool·ish [`fulɪʃ]　形 愚笨的、愚蠢的　反 wise 聰明的

foot·ball [`fʊtˌbɔl]　名 足球、橄欖球

○ MP3 Track 0285

for·eign·er [`fɔrɪnɚ]　名 外國人

for·give [fɚ`gɪv]　動 原諒、寬恕　反 punish 處罰

form [fɔrm]　名 形式、表格　動 形成　同 construct 構成

for·mal [`fɔrml]　形 正式的、有禮的

for·mer [`fɔrmɚ]　形 以前的、先前的　反 present 現在的

A
B
C
D
E
F
G
H
I
J
K
L
M
N
O
P
Q
R
S
T
U
V
W
X
Y
Z

挑戰 3 次記熟這些單字

學習結束，記得使用遮色片驗收成果，並填上挑戰日期，7 天正好是
記憶衰減的周期，所以每次的挑戰時間切勿超過 7 天喔！

★挑戰1：正確率50%　日期：＿＿＿＿＿＿＿＿

★挑戰2：正確率80%　日期：＿＿＿＿＿＿＿＿

★挑戰3：正確率100%　日期：＿＿＿＿＿＿＿＿　　恭喜挑戰成功！

★小提醒：請先將下列單字完整看過、聽過 4~6 遍後，接著搭配
　　　　　橘紅色遮色片使用，並試著說出各單字的中文意思。

○ MP3 Track 0286

for·ward
[ˈfɔrwəd]
形 向前的 名 前鋒 動 發送
同 send 發送

for·wards
[ˈfɔrwədz]
副 今後、將來、向前

fox [fɑks]
名 狐狸、狡猾的人

frank [fræŋk]
形 率直的、坦白的 同 sincere 真誠的

free·dom
[ˈfridəm]
名 自由、解放、解脫 同 liberty 自由

○ MP3 Track 0287

free·zer [ˈfrizɚ]
名 冰庫、冷凍庫 同 refrigerator 冰箱

friend·ly
[ˈfrɛndlɪ]
形 友善的、親切的 同 kind 親切的

fright [fraɪt]
名 驚駭、恐怖、驚嚇 同 panic 驚恐

fright·en [ˈfraɪtn̩]
動 震驚、使害怕 同 scare 使恐懼

func·tion
[ˈfʌŋkʃən]
名 功能、作用

挑戰 3 次記熟這些單字

學習結束，記得使用遮色片驗收成果，並填上挑戰日期，7 天正好是
記憶衰減的周期，所以每次的挑戰時間切勿超過 7 天喔！

★挑戰1：正確率50%　日期：＿＿＿＿＿＿＿＿

★挑戰2：正確率80%　日期：＿＿＿＿＿＿＿＿

★挑戰3：正確率100% 日期：＿＿＿＿＿＿　恭喜挑戰成功！

隨堂小測驗！請搭配遮色片使用

學到一個階段快來驗證你的實力吧！每答完一題就把遮色片往下移，並檢查自己是否答對，並在右方空格做紀錄，待全部作答完畢，有答錯的部分，請再回到前面找出單字繼續複習，三五天後再做一次測驗，反覆的看聽直到全部答對，相信一輩子都忘不了這些單字了！

單字	解答	中譯	答對✓／答錯✗
❶ fa·mous	（S）	A. 可怕的、嚇人的	
❷ fault	（G）	B. 率直的、坦白的	
❸ fa·vor	（O）	C. 堅固的、牢固地	
❹ fear·ful	（A）	D. 平的東西、公寓	
❺ fes·ti·val	（E）	E. 節日	
❻ fe·ver	（J）	F. 流出、流動、流程、流量	
❼ fig·ure	（L）	G. 責任、過失、犯錯	
❽ film	（R）	H. 閃亮、一瞬間	
❾ firm	（C）	I. 向前的	
❿ fix	（P）	J. 發燒、熱、入迷	
⓫ flash	（H）	K. 焦點、焦距、使集中在焦點	
⓬ flat	（D）	L. 人影、畫像、數字、演算	
⓭ flood	（M）	M. 洪水、水災、淹沒	
⓮ flow	（F）	N. 自由、解放、解脫	
⓯ fo·cus	（K）	O. 喜好、贊成	
⓰ for·eign·er	（Q）	P. 使穩固、修理	
⓱ for·mal	（T）	Q. 外國人	
⓲ for·ward	（I）	R. 電影、膠捲	
⓳ frank	（B）	S. 有名的、出名的	
⓴ free·dom	（N）	T. 正式的、有禮的	

我的學習紀錄

每一次使用遮色片驗收成果後，記得填上挑戰日期&正確率。

★ 日期： ；答對 題

★ 日期： ；答對 題

★ 日期： ；答對 題

恭喜挑戰成功！
若無法一次就答對全部題目，也不要灰心，記得回到前面多做復習！學習本來就是一種累積的過程，只要確定每一次自己都有多記住一點點，就是一種成功。

A Fun Day Downtown

在市中心裡好玩的一天

Last weekend, I went to a music festival downtown to see a famous rock band. Considering that I live in the countryside, it was quite a long distance away from home, but in the end, it was all worthwhile.

I made a lot of effort picking out my clothes to wear for that day. I stood in front of my closet for exactly 10 minutes, debating what to wear until I made the decision to put on my favorite colorful dress. On my way to the bus station, I dragged my cousin, Andie, out of her house, and we headed downtown.

Andie and I were quite hungry when arriving there at around noon, so we went into this eastern restaurant. I had some crab cakes and Andie had some dumplings. The food there was delicious.

There was a huge crowd at the music festival. I was so excited that I couldn't control myself. I felt like my life was

※ 文章中橘紅色單字都是前 24 頁中學習過的單字，如果你忘記了，記得再回去復習哦

complete after seeing the band's performance, and I truly enjoyed this entire day.

　　上週末，我為了要看知名的搖滾樂團，跑到市中心參加一個音樂祭。因為我住鄉下，從家裡到市中心有著好長一段的距離，最終，我認為這一切都值得。

　　我做了很多努力，挑選那天要穿的衣服。我站在衣櫃前整整十分鐘，盤算著到底要穿什麼，最後我終於決定穿上那件我最愛的七彩洋裝。往公車站的路上，我到表妹安蒂的家，拖她一起到市中心去。

　　我和安蒂接近中午時抵達市中心，兩個人都餓了，所以我們進去一家東方餐廳，我點蟹肉餅，安蒂點了些水餃，那家餐廳的食物美味極了！

　　音樂祭會場湧入一大堆的人潮，我興奮得無法自拔，看完樂團表演後，我覺得人生似乎就此完整，我真的很享受這美好的一天。

生字補充：

- worthwhile 值得（做）的
- performance 表演

★小提醒：請先將下列單字完整看過、聽過 4~6 遍後，接著搭配
橘紅色遮色片使用，並試著說出各單字的中文意思。

○ MP3 Track 0288

fur·ther [ˈfɝðə]　　副 更進一步地　形 較遠的　動 助長

fu·ture [ˈfjutʃə]　　名 未來、將來　反 past 過往

開頭的單字

gain [gen]　　動／名 得到、獲得　同 obtain 得到

ga·rage [gəˈrɑdʒ]　　名 車庫

gar·bage [ˈgɑrbɪdʒ]　　名 垃圾

○ MP3 Track 0289

gar·den·er
[ˈgɑrdnə]　　名 園丁、花匠

gate [get]　　名 門、閘門

gath·er [ˈgæðə]　　動 集合、聚集　同 collect 收集

gen·er·al [ˈdʒɛnərəl]　　名 將領、將軍　形 普遍的、一般的

gen·er·ous
[ˈdʒɛnərəs]　　形 慷慨的、大方的、寬厚的
反 harsh 嚴厲的

挑戰 3 次記熟這些單字

學習結束，記得使用遮色片驗收成果，並填上挑戰日期，7 天正好是
記憶衰減的周期，所以每次的挑戰時間切勿超過 7 天喔！

★挑戰1：正確率50%　日期：＿＿＿＿＿＿＿＿＿

★挑戰2：正確率80%　日期：＿＿＿＿＿＿＿＿＿

★挑戰3：正確率100%　日期：＿＿＿＿＿＿＿　恭喜挑戰成功！

★小提醒：請先將下列單字完整看過、聽過 4~6 遍後，接著搭配
橘紅色遮色片使用，並試著說出各單字的中文意思。

○ MP3 Track 0290

gen·tle [ˈdʒɛntl̩]　形 溫和的、上流的　同 soft 柔和的

gen·tle·man [ˈdʒɛntl̩mən]　名 紳士、家世好的男人

ge·og·ra·phy [dʒiˈɑgrəfɪ]　名 地理（學）

gi·ant [ˈdʒaɪənt]　名 巨人　形 巨大的、龐大的
同 huge 巨大的

gi·raffe [dʒəˈræf]　名 長頸鹿

○ MP3 Track 0291

glove(s) [glʌv(z)]　名 手套

glue [glu]　名 膠水、黏膠　動 黏、固著

goal [gol]　名 目標、終點　同 destination 終點

goat [got]　名 山羊

gold·en [ˈgoldn̩]　形 金色的、黃金的

A
B
C
D
E
F
G
H
I
J
K
L
M
N
O
P
Q
R
S
T
U
V
W
X
Y
Z

挑戰 3 次記熟這些單字

學習結束，記得使用遮色片驗收成果，並填上挑戰日期，7 天正好是
記憶衰減的周期，所以每次的挑戰時間切勿超過 7 天喔！

★挑戰1：正確率50%　日期：_____

★挑戰2：正確率80%　日期：_____

★挑戰3：正確率100%　日期：_____　恭喜挑戰成功！

★小提醒：請先將下列單字完整看過、聽過 4~6 遍後，接著搭配
橘紅色遮色片使用，並試著說出各單字的中文意思。

Part 01 基礎單字篇

Part 02 進階單字篇

● MP3 Track 0292

golf [gɔlf]　名 高爾夫球　動 打高爾夫球

gov·ern [ˋgʌvən]　動 統治、治理　同 regulate 管理

gov·ern·ment [ˋgʌvənmənt]　名 政府　同 administration 政府

grade [gred]　名 年級、等級

grape [grep]　名 葡萄、葡萄樹

● MP3 Track 0293

grass·y [ˋgræsɪ]　形 多草的

greed·y [ˋgridɪ]　形 貪婪的

greet [grit]　動 迎接、問候　同 hail 招呼

growth [groθ]　名 成長、發育　同 progress 進步

guard [gɑrd]　名 警衛　動 防護、守衛

● MP3 Track 0294

gua·va [ˋgwɑvə]　名 芭樂

gui·tar [gɪˋtɑr]　名 吉他

挑戰 3 次記熟這些單字

學習結束，記得使用遮色片驗收成果，並填上挑戰日期，7 天正好是
記憶衰減的周期，所以每次的挑戰時間切勿超過 7 天喔！

★挑戰1：正確率50%　日期：＿＿＿＿＿＿＿＿＿＿＿

★挑戰2：正確率80%　日期：＿＿＿＿＿＿＿＿＿＿＿

★挑戰3：正確率100% 日期：＿＿＿＿＿＿＿＿＿＿　恭喜挑戰成功！

★小提醒：請先將下列單字完整看過、聽過 4~6 遍後，接著搭配橘紅色遮色片使用，並試著說出各單字的中文意思。

guy [gaɪ]   名 傢伙

Hh 開頭的單字

hab·it [ˈhæbɪt]   名 習慣

hall [hɔl]   名 廳、堂

🔘 MP3 Track 0295

ham·burg·er/ burg·er
[ˈhæmbɝgɚ]/[ˈbɝgɚ]   名 漢堡

ham·mer [ˈhæmɚ]   名 鐵鎚 動 鎚打

hand·ker·chief
[ˈhæŋkɚtʃɪf]   名 手帕

han·dle [ˈhændl]   名 把手 動 觸、手執、管理、對付
    同 manage 管理

hand·some
[ˈhænsəm]   形 英俊的 同 attractive 吸引人的

A
B
C
D
E
F
G
H
I
J
K
L
M
N
O
P
Q
R
S
T
U
V
W
X
Y
Z

挑戰 3 次記熟這些單字

學習結束，記得使用遮色片驗收成果，並填上挑戰日期，7 天正好是記憶衰減的周期，所以每次的挑戰時間切勿超過 7 天喔！

★挑戰1：正確率50%   日期：＿＿＿＿＿＿＿＿＿＿

★挑戰2：正確率80%   日期：＿＿＿＿＿＿＿＿＿＿

★挑戰3：正確率100% 日期：＿＿＿＿＿＿＿＿ 恭喜挑戰成功！

★小提醒：請先將下列單字完整看過、聽過 4~6 遍後，接著搭配
　　　　橘紅色遮色片使用，並試著說出各單字的中文意思。

● MP3 Track 0296

hang [hæŋ] 　動 吊、掛 同 suspend 吊、掛

hard·ly [ˈhɑrdlɪ] 　副 勉強地、僅僅 同 barely 僅僅

hate·ful [ˈhetfəl] 　形 可恨的、很討厭的
同 hostile 不友善的

heal·thy [ˈhɛlθɪ] 　形 健康的

heat·er [ˈhitɚ] 　名 加熱器

● MP3 Track 0297

height [haɪt] 　名 高度

help·ful [ˈhɛlpfəl] 　形 有用的 同 useful 有用的

hen [hɛn] 　名 母雞

he·ro/
her·o·ine
[ˈhɪro]/[ˈhɛroʌɪn] 　名 英雄、勇士／女傑、女英雄

hide [haɪd] 　動 隱藏 同 conceal 隱藏

挑戰 3 次記熟這些單字

學習結束，記得使用遮色片驗收成果，並填上挑戰日期，7 天正好是
記憶衰減的周期，所以每次的挑戰時間切勿超過 7 天喔！

★挑戰1：正確率50% 日期：＿＿＿＿＿＿＿＿＿＿＿＿＿

★挑戰2：正確率80% 日期：＿＿＿＿＿＿＿＿＿＿＿＿＿

★挑戰3：正確率100% 日期：＿＿＿＿＿＿＿＿＿＿　恭喜挑戰成功！

隨堂小測驗！請搭配遮色片使用

學到一個階段快來驗證你的實力吧！每答完一題就把遮色片往下移，並檢查自己是否答對，並在右方空格做紀錄，待全部作答完畢，有答錯的部分，請再回到前面找出單字繼續複習，三五天後再做一次測驗，反覆的看聽直到全部答對，相信一輩子都忘不了這些單字了！

單字	解答	中譯	答對✓／答錯✗
❶ fur·ther	（F）	A. 手套	☐☐☐☐
❷ fu·ture	（J）	B. 集合、聚集	☐☐☐☐
❸ ga·rage	（M）	C. 健康的	☐☐☐☐
❹ gar·den·er	（S）	D. 貪婪的	☐☐☐☐
❺ gath·er	（B）	E. 高度	☐☐☐☐
❻ gen·er·al	（H）	F. 更進一步地、較遠的	☐☐☐☐
❼ gen·er·ous	（K）	G. 手帕	☐☐☐☐
❽ gen·tle·man	（R）	H. 將領、將軍、普遍的	☐☐☐☐
❾ ge·og·ra·phy	（O）	I. 勉強地、僅僅	☐☐☐☐
❿ glove(s)	（A）	J. 未來、將來	☐☐☐☐
⓫ goal	（P）	K. 慷慨的、大方的	☐☐☐☐
⓬ gold·en	（T）	L. 警衛、防護、守衛	☐☐☐☐
⓭ greed·y	（D）	M. 車庫	☐☐☐☐
⓮ guard	（L）	N. 習慣	☐☐☐☐
⓯ hab·it	（N）	O. 地理（學）	☐☐☐☐
⓰ hand·ker·chief	（G）	P. 目標、終點	☐☐☐☐
⓱ hard·ly	（I）	Q. 英雄、勇士／女傑	☐☐☐☐
⓲ heal·thy	（C）	R. 紳士、家世好的男人	☐☐☐☐
⓳ height	（E）	S. 園丁、花匠	☐☐☐☐
⓴ he·ro/her·o·ine	（Q）	T. 金色的、黃金的	☐☐☐☐

我的學習紀錄

每一次使用遮色片驗收成果後，記得填上挑戰日期＆正確率。

★ 日期： ；答對 題

★ 日期： ；答對 題

★ 日期： ；答對 題

恭喜挑戰成功！
若無法一次就答對全部題目，也不要灰心，記得回到前面多做復習！學習本來就是一種累積的過程，只要確定每一次自己都有多記住一點點，就是一種成功。

★小提醒：請先將下列單字完整看過、聽過 4~6 遍後，接著搭配
橘紅色遮色片使用，並試著說出各單字的中文意思。

○ MP3 Track 0298

high·way [ˈhaɪˌwe]	名 公路、大路 同 road 路
hip [hɪp]	名 臀部、屁股
hip·po·pot·a·mus/ hip·po [ˌhɪpəˈpɑtəməs]/[ˈhɪpo]	名 河馬
hire [haɪr]	動 雇用、租用 名 雇用、租金 同 employ 雇用
hob·by [ˈhɑbɪ]	名 興趣、嗜好 同 pastime 娛樂

○ MP3 Track 0299

hold·er [ˈholdɚ]	名 持有者、所有人
home·sick [ˈhomˌsɪk]	形 想家的、思鄉的
hon·est [ˈɑnɪst]	形 誠實的、耿直的 同 truthful 誠實的
hon·ey [ˈhʌnɪ]	名 蜂蜜、花蜜
hop [hɑp]	動 跳過、單腳跳 名 單腳跳、跳舞 同 jump 跳

挑戰 3 次記熟這些單字

學習結束，記得使用遮色片驗收成果，並填上挑戰日期，7 天正好是
記憶衰減的周期，所以每次的挑戰時間切勿超過 7 天喔！

★挑戰1：正確率50%　日期：＿＿＿＿＿＿＿＿

★挑戰2：正確率80%　日期：＿＿＿＿＿＿＿＿

★挑戰3：正確率100%　日期：＿＿＿＿＿＿＿＿　恭喜挑戰成功！

★小提醒：請先將下列單字完整看過、聽過 4~6 遍後，接著搭配
橘紅色遮色片使用，並試著說出各單字的中文意思。

○ MP3 Track 0300

hos·pi·tal 名 醫院 同 clinic 診所
[ˈhɑspɪtḷ]

host/host·ess 名 主人、女主人
[host]/[ˈhostɪs]

ho·tel [hoˈtɛl] 名 旅館 同 hostel 青年旅舍

how·ev·er 副 無論如何 連 然而
[hauˈɛvɚ]

hum [hʌm] 名 嗡嗡聲 動 作嗡嗡聲

○ MP3 Track 0301

hum·ble [ˈhʌmbḷ] 形 身份卑微的、謙虛的
同 modest 謙虛的

hu·mid [ˈhjumɪd] 形 潮濕的 同 moist 潮濕的

hu·mor [ˈhjumɚ] 名 詼諧、幽默 同 comedy 喜劇

hun·ger [ˈhʌŋgɚ] 名 餓、飢餓

hunt [hʌnt] 動 獵取 名 打獵 同 chase 追捕

A
B
C
D
E
F
G
H
I
J
K
L
M
N
O
P
Q
R
S
T
U
V
W
X
Y
Z

挑戰 3 次記熟這些單字

學習結束，記得使用遮色片驗收成果，並填上挑戰日期，7 天正好是
記憶衰減的周期，所以每次的挑戰時間切勿超過 7 天喔！

★挑戰1：正確率50% 日期：＿＿＿＿＿＿

★挑戰2：正確率80% 日期：＿＿＿＿＿＿

★挑戰3：正確率100% 日期：＿＿＿＿＿＿ 恭喜挑戰成功！

★小提醒：請先將下列單字完整看過、聽過 4~6 遍後，接著搭配
橘紅色遮色片使用，並試著說出各單字的中文意思。

Part 01 基礎單字篇

Part 02 進階單字篇

○ MP3 Track 0302

hunt·er [ˈhʌntɚ]　名 獵人

hur·ry [ˈhɝɪ]　動（使）趕緊　名 倉促　同 rush 倉促

開頭的單字

ig·nore [ɪgˈnor]　動 忽視、不理睬　同 neglect 忽視

ill [ɪl]　名 疾病、壞事　形 生病的　副 壞地　同 sick 生病的

i·mag·ine [ɪˈmædʒɪn]　動 想像、設想　同 suppose 設想

○ MP3 Track 0303

im·por·tance [ɪmˈpɔrtn̩s]　名 重要性

im·prove [ɪmˈpruv]　動 改善、促進

im·prove·ment [ɪmˈpruvmənt]　名 改善

in·clude [ɪnˈklud]　動 包含、包括、含有　同 contain 包含

挑戰 3 次記熟這些單字

學習結束，記得使用遮色片驗收成果，並填上挑戰日期，7 天正好是
記憶衰減的周期，所以每次的挑戰時間切勿超過 7 天喔！

★挑戰1：正確率50%　日期：＿＿＿＿＿＿＿

★挑戰2：正確率80%　日期：＿＿＿＿＿＿＿

★挑戰3：正確率100%　日期：＿＿＿＿＿＿＿　　恭喜挑戰成功！

★小提醒：請先將下列單字完整看過、聽過 4~6 遍後，接著搭配
　　　　橘紅色遮色片使用，並試著說出各單字的中文意思。

in·come [ˈɪnˌkʌm]　名 所得、收入　同 earnings 收入

🔵 MP3 Track 0304

in·crease [ˈɪnkris]/[ɪnˈkris]　名 增加　動 增加　反 reduce 減少

in·de·pen·dence [ˌɪndɪˈpɛndəns]　名 自立、獨立

in·de·pend·ent [ˌɪndɪˈpɛndənt]　形 獨立的

in·di·cate [ˈɪndəˌket]　動 指出、指示　同 imply 暗示

in·dus·try [ˈɪndəstrɪ]　名 工業

🔵 MP3 Track 0305

in·flu·ence [ˈɪnflʊəns]　名 影響　動 影響

ink [ɪŋk]　名 墨水、墨汁　動 塗上墨水

in·sect [ˈɪnsɛkt]　名 昆蟲　同 bug 蟲子

in·sist [ɪnˈsɪst]　動 堅持、強調

in·stance [ˈɪnstəns]　名 實例　動 舉證　同 example 例子

A B C D E F G H I J K L M N O P Q R S T U V W X Y Z

挑戰 3 次記熟這些單字

學習結束，記得使用遮色片驗收成果，並填上挑戰日期，7 天正好是
記憶衰減的周期，所以每次的挑戰時間切勿超過 7 天喔！

★挑戰1：正確率50%　日期：＿＿＿＿＿＿＿＿＿

★挑戰2：正確率80%　日期：＿＿＿＿＿＿＿＿＿

★挑戰3：正確率100%　日期：＿＿＿＿＿＿＿　　恭喜挑戰成功！

★小提醒：請先將下列單字完整看過、聽過 4~6 遍後，接著搭配橘紅色遮色片使用，並試著說出各單字的中文意思。

◯ MP3 Track 0306

in·stant [`ɪnstənt]　形 立即的、瞬間的　名 立即
同 immediate 立即的

in·stru·ment [`ɪnstrəmənt]　名 樂器、器具

in·ter·nat·ion·al [͵ɪntə`næʃənḷ]　形 國際的　同 universal 全世界的

in·ter·view [`ɪntəʌvju]　名 面談　動 面談、會面

in·tro·duce [͵ɪntrə`djus]　動 介紹、引進

◯ MP3 Track 0307

in·vent [ɪn`vɛnt]　動 發明、創造

in·vi·ta·tion [͵ɪnvə`teʃən]　名 請帖、邀請

in·vite [ɪn`vaɪt]　動 邀請、招待

is·land [`aɪlənd]　名 島、安全島

i·tem [`aɪtəm]　名 項目、條款　同 segment 項目

挑戰 3 次記熟這些單字

學習結束，記得使用遮色片驗收成果，並填上挑戰日期，7 天正好是記憶衰減的周期，所以每次的挑戰時間切勿超過 7 天喔！

★挑戰1：正確率50%　日期：＿＿＿＿＿＿＿＿＿

★挑戰2：正確率80%　日期：＿＿＿＿＿＿＿＿＿

★挑戰3：正確率100%　日期：＿＿＿＿＿＿＿　恭喜挑戰成功！

隨堂小測驗！請搭配遮色片使用

學到一個階段快來驗證你的實力吧！每答完一題就把遮色片往下移，並檢查自己是否答對，並在右方空格做紀錄，待全部作答完畢，有答錯的部分，請再回到前面找出單字繼續複習，三五天後再做一次測驗，反覆的看聽直到全部答對，相信一輩子都忘不了這些單字了！

單字	解答	中譯	答對✓／答錯✗
❶ high·way	（F）	A. 實例、舉證	☐☐☐☐
❷ hob·by	（O）	B. 身份卑微的、謙虛的	☐☐☐☐
❸ hold·er	（H）	C. 國際的	☐☐☐☐
❹ home·sick	（K）	D.（使）趕緊、倉促	☐☐☐☐
❺ how·ev·er	（Q）	E. 工業	☐☐☐☐
❻ hum·ble	（B）	F. 公路、大路	☐☐☐☐
❼ hu·mid	（L）	G. 堅持、強調	☐☐☐☐
❽ hunt	（S）	H. 持有者、所有人	☐☐☐☐
❾ hur·ry	（D）	I. 忽視、不理睬	☐☐☐☐
❿ ig·nore	（I）	J. 自立、獨立	☐☐☐☐
⓫ i·mag·ine	（R）	K. 想家的、思鄉的	☐☐☐☐
⓬ im·prove·ment	（P）	L. 潮濕的	☐☐☐☐
⓭ in·come	（T）	M. 影響	☐☐☐☐
⓮ in·de·pen·dence	（J）	N. 指出、指示	☐☐☐☐
⓯ in·di·cate	（N）	O. 興趣、嗜好	☐☐☐☐
⓰ in·dus·try	（E）	P. 改善	☐☐☐☐
⓱ in·flu·ence	（M）	Q. 無論如何、然而	☐☐☐☐
⓲ in·sist	（G）	R. 想像、設想	☐☐☐☐
⓳ in·stance	（A）	S. 獵取、打獵	☐☐☐☐
⓴ in·ter·nat·ion·al	（C）	T. 所得、收入	☐☐☐☐

我的學習紀錄

每一次使用遮色片驗收成果後，記得填上挑戰日期＆正確率。

★ 日期： ；答對 題

★ 日期： ；答對 題

★ 日期： ；答對 題

恭喜挑戰成功！
若無法一次就答對全部題目，也不要灰心，記得回到前面多做復習！學習本來就是一種累積的過程，只要確定每一次自己都有多記住一點點，就是一種成功。

★小提醒：請先將下列單字完整看過、聽過 4~6 遍後，接著搭配橘紅色遮色片使用，並試著說出各單字的中文意思。

開頭的單字

Part 01 基礎單字篇

Part 02 進階單字篇

O MP3 Track 0308

jack·et [`dʒækɪt] 名 夾克 同 coat 外套

jam [dʒæm] 動 阻塞 名 果醬

jazz [dʒæz] 名 爵士樂

jeans [dʒinz] 名 牛仔褲 同 pants 褲子

jeep [dʒip] 名 吉普車

O MP3 Track 0309

jog [dʒɑg] 動 慢跑

joint [dʒɔint] 名 接合處 形 共同的

judge [dʒʌdʒ] 名 法官、裁判 動 裁決 同 umpire 裁判

judge·ment/ judg·ment [`dʒʌdʒmənt] 名 判斷力

juic·y [`dʒusɪ] 形 多汁的

挑戰 3 次記熟這些單字

學習結束，記得使用遮色片驗收成果，並填上挑戰日期，7 天正好是記憶衰減的周期，所以每次的挑戰時間切勿超過 7 天喔！

★挑戰1：正確率50%　日期：＿＿＿＿＿＿＿＿

★挑戰2：正確率80%　日期：＿＿＿＿＿＿＿＿

★挑戰3：正確率100%　日期：＿＿＿＿＿＿＿　恭喜挑戰成功！

★小提醒：請先將下列單字完整看過、聽過 4~6 遍後，接著搭配
橘紅色遮色片使用，並試著說出各單字的中文意思。

 開頭的單字

○ MP3 Track 0310

ketch·up [ˈkɛtʃəp]　　名 番茄醬

kin·der·gar·ten [ˈkɪndɚgɑrtṇ]　　名 幼稚園

king·dom [ˈkɪŋdəm]　　名 王國

knock [nɑk]　　動 敲、擊 名 敲打聲 同 hit 打擊

knowl·edge [ˈnɑlɪdʒ]　　名 知識 同 scholarship 學問

○ MP3 Track 0311

ko·a·la [kəˈɑlə]　　名 無尾熊

 開頭的單字

la·dy·bug [ˈledɪbʌg]　　名 瓢蟲 同 ladybird 瓢蟲

lane [len]　　名 小路、巷 同 path 小路

lan·guage [ˈlæŋgwɪdʒ]　　名 語言

lan·tern [ˈlæntən]　　名 燈籠 同 lamp 燈

挑戰 3 次記熟這些單字

學習結束，記得使用遮色片驗收成果，並填上挑戰日期，7 天正好是
記憶衰減的周期，所以每次的挑戰時間切勿超過 7 天喔！

★**挑戰1**：正確率50%　日期：＿＿＿＿＿＿＿＿＿＿

★**挑戰2**：正確率80%　日期：＿＿＿＿＿＿＿＿＿＿

★**挑戰3**：正確率100%　日期：＿＿＿＿＿＿　恭喜挑戰成功！

★小提醒：請先將下列單字完整看過、聽過 4~6 遍後，接著搭配
橘紅色遮色片使用，並試著說出各單字的中文意思。

● MP3 Track 0312

lap [læp]   名 膝部 動 舐、輕拍

lat·est [ˈletɪst]   形 最後的

law·yer [ˈlɔjɚ]   名 律師

lead·er·ship
[ˈlidɚʃɪp]   名 領導力 同 guidance 領導

le·gal [ˈlig!]   形 合法的 同 lawful 合法的

● MP3 Track 0313

lem·on [ˈlɛmən]   名 檸檬

lem·on·ade
[ˌlɛmənˈed]   名 檸檬水

lend [lɛnd]   動 借出 反 borrow 借來

length [lɛŋkθ]   名 長度

leop·ard [ˈlɛpɚd]   名 豹

挑戰 3 次記熟這些單字

學習結束，記得使用遮色片驗收成果，並填上挑戰日期，7 天正好是
記憶衰減的周期，所以每次的挑戰時間切勿超過 7 天喔！

★挑戰1：正確率50%   日期：＿＿＿＿＿＿＿＿＿＿

★挑戰2：正確率80%   日期：＿＿＿＿＿＿＿＿＿＿

★挑戰3：正確率100%   日期：＿＿＿＿＿＿＿＿＿＿   恭喜挑戰成功！

★小提醒：請先將下列單字完整看過、聽過 4~6 遍後，接著搭配
橘紅色遮色片使用，並試著說出各單字的中文意思。

🔘 MP3 Track 0314

let·tuce [ˈlɛtɪs]　　名 萵苣

li·bra·ry
[ˈlaɪˌbrɛrɪ]　　名 圖書館

lick [lɪk]　　名 舔食、舔 動 舔食

lid [lɪd]　　名 蓋子

light·ning
[ˈlaɪtnɪŋ]　　名 閃電

🔘 MP3 Track 0315

lim·it [ˈlɪmɪt]　　名 限度、極限 動 限制
同 extreme 極限

link [lɪŋk]　　名 關聯 動 連結 同 connect 連結

liq·uid [ˈlɪkwɪd]　　名 液體

lis·ten·er [ˈlɪsn̩ɚ]　　名 聽眾、聽者

loaf [lof]　　名 一塊 名詞複數 loaves

A
B
C
D
E
F
G
H
I
J
K
L
M
N
O
P
Q
R
S
T
U
V
W
X
Y
Z

挑戰 3 次記熟這些單字

學習結束，記得使用遮色片驗收成果，並填上挑戰日期，7 天正好是
記憶衰減的周期，所以每次的挑戰時間切勿超過 7 天喔！

★挑戰1：正確率50%　日期：＿＿＿＿＿＿＿＿＿

★挑戰2：正確率80%　日期：＿＿＿＿＿＿＿＿＿

★挑戰3：正確率100%　日期：＿＿＿＿＿＿＿＿＿　　恭喜挑戰成功！

★小提醒：請先將下列單字完整看過、聽過 4~6 遍後，接著搭配
　　　　橘紅色遮色片使用，並試著說出各單字的中文意思。

○ MP3 Track 0316

lo·cal [ˈlokl̩]　形 當地的　名 當地居民
同 regional 地區的

lo·cate [ˈloket]　動 設置、居住

lock [lɑk]　名 鎖　動 鎖上

log [lɔg]　名 圓木　動 伐木、把……記入航海日誌
同 wood 木頭

lone [lon]　形 孤單的

○ MP3 Track 0317

lone·ly [ˈlonlɪ]　形 孤單的、寂寞的　同 solitary 寂寞的

lose [luz]　動 遺失、失去、輸　同 fail 失敗、失去

los·er [ˈluzɚ]　名 失敗者　反 winner 勝利者

loss [lɔs]　名 損失

love·ly [ˈlʌvlɪ]　形 美麗的、可愛的

挑戰 3 次記熟這些單字

學習結束，記得使用遮色片驗收成果，並填上挑戰日期，7 天正好是
記憶衰減的周期，所以每次的挑戰時間切勿超過 7 天喔！

★挑戰1：正確率50%　日期：＿＿＿＿＿＿＿＿＿＿

★挑戰2：正確率80%　日期：＿＿＿＿＿＿＿＿＿＿

★挑戰3：正確率100%　日期：＿＿＿＿＿＿＿＿＿＿　恭喜挑戰成功！

隨堂小測驗！請搭配遮色片使用

學到一個階段快來驗證你的實力吧！每答完一題就把遮色片往下移，並檢查自己是否答對，並在右方空格做紀錄，待全部作答完畢，有答錯的部分，請再回到前面找出單字繼續複習，三五天後再做一次測驗，反覆的看聽直到全部答對，相信一輩子都忘不了這些單字了！

單字	解答	中譯	答對✓／答錯✗
❶ jazz	（R）	A. 法官、裁判、裁決	☐☐☐☐
❷ jeep	（I）	B. 限度、極限、限制	☐☐☐☐
❸ jog	（F）	C. 聽眾、聽者	☐☐☐☐
❹ judge	（A）	D. 瓢蟲	☐☐☐☐
❺ ketch·up	（L）	E. 液體	☐☐☐☐
❻ king·dom	（N）	F. 慢跑	☐☐☐☐
❼ knowl·edge	（T）	G. 語言	☐☐☐☐
❽ la·dy·bug	（D）	H. 律師	☐☐☐☐
❾ lan·guage	（G）	I. 吉普車	☐☐☐☐
❿ lap	（O）	J. 合法的	☐☐☐☐
⓫ law·yer	（H）	K. 孤單的、寂寞的	☐☐☐☐
⓬ le·gal	（J）	L. 番茄醬	☐☐☐☐
⓭ lem·on·ade	（S）	M. 圖書館	☐☐☐☐
⓮ leop·ard	（Q）	N. 王國	☐☐☐☐
⓯ li·bra·ry	（M）	O. 膝部、舐、輕拍	☐☐☐☐
⓰ light·ning	（P）	P. 閃電	☐☐☐☐
⓱ lim·it	（B）	Q. 豹	☐☐☐☐
⓲ liq·uid	（E）	R. 爵士樂	☐☐☐☐
⓳ lis·ten·er	（C）	S. 檸檬水	☐☐☐☐
⓴ lone·ly	（K）	T. 知識	☐☐☐☐

我的學習紀錄

每一次使用遮色片驗收成果後，記得填上挑戰日期＆正確率。

★ 日期：　　　　　；答對　　　　　題

★ 日期：　　　　　；答對　　　　　題

★ 日期：　　　　　；答對　　　　　題

恭喜挑戰成功！
若無法一次就答對全部題目，也不要灰心，記得回到前面多做復習！學習本來就是一種累積的過程，只要確定每一次自己都有多記住一點點，就是一種成功。

★小提醒：請先將下列單字完整看過、聽過 4~6 遍後，接著搭配橘紅色遮色片使用，並試著說出各單字的中文意思。

Part 01 基礎單字篇

Part 02 進階單字篇

○ MP3 Track 0318

lov·er [ˈlʌvɚ]　　名 愛人

low·er [ˈloɚ]　　動 降低

luck [lʌk]　　名 幸運　同 fortune 幸運

開頭的單字

mag·a·zine [ˌmæɡəˈzin]　　名 雜誌

ma·gic [ˈmædʒɪk]　　名 魔術　形 魔術的

○ MP3 Track 0319

ma·gi·cian [məˈdʒɪʃən]　　名 魔術師

main [men]　　形 主要的　名 要點　同 principal 主要的

main·tain [menˈten]　　動 維持　同 keep 維持

male [mel]　　形 男性的　名 男性　反 female 女性的

挑戰 3 次記熟這些單字

學習結束，記得使用遮色片驗收成果，並填上挑戰日期，7 天正好是記憶衰減的周期，所以每次的挑戰時間切勿超過 7 天喔！

★挑戰1：正確率50%　日期：

★挑戰2：正確率80%　日期：

★挑戰3：正確率100%　日期：　　　　　　恭喜挑戰成功！

★小提醒：請先將下列單字完整看過、聽過 4~6 遍後，接著搭配橘紅色遮色片使用，並試著說出各單字的中文意思。

man·da·rin ['mændərɪn]　名 國語、中文

○ MP3 Track 0320

man·go ['mæŋgo]　名 芒果

man·ner ['mænɚ]　名 方法、禮貌　同 form 方法

mark [mɑrk]　動 標記　名 記號　同 sign 記號

mar·riage ['mærɪdʒ]　名 婚姻

mask [mæsk]　名 面具　動 遮蓋

○ MP3 Track 0321

mass [mæs]　名 大量　同 quantity 大量

mat [mæt]　名 墊子、蓆子　同 rug 毯子

match [mætʃ]　名 火柴、比賽　動 相配

mate [met]　名 配偶　動 配對

ma·te·ri·al [mə'tɪrɪəl]　名 物質　同 composition 物質

A
B
C
D
E
F
G
H
I
J
K
L
M
N
O
P
Q
R
S
T
U
V
W
X
Y
Z

挑戰 3 次記熟這些單字

學習結束，記得使用遮色片驗收成果，並填上挑戰日期，7 天正好是記憶衰減的周期，所以每次的挑戰時間切勿超過 7 天喔！

★挑戰1：正確率50%　日期：＿＿＿＿＿＿＿＿

★挑戰2：正確率80%　日期：＿＿＿＿＿＿＿＿

★挑戰3：正確率100%　日期：＿＿＿＿＿＿＿＿　恭喜挑戰成功！

★小提醒：請先將下列單字完整看過、聽過 4~6 遍後，接著搭配
橘紅色遮色片使用，並試著說出各單字的中文意思。

○ MP3 Track 0322

meal [mil]　　　　名 一餐、餐

mean·ing [ˈminɪŋ]　　名 意義 同 implication 含意

means [minz]　　　名 方法

mea·sur·a·ble　　形 可測量的
[ˈmɛʒərəbl̩]

mea·sure [ˈmɛʒɚ]　　動 測量

○ MP3 Track 0323

mea·sur·ement　　名 測量 同 estimate 估計
[ˈmɛʒɚmənt]

med·i·cine　　　　名 醫學、藥物 同 drug 藥物
[ˈmɛdəsn̩]

meet·ing [ˈmitɪŋ]　　名 會議

mel·o·dy [ˈmɛlədɪ]　　名 旋律 同 tune 旋律

mel·on [ˈmɛlən]　　　名 瓜、甜瓜

挑戰 3 次記熟這些單字

學習結束，記得使用遮色片驗收成果，並填上挑戰日期，7 天正好是
記憶衰減的周期，所以每次的挑戰時間切勿超過 7 天喔！

★挑戰1：正確率50%　日期：＿＿＿＿＿＿＿＿＿＿＿＿＿＿

★挑戰2：正確率80%　日期：＿＿＿＿＿＿＿＿＿＿＿＿＿＿

★挑戰3：正確率100%　日期：＿＿＿＿＿＿＿＿＿　恭喜挑戰成功！

★小提醒：請先將下列單字完整看過、聽過 4~6 遍後，接著搭配
橘紅色遮色片使用，並試著說出各單字的中文意思。

○ MP3 Track 0324

mem·ber
[`mɛmbɚ]
名 成員

mem·o·ry
[`mɛmərɪ]
名 記憶、回憶

me·nu [`mɛnju]
名 菜單

mes·sage
[`mɛsɪdʒ]
名 訊息

met·al [`mɛtl̩]
名 金屬 形 金屬的

○ MP3 Track 0325

me·ter [`mitɚ]
名 公尺

meth·od
[`mɛθəd]
名 方法 同 style 方式

mil·i·tar·y
[`mɪləˌtɛrɪ]
形 軍事的 名 軍事 同 army 軍隊

mil·lion [`mɪljən]
名 百萬

mine [maɪn]
名 礦、礦坑 代 我的東西

A
B
C
D
E
F
G
H
I
J
K
L
M
N
O
P
Q
R
S
T
U
V
W
X
Y
Z

挑戰 3 次記熟這些單字

學習結束，記得使用遮色片驗收成果，並填上挑戰日期，7 天正好是
記憶衰減的周期，所以每次的挑戰時間切勿超過 7 天喔！

★挑戰1：正確率50%　日期：＿＿＿＿＿＿＿＿＿

★挑戰2：正確率80%　日期：＿＿＿＿＿＿＿＿＿

★挑戰3：正確率100%　日期：＿＿＿＿＿＿＿　恭喜挑戰成功！

★小提醒：請先將下列單字完整看過、聽過 4~6 遍後，接著搭配
橘紅色遮色片使用，並試著說出各單字的中文意思。

● MP3 Track 0326

mi·nus [ˈmaɪnəs]   介 減、減去   形 減的   名 負數
反 plus 加的

mir·ror [ˈmɪrɚ]   名 鏡子   動 反映

mix [mɪks]   動 混合   名 混合物   同 combine 結合

mod·el [ˈmɑdl̩]   名 模型、模特兒   動 模仿

mo·dern
[ˈmɑdɚn]   形 現代的   反 ancient 古代的

● MP3 Track 0327

mon·ster
[ˈmɑnstɚ]   名 怪物

mos·qui·to
[məˈskito]   名 蚊子

moth [mɔθ]   名 蛾、蛀蟲

mo·tion [ˈmoʃən]   名 運動、動作   同 movement 運動

mo·tor·cy·cle
[ˈmotɚˌsaɪkl̩]   名 摩托車

挑戰 3 次記熟這些單字

學習結束，記得使用遮色片驗收成果，並填上挑戰日期，7 天正好是
記憶衰減的周期，所以每次的挑戰時間切勿超過 7 天喔！

★挑戰1：正確率50%   日期：＿＿＿＿＿＿＿＿＿＿

★挑戰2：正確率80%   日期：＿＿＿＿＿＿＿＿＿＿

★挑戰3：正確率100%   日期：＿＿＿＿＿＿＿＿＿＿   恭喜挑戰成功！

隨堂小測驗！請搭配遮色片使用

學到一個階段快來驗證你的實力吧！每答完一題就把遮色片往下移，並檢查自己是否答對，並在右方空格做紀錄，待全部作答完畢，有答錯的部分，請再回到前面找出單字繼續複習，三五天後再做一次測驗，反覆的看聽直到全部答對，相信一輩子都忘不了這些單字了！

單字	解答	中譯	答對✓／答錯✗
❶ mag·a·zine	（J）	A. 醫學、藥物	☐☐☐☐
❷ ma·gi·cian	（F）	B. 方法	☐☐☐☐
❸ main·tain	（T）	C. 現代的	☐☐☐☐
❹ man·da·rin	（P）	D. 測量	☐☐☐☐
❺ man·ner	（L）	E. 軍事的、軍事	☐☐☐☐
❻ mass	（O）	F. 魔術師	☐☐☐☐
❼ match	（M）	G. 礦、礦坑、我的東西	☐☐☐☐
❽ ma·te·ri·al	（H）	H. 物質	☐☐☐☐
❾ mean·ing	（R）	I. 記憶、回憶	☐☐☐☐
❿ mea·sure	（D）	J. 雜誌	☐☐☐☐
⓫ med·i·cine	（A）	K. 訊息	☐☐☐☐
⓬ mel·o·dy	（S）	L. 方法、禮貌	☐☐☐☐
⓭ mem·o·ry	（I）	M. 火柴、比賽、相配	☐☐☐☐
⓮ mes·sage	（K）	N. 運動、動作	☐☐☐☐
⓯ meth·od	（B）	O. 大量	☐☐☐☐
⓰ mil·i·tar·y	（E）	P. 國語、中文	☐☐☐☐
⓱ mine	（G）	Q. 鏡子、反映	☐☐☐☐
⓲ mir·ror	（Q）	R. 意義	☐☐☐☐
⓳ mo·dern	（C）	S. 旋律	☐☐☐☐
⓴ mo·tion	（N）	T. 維持	☐☐☐☐

我的學習紀錄

每一次使用遮色片驗收成果後，記得填上挑戰日期＆正確率。

★ 日期： ；答對 題

★ 日期： ；答對 題

★ 日期： ；答對 題

恭喜挑戰成功！
若無法一次就答對全部題目，也不要灰心，記得回到前面多做復習！學習本來就是一種累積的過程，只要確定每一次自己都有多記住一點點，就是一種成功。

挑戰你的閱讀力！短文／對話：

一、遇到不熟的單字不必急於查找。
（千萬不要把中文寫在原文上，會造成依賴哦！）
二、完整閱讀文章後，再參考右方的譯文，驗證自己學習成果。
三、本書特別將較困難的單字、片語列於文章右下方。
四、多讀幾次，仔細鑽研文中的一字一句，徹底理解每篇文章的意思。

The Perfect One

完美情人

Jett: How do you imagine your perfect lover to be like?

Joan: It's quite hard to describe. Why do you ask?

Jett: Oh, it's nothing really... I was just curious.

Joan: I think he has to be tall, handsome, and with golden blonde hair.

Jett: What about his personalities?

Joan: Well, I like a guy who is generous, honest; who has a lot of knowledge yet humble, and of the utmost importance, he should be a good listener.

Jett: I like a frank person, too. My perfect one would have to be a lovely, friendly, independent woman who knows more than two languages, and has a great sense of humor; one who values freedom and equality, leads a healthy lifestyle, and enjoys going to the library.

Joan: That definitely sounds like a lot to ask for. Don't be too greedy. Better lower your standards or you might to alone forever!

Jett: Hope I will meet my dream girl soon in the future.

Joan: Good luck with that!

※ 文章中橘紅色單字都是前 24 頁中學習過的單字，如果你忘記了，記得再回去復習哦！

傑特：妳心目中的完美情人是怎麼樣的人？

瓊：這還真有點難以形容。怎麼問這個呢？

傑特：喔，沒什麼，只是好奇罷了。

瓊：我認為他必須長得又高又帥，還要有金黃色的頭髮。

傑特：個性方面呢？

瓊：這個嘛，我喜歡慷慨、誠實，有知識水準但謙虛的男生，最重要的是，他必需是很棒的傾聽者。

傑特：我也喜歡個性直接的人，我的完美情人是位可愛、友善的獨立女性，她會兩種以上的語言，也有很棒的幽默感，她重視自由與平等，有健康的生活習慣，也愛去圖書館。

瓊：你的要求也太多了吧，別太貪心了，最好降低你的標準，否則你會一輩子都單身的！

傑特：我真希望能趕快遇到這樣的夢中情人。

瓊：我只能祝你好運了！

生字補充：

- describe 形容
- blonde 金髮的
- personality 性格
- utmost 最大的；極度的

★小提醒：請先將下列單字完整看過、聽過 4~6 遍後，接著搭配
橘紅色遮色片使用，並試著說出各單字的中文意思。

○ MP3 Track 0328

mov·a·ble [ˈmuvəbḷ]　形 可移動的　同 mobile 移動式的

MRT [ˈmæsˈræpɪdˈtrænsɪt]　名 地下道、地下鐵　同 subway 地鐵

mule [mjul]　名 騾

mul·ti·ply [ˈmʌltəplaɪ]　動 增加、繁殖、相乘

mu·se·um [mjuˈziəm]　名 博物館

○ MP3 Track 0329

mu·si·cian
[mjuˈzɪʃən]　名 音樂家

 Nn 開頭的單字

nail [nel]　名 指甲、釘子　動 敲

na·ked [ˈnekɪd]　形 裸露的、赤裸的

nap·kin [ˈnæpkɪn]　名 餐巾紙　同 towel 紙巾

nar·row [ˈnæro]　形 窄的、狹長的　動 變窄
同 tight 緊的

挑戰 3 次記熟這些單字

學習結束，記得使用遮色片驗收成果，並填上挑戰日期，7 天正好是
記憶衰減的周期，所以每次的挑戰時間切勿超過 7 天喔！

★挑戰1：正確率50%　日期：＿＿＿＿＿＿＿＿

★挑戰2：正確率80%　日期：＿＿＿＿＿＿＿＿

★挑戰3：正確率100%　日期：＿＿＿＿＿＿＿　恭喜挑戰成功！

★小提醒：請先將下列單字完整看過、聽過 4~6 遍後，接著搭配
橘紅色遮色片使用，並試著說出各單字的中文意思。

○ MP3 Track 0330

na·tion·al [ˈnæʃənl]　　形 國家的

nat·u·ral [ˈnætʃərəl]　　形 天然生成的

naugh·ty [ˈnɔtɪ]　　形 不服從的、淘氣的

near·by [ˈnɪrˈbaɪ]　　形 短距離內的　副 不遠地
同 around 附近

near·ly [ˈnɪrlɪ]　　副 幾乎　同 almost 幾乎

○ MP3 Track 0331

neat [nit]　　形 整潔的　反 dirty 髒的

nec·es·sa·ry [ˈnɛsəˌsɛrɪ]　　形 必要的、不可缺少的

neck·lace [ˈnɛklɪs]　　名 項圈、項鍊

nee·dle [ˈnidl]　　名 針、縫衣針　動 用針縫

neg·a·tive [ˈnɛgətɪv]　　形 否定的、消極的
名 反駁、否認、陰性

A
B
C
D
E
F
G
H
I
J
K
L
M
N
O
P
Q
R
S
T
U
V
W
X
Y
Z

挑戰 3 次記熟這些單字

學習結束，記得使用遮色片驗收成果，並填上挑戰日期，7 天正好是
記憶衰減的周期，所以每次的挑戰時間切勿超過 7 天喔！

★挑戰1：正確率50%　日期：＿＿＿＿＿＿＿＿＿＿

★挑戰2：正確率80%　日期：＿＿＿＿＿＿＿＿＿＿

★挑戰3：正確率100%　日期：＿＿＿＿＿＿＿＿＿＿　恭喜挑戰成功！

★小提醒：請先將下列單字完整看過、聽過 4~6 遍後，接著搭配
橘紅色遮色片使用，並試著說出各單字的中文意思。

○ MP3 Track 0332

neigh·bor
[`nebɚ]
動 靠近於…… 名 鄰居

nei·ther [`niðɚ]
副 兩者都不 代 也非、也不
連 兩者都不 反 both 兩者都

neph·ew [`nɛfju]
名 姪子、外甥

nest [nɛst]
名 鳥巢 動 築巢

net [nɛt]
名 網 動 用網捕捉、結網

○ MP3 Track 0333

niece [nis]
名 姪女、外甥女

no·bod·y
[`no,badɪ]
代 無人 名 無名小卒

nod [nɑd]
動 點、彎曲 名 點頭

none [nʌn]
代 沒有人

noo·dle [`nudl̩]
名 麵條

○ MP3 Track 0334

north·ern
[`nɔrðɚn]
形 北方的

挑戰 3 次記熟這些單字

學習結束，記得使用遮色片驗收成果，並填上挑戰日期，7 天正好是
記憶衰減的周期，所以每次的挑戰時間切勿超過 7 天喔！

★挑戰1：正確率50%　日期：＿＿＿＿＿＿＿＿

★挑戰2：正確率80%　日期：＿＿＿＿＿＿＿＿

★挑戰3：正確率100%　日期：＿＿＿＿＿＿＿＿　　恭喜挑戰成功！

★小提醒：請先將下列單字完整看過、聽過 4~6 遍後，接著搭配
橘紅色遮色片使用，並試著說出各單字的中文意思。

note·book ['notbʊk]　名 筆記本

nov·el ['nɑvl]　形 新穎的、新奇的　名 長篇小說
同 original 新穎的

nut [nʌt]　名 堅果、螺帽

Oo 開頭的單字

o·bey [ə'be]　動 遵行、服從　同 submit 服從

○ MP3 Track 0335

ob·ject [əb'dʒɛkt]　名 物體　動 抗議、反對
同 thing 物、東西　反 agree 同意

oc·cur [ə'kɝ]　動 發生、存在、出現　同 happen 發生

of·fer ['ɔfɚ]　名 提供　動 建議、提供

of·fi·cial [ə'fɪʃəl]　形 官方的、法定的　名 官員、公務員
同 authorize 公認

o·mit [o'mɪt]　動 遺漏、省略、忽略　同 neglect 忽略

A
B
C
D
E
F
G
H
I
J
K
L
M
N
O
P
Q
R
S
T
U
V
W
X
Y
Z

挑戰 3 次記熟這些單字

學習結束，記得使用遮色片驗收成果，並填上挑戰日期，7 天正好是
記憶衰減的周期，所以每次的挑戰時間切勿超過 7 天喔！

★挑戰1：正確率50%　日期：＿＿＿＿＿＿＿＿＿＿

★挑戰2：正確率80%　日期：＿＿＿＿＿＿＿＿＿＿

★挑戰3：正確率100% 日期：＿＿＿＿＿＿＿＿＿　恭喜挑戰成功！

★小提醒：請先將下列單字完整看過、聽過 4~6 遍後，接著搭配
橘紅色遮色片使用，並試著說出各單字的中文意思。

● MP3 Track 0336

on·ion [ˈʌnjən]　名 洋蔥

op·er·ate [ˈɑpəˌret]　動 運轉、操作

o·pin·ion [əˈpɪnjən]　名 觀點、意見　同 view 觀點

or·di·nar·y [ˈɔrdn̩ˌɛrɪ]　形 普通的　同 usual 平常的

or·gan [ˈɔrgən]　名 器官

● MP3 Track 0337

or·gan·i·za·tion [ˌɔrgənəˈzeʃən]　名 組織、機構　同 institution 機構

or·gan·ize [ˈɔrgənˌaɪz]　動 組織、系統化

ov·en [ˈʌvən]　名 爐子、烤箱　同 stove 爐子

o·ver·pass [ˌovəˈpæs]　名 天橋、高架橋

over·seas [ˌovəˈsiz]　形 國外的、在國外的　副 在海外、在國外　同 abroad 在國外

挑戰 3 次記熟這些單字

學習結束，記得使用遮色片驗收成果，並填上挑戰日期，7 天正好是
記憶衰減的周期，所以每次的挑戰時間切勿超過 7 天喔！

★挑戰1：正確率50%　日期：＿＿＿＿＿＿＿＿＿

★挑戰2：正確率80%　日期：＿＿＿＿＿＿＿＿＿

★挑戰3：正確率100%　日期：＿＿＿＿＿＿＿＿　恭喜挑戰成功！

隨堂小測驗！請搭配遮色片使用

學到一個階段快來驗證你的實力吧！每答完一題就把遮色片往下移，並檢查自己是否答對，並在右方空格做紀錄，待全部作答完畢，有答錯的部分，請再回到前面找出單字繼續複習，三五天後再做一次測驗，反覆的看聽直到全部答對，相信一輩子都忘不了這些單字了！

單字	解答	中譯	答對✓／答錯✗
❶ mul·ti·ply	（ I ）	A. 新穎的、新奇的、長篇小說	
❷ mu·se·um	（ Q ）	B. 遺漏、省略、忽略	
❸ na·ked	（ M ）	C. 遵行、服從	
❹ nar·row	（ G ）	D. 國家的	
❺ na·tion·al	（ D ）	E. 針、縫衣針	
❻ nat·u·ral	（ P ）	F. 點、彎曲、點頭	
❼ near·ly	（ S ）	G. 窄的、狹長的、變窄	
❽ neat	（ N ）	H. 普通的	
❾ nee·dle	（ E ）	I. 增加、繁殖、相乘	
❿ neg·a·tive	（ K ）	J. 物體、抗議、反對	
⓫ nest	（ T ）	K. 否定的、消極的、反駁	
⓬ nod	（ F ）	L. 官方的、法定的、官員	
⓭ nov·el	（ A ）	M. 裸露的、赤裸的	
⓮ o·bey	（ C ）	N. 整潔的	
⓯ ob·ject	（ J ）	O. 發生、存在、出現	
⓰ oc·cur	（ O ）	P. 天然生成的	
⓱ of·fi·cial	（ L ）	Q. 博物館	
⓲ o·mit	（ B ）	R. 運轉、操作	
⓳ op·er·ate	（ R ）	S. 幾乎	
⓴ or·di·nar·y	（ H ）	T. 鳥巢、築巢	

我的學習紀錄

每一次使用遮色片驗收成果後，記得填上挑戰日期＆正確率。

★ 日期：　　　　；答對　　　題
★ 日期：　　　　；答對　　　題
★ 日期：　　　　；答對　　　題

恭喜挑戰成功！
若無法一次就答對全部題目，也不要灰心，記得回到前面多做復習！學習本來就是一種累積的過程，只要確定每一次自己都有多記住一點點，就是一種成功。

★小提醒：請先將下列單字完整看過、聽過 4~6 遍後，接著搭配
橘紅色遮色片使用，並試著說出各單字的中文意思。

○ MP3 Track 0338

owl [aʊl]   名 貓頭鷹

own·er [ˋonɚ]   名 物主、所有者　同 holder 持有者

ox [ɑks]   名 公牛　名詞複數 oxen

開頭的單字

pack [pæk]   名 一包　動 打包

pac·kage [ˋpækɪdʒ]   名 包裹　動 包裝

○ MP3 Track 0339

pain [pen]   名 疼痛　動 傷害

pain·ful [ˋpenfəl]   形 痛苦的

paint·er [ˋpentɚ]   名 畫家

paint·ing [ˋpentɪŋ]   名 繪畫

pa·ja·mas [pəˋdʒæməz]   名 睡衣　名詞複數 pajamas

挑戰 3 次記熟這些單字

學習結束，記得使用遮色片驗收成果，並填上挑戰日期，7 天正好是
記憶衰減的周期，所以每次的挑戰時間切勿超過 7 天喔！

★挑戰1：正確率50%   日期：＿＿＿＿＿＿＿＿＿

★挑戰2：正確率80%   日期：＿＿＿＿＿＿＿＿＿

★挑戰3：正確率100%   日期：＿＿＿＿＿＿＿＿＿   恭喜挑戰成功！

★小提醒：請先將下列單字完整看過、聽過 4~6 遍後，接著搭配
橘紅色遮色片使用，並試著說出各單字的中文意思。

○ MP3 Track 0340

palm [pɑm]　　　名 手掌

pan [pæn]　　　名 平底鍋

pan·da [ˋpændə]　　名 貓熊

pa·pa·ya
[pəˋpaɪə]　　　名 木瓜

par·don [ˋpɑrdn̩]　　名 原諒 動 寬恕 同 forgive 原諒

○ MP3 Track 0341

par·rot [ˋpærət]　　名 鸚鵡

par·tic·u·lar
[pəˋtɪkjələ]　　形 特別的 同 special 特別的

part·ner [ˋpɑrtnə]　名 夥伴

pas·sen·ger
[ˋpæsn̩dʒə]　　名 旅客

paste [pest]　　　名 漿糊 動 黏貼 同 glue 黏著劑、膠水

A
B
C
D
E
F
G
H
I
J
K
L
M
N
O
P
Q
R
S
T
U
V
W
X
Y
Z

挑戰 3 次記熟這些單字

學習結束，記得使用遮色片驗收成果，並填上挑戰日期，7 天正好是
記憶衰減的周期，所以每次的挑戰時間切勿超過 7 天喔！

★挑戰1：正確率50%　日期：＿＿＿＿＿＿＿＿＿＿＿＿

★挑戰2：正確率80%　日期：＿＿＿＿＿＿＿＿＿＿＿＿

★挑戰3：正確率100%　日期：＿＿＿＿＿＿＿　恭喜挑戰成功！

★小提醒：請先將下列單字完整看過、聽過 4~6 遍後，接著搭配橘紅色遮色片使用，並試著說出各單字的中文意思。

Part 01 基礎單字篇

Part 02 進階單字篇

○ MP3 Track 0342

pat [pæt] 　動 輕拍　名 拍　同 tap 輕拍

path [pæθ] 　名 路徑　同 route 路程

pa·tient [ˈpeʃənt] 　形 忍耐的　名 病人

pat·tern [ˈpætən] 　名 模型、圖樣　動 仿照

peace [pis] 　名 和平　反 war 戰爭

○ MP3 Track 0343

peace·ful [ˈpisfəl] 　形 和平的　同 quiet 平靜的

peach [pitʃ] 　名 桃子

pea·nut [ˈpiˌnʌt] 　名 花生

pear [pɛr] 　名 梨子

pen·guin [ˈpɛngwɪn] 　名 企鵝

挑戰 3 次記熟這些單字

學習結束，記得使用遮色片驗收成果，並填上挑戰日期，7 天正好是記憶衰減的周期，所以每次的挑戰時間切勿超過 7 天喔！

★挑戰1：正確率50%　日期：

★挑戰2：正確率80%　日期：

★挑戰3：正確率100%　日期：　　　　　　　恭喜挑戰成功！

★小提醒：請先將下列單字完整看過、聽過 4~6 遍後，接著搭配橘紅色遮色片使用，並試著說出各單字的中文意思。

○ MP3 Track 0344

pep·per [ˋpɛpɚ]　名 胡椒

per [pɚ]　介 每、經由　同 through 經由

per·fect [ˋpɝfɪkt]　形 完美的　同 ideal 完美的、理想的

pe·ri·od [ˋpɪrɪəd]　名 期間、時代　同 era 時代

per·son·al [ˋpɝsnl̩]　形 個人的　同 private 私人的

○ MP3 Track 0345

pho·to·graph/ pho·to [ˋfotəˌɡræf]/[ˋfoto]　名 照片　動 照相

pho·tog·ra·pher [fəˋtɑɡrəfɚ]　名 攝影師

phrase [frez]　名 片語　動 表意

pick [pɪk]　動 摘、選擇　名 選擇

pic·nic [ˋpɪknɪk]　名 野餐　動 去野餐

A
B
C
D
E
F
G
H
I
J
K
L
M
N
O
P
Q
R
S
T
U
V
W
X
Y
Z

挑戰 3 次記熟這些單字

學習結束，記得使用遮色片驗收成果，並填上挑戰日期，7 天正好是記憶衰減的周期，所以每次的挑戰時間切勿超過 7 天喔！

★挑戰1：正確率50%　日期：＿＿＿＿＿＿＿＿＿＿

★挑戰2：正確率80%　日期：＿＿＿＿＿＿＿＿＿＿

★挑戰3：正確率100%　日期：＿＿＿＿＿＿＿＿＿＿　恭喜挑戰成功！

★小提醒：請先將下列單字完整看過、聽過 4~6 遍後，接著搭配
橘紅色遮色片使用，並試著說出各單字的中文意思。

○ MP3 Track 0346

pi·geon [`pɪdʒən]　名 鴿子　同 dove 鴿子

pile [paɪl]　名 堆　動 堆積　同 heap 堆積

pil·low [`pɪlo]　名 枕頭　動 以……為枕　同 cushion 靠墊

pin [pɪn]　名 針　動 釘住　同 clip 夾住

pine·ap·ple
[`paɪnˌæpl̩]　名 鳳梨

○ MP3 Track 0347

**ping-pong/
ta·ble ten·nis**
[`pɪŋˌpɑn]/[`tebl̩`tɛnɪs]　名 乒乓球

pink [pɪŋk]　形 粉紅的　名 粉紅色

pipe [paɪp]　名 管子　動 以管傳送　同 tube 管子

pitch [pɪtʃ]　動 投擲、間距　同 throw 投、擲

piz·za [`pitsə]　名 比薩

挑戰 3 次記熟這些單字

學習結束，記得使用遮色片驗收成果，並填上挑戰日期，7 天正好是
記憶衰減的周期，所以每次的挑戰時間切勿超過 7 天喔！

★挑戰1：正確率50%　日期：＿＿＿＿＿＿＿＿

★挑戰2：正確率80%　日期：＿＿＿＿＿＿＿＿

★挑戰3：正確率100%　日期：＿＿＿＿＿＿＿＿　　恭喜挑戰成功！

隨堂小測驗！請搭配遮色片使用

學到一個階段快來驗證你的實力吧！每答完一題就把遮色片往下移，並檢查自己是否答對，並在右方空格做紀錄，待全部作答完畢，有答錯的部分，請再回到前面找出單字繼續複習，三五天後再做一次測驗，反覆的看聽直到全部答對，相信一輩子都忘不了這些單字了！

單字	解答	中譯	答對✓／答錯✗
❶ own·er	（J）	A. 和平的	
❷ pack	（D）	B. 路徑	
❸ pain·ful	（G）	C. 堆、堆積	
❹ paint·ing	（L）	D. 一包、打包	
❺ palm	（P）	E. 投擲、間距	
❻ par·don	（Q）	F. 忍耐的、病人	
❼ par·tic·u·lar	（R）	G. 痛苦的	
❽ pas·sen·ger	（T）	H. 完美的	
❾ path	（B）	I. 粉紅的、粉紅色	
❿ pa·tient	（F）	J. 物主、所有者	
⓫ peace·ful	（A）	K. 野餐、去野餐	
⓬ per	（M）	L. 繪畫	
⓭ per·fect	（H）	M. 每、經由	
⓮ pe·ri·od	（S）	N. 管子、以管傳送	
⓯ phrase	（O）	O. 片語、表意	
⓰ pic·nic	（K）	P. 手掌	
⓱ pile	（C）	Q. 原諒、寬恕	
⓲ pink	（I）	R. 特別的	
⓳ pipe	（N）	S. 期間、時代	
⓴ pitch	（E）	T. 旅客	

我的學習紀錄

每一次使用遮色片驗收成果後，記得填上挑戰日期＆正確率。

★ 日期： ；答對 題

★ 日期： ；答對 題

★ 日期： ；答對 題

恭喜挑戰成功！
若無法一次就答對全部題目，也不要灰心，記得回到前面多做復習！學習本來就是一種累積的過程，只要確定每一次自己都有多記住一點點，就是一種成功。

★小提醒：請先將下列單字完整看過、聽過 4~6 遍後，接著搭配
橘紅色遮色片使用，並試著說出各單字的中文意思。

Part 01 基礎單字篇

Part 02 進階單字篇

○ MP3 Track 0348

plain [plen]　　形 平坦的　名 平原

plan·et [`plænɪt]　　名 行星

plate [plet]　　名 盤子　同 dish 盤子

plat·form [`plæt͵fɔrm]　　名 平臺、月臺　同 stage 平臺

play·ful [`plefəl]　　形 愛玩的

○ MP3 Track 0349

pleas·ant [`plɛzn̩t]　　形 愉快的

pleas·ure [`plɛʒɚ]　　名 愉悅　反 misery 悲慘

plus [plʌs]　　介 加　名 加號　形 加的　同 additional 附加的

po·em [`poɪm]　　名 詩

po·et [`poɪt]　　名 詩人

挑戰 3 次記熟這些單字

學習結束，記得使用遮色片驗收成果，並填上挑戰日期，7 天正好是
記憶衰減的周期，所以每次的挑戰時間切勿超過 7 天喔！

★挑戰1：正確率50%　日期：＿＿＿＿＿＿＿＿＿＿

★挑戰2：正確率80%　日期：＿＿＿＿＿＿＿＿＿＿

★挑戰3：正確率100%　日期：＿＿＿＿＿＿＿＿＿＿　恭喜挑戰成功！

★小提醒：請先將下列單字完整看過、聽過 4~6 遍後，接著搭配
橘紅色遮色片使用，並試著說出各單字的中文意思。

○ MP3 Track 0350

poi·son [ˈpɔɪzn̩] 名 毒藥 動 下毒

pol·i·cy [ˈpɑləsɪ] 名 政策

po·lite [pəˈlaɪt] 形 有禮貌的

pop·u·lar [ˈpɑpjələ˞] 形 流行的

pop·u·la·tion [ˌpɑpjəˈleʃən] 名 人口

○ MP3 Track 0351

pork [pork] 名 豬肉

port [port] 名 港口 同 harbor 海港

pose [poz] 動 擺出 名 姿勢 同 posture 姿勢

pos·i·tive [ˈpɑzətɪv] 形 確信的、積極的、正的 同 certain 確信的

pos·si·bil·i·ty [ˌpɑsəˈbɪlətɪ] 名 可能性

A
B
C
D
E
F
G
H
I
J
K
L
M
N
O
P
Q
R
S
T
U
V
W
X
Y
Z

挑戰 3 次記熟這些單字

學習結束，記得使用遮色片驗收成果，並填上挑戰日期，7 天正好是
記憶衰減的周期，所以每次的挑戰時間切勿超過 7 天喔！

★挑戰1：**正確率50%** 日期：＿＿＿＿＿＿＿＿＿

★挑戰2：**正確率80%** 日期：＿＿＿＿＿＿＿＿＿

★挑戰3：**正確率100%** 日期：＿＿＿＿＿＿＿＿＿ 恭喜挑戰成功！

★小提醒：請先將下列單字完整看過、聽過 4~6 遍後，接著搭配
橘紅色遮色片使用，並試著說出各單字的中文意思。

○ MP3 Track 0352

post [post]　名 郵件 動 郵寄、公佈

post·card [ˈpostˌkard]　名 明信片

pot [pat]　名 鍋、壺 同 vessel 器皿

po·ta·to [pəˈteto]　名 馬鈴薯

pound [paʊnd]　名 磅、英磅 動 重擊

○ MP3 Track 0353

pow·er·ful [ˈpaʊɚfəl]　形 有力的

praise [prez]　動 稱讚 名 榮耀 同 compliment 稱讚

pray [pre]　動 祈禱 同 beg 祈求

pre·fer [prɪˈfɚ]　動 偏愛、較喜歡 同 favor 偏愛

pres·ence [ˈprɛzn̩s]　名 出席 同 attendance 出席

挑戰 3 次記熟這些單字

學習結束，記得使用遮色片驗收成果，並填上挑戰日期，7 天正好是
記憶衰減的周期，所以每次的挑戰時間切勿超過 7 天喔！

★挑戰1：正確率50%　日期：_____

★挑戰2：正確率80%　日期：_____

★挑戰3：正確率100%　日期：_____　恭喜挑戰成功！

★小提醒：請先將下列單字完整看過、聽過 4~6 遍後，接著搭配
橘紅色遮色片使用，並試著說出各單字的中文意思。

○ MP3 Track 0354

pres·ent [`prɛzn̩t] 形 目前的 名 片刻、禮物 動 呈現
同 gift 禮物

pres·i·dent 名 總統
[`prɛzədənt]

press [prɛs] 名 印刷機、新聞界 動 壓下、強迫
同 force 強迫

pride [praɪd] 名 自豪 動 使自豪

prince [prɪns] 名 王子

○ MP3 Track 0355

prin·cess 名 公主
[`prɪnsɪs]

prin·ci·pal 形 首要的 名 校長、首長
[`prɪnsəpl̩]

prin·ci·ple 名 原則 同 standard 規範
[`prɪnsəpl̩]

print·er [`prɪntɚ] 名 印刷工、印表機

pris·on [`prɪzn̩] 名 監獄 同 jail 監獄

A B C D E F G H I J K L M N O P Q R S T U V W X Y Z

挑戰 3 次記熟這些單字

學習結束，記得使用遮色片驗收成果，並填上挑戰日期，7 天正好是
記憶衰減的周期，所以每次的挑戰時間切勿超過 7 天喔！

★挑戰1：正確率50%　日期：＿＿＿＿＿＿＿

★挑戰2：正確率80%　日期：＿＿＿＿＿＿＿

★挑戰3：正確率100%　日期：＿＿＿＿＿＿　恭喜挑戰成功！

★小提醒：請先將下列單字完整看過、聽過 4~6 遍後，接著搭配
橘紅色遮色片使用，並試著說出各單字的中文意思。

Part 01 基礎單字篇

Part 02 進階單字篇

○ MP3 Track 0356

pris·on·er
[`prɪznɚ]
名 囚犯

pri·vate [`praɪvɪt]
形 私密的

prize [praɪz]
名 獎品 動 獎賞、撬開 同 reward 獎品

pro·duce
[prə`djus]/[`pradjus]
動 生產 名 產品 同 make 生產

pro·duc·er
[prə`djusɚ]
名 製造者

○ MP3 Track 0357

pro·gress
[`pragrɛs]/[prə`grɛs]
名 進展 動 進行 同 proceed 進行

proj·ect
[`pradʒɛkt]/[prə`dʒɛkt]
名 計畫 動 推出、投射

prom·ise [`pramɪs]
名 諾言 動 約定 同 swear 承諾

pro·nounce
[prə`naʊns]
動 發音

pro·pose [prə`poz]
動 提議、求婚 同 offer 提議

挑戰 3 次記熟這些單字

學習結束，記得使用遮色片驗收成果，並填上挑戰日期，7 天正好是
記憶衰減的周期，所以每次的挑戰時間切勿超過 7 天喔！

★挑戰1：正確率50%　日期：＿＿＿＿＿＿＿＿＿

★挑戰2：正確率80%　日期：＿＿＿＿＿＿＿＿＿

★挑戰3：正確率100%　日期：＿＿＿＿＿＿＿＿＿　恭喜挑戰成功！

隨堂小測驗！請搭配遮色片使用

學到一個階段快來驗證你的實力吧！每答完一題就把遮色片往下移，並檢查自己是否答對，並在右方空格做紀錄，待全部作答完畢，有答錯的部分，請再回到前面找出單字繼續複習，三五天後再做一次測驗，反覆的看聽直到全部答對，相信一輩子都忘不了這些單字了！

單字	解答	中譯	答對✓／答錯✗
❶ plan·et	（R）	A. 磅、英磅、重擊	
❷ plat·form	（L）	B. 囚犯	
❸ pleas·ant	（E）	C. 流行的	
❹ poi·son	（I）	D. 原則	
❺ pol·i·cy	（N）	E. 愉快的	
❻ po·lite	（P）	F. 首要的、校長、首長	
❼ pop·u·lar	（C）	G. 確信的、積極的、正的	
❽ port	（T）	H. 諾言、約定	
❾ pos·i·tive	（G）	I. 毒藥、下毒	
❿ pos·si·bil·i·ty	（J）	J. 可能性	
⓫ pound	（A）	K. 自豪、使自豪	
⓬ pow·er·ful	（O）	L. 平臺、月臺	
⓭ pre·fer	（S）	M. 印刷機、新聞界、壓下	
⓮ pres·ent	（Q）	N. 政策	
⓯ press	（M）	O. 有力的	
⓰ pride	（K）	P. 有禮貌的	
⓱ prin·ci·ple	（D）	Q. 目前的、片刻、禮物	
⓲ prin·ci·pal	（F）	R. 行星	
⓳ pris·on·er	（B）	S. 偏愛、較喜歡	
⓴ prom·ise	（H）	T. 港口	

我的學習紀錄

每一次使用遮色片驗收成果後，記得填上挑戰日期＆正確率。

★ 日期： ；答對 題

★ 日期： ；答對 題

★ 日期： ；答對 題

恭喜挑戰成功！

若無法一次就答對全部題目，也不要灰心，記得回到前面多做復習！學習本來就是一種累積的過程，只要確定每一次自己都有多記住一點點，就是一種成功。

★小提醒：請先將下列單字完整看過、聽過 4~6 遍後，接著搭配
橘紅色遮色片使用，並試著說出各單字的中文意思。

○ MP3 Track 0358

pro·tect [prə'tɛkt]　動 保護

proud [praʊd]　形 驕傲的　同 arrogant 傲慢的

pro·vide [prə'vaɪd]　動 提供　同 supply 提供

pud·ding ['pʊdɪŋ]　名 布丁

pump [pʌmp]　名 抽水機　動 抽水、汲取

○ MP3 Track 0359

pump·kin
['pʌmpkɪn]　名 南瓜

pun·ish ['pʌnɪʃ]　動 處罰

pun·ish·ment
['pʌnɪʃmənt]　名 處罰

pu·pil ['pjupl̩]　名 學生、瞳孔　同 student 學生

pup·pet ['pʌpɪt]　名 木偶、傀儡　同 doll 玩偶

○ MP3 Track 0360

pup·py ['pʌpɪ]　名 小狗

purse [pɝs]　名 錢包　同 wallet 錢包

挑戰 3 次記熟這些單字

學習結束，記得使用遮色片驗收成果，並填上挑戰日期，7 天正好是
記憶衰減的周期，所以每次的挑戰時間切勿超過 7 天喔！

★挑戰1：正確率50%　日期：＿＿＿＿＿＿＿＿

★挑戰2：正確率80%　日期：＿＿＿＿＿＿＿＿

★挑戰3：正確率100%　日期：＿＿＿＿＿＿＿　　恭喜挑戰成功！

★小提醒：請先將下列單字完整看過、聽過 4~6 遍後，接著搭配
橘紅色遮色片使用，並試著說出各單字的中文意思。

puz·zle [ˈpʌzl̩]　　名 難題、謎　動 迷惑　同 mystery 謎

 開頭的單字

qual·i·ty [ˈkwɑlətɪ]　　名 品質

quan·ti·ty [ˈkwɑntətɪ]　　名 數量

○ MP3 Track 0361

quar·ter [ˈkwɔrtə]　　名 四分之一　動 分為四等分

quit [kwɪt]　　動 離去、解除

quiz [kwɪz]　　名 測驗　動 對……進行測驗
同 test 測驗　**名詞複數** quizzes

 開頭的單字

rab·bit [ˈræbɪt]　　名 兔子

rain·y [ˈrenɪ]　　形 多雨的

A B C D E F G H I J K L M N O P **Q** R S T U V W X Y Z

挑戰 3 次記熟這些單字

學習結束，記得使用遮色片驗收成果，並填上挑戰日期，7 天正好是
記憶衰減的周期，所以每次的挑戰時間切勿超過 7 天喔！

★挑戰1：正確率50%　日期：＿＿＿＿＿＿＿＿＿＿

★挑戰2：正確率80%　日期：＿＿＿＿＿＿＿＿＿＿

★挑戰3：正確率100%　日期：＿＿＿＿＿＿＿＿＿　恭喜挑戰成功！

★小提醒：請先將下列單字完整看過、聽過 4~6 遍後，接著搭配橘紅色遮色片使用，並試著說出各單字的中文意思。

● MP3 Track 0362

range [rendʒ] | 名 範圍 動 排列 同 limit 範圍

rap·id [`ræpɪd] | 形 迅速的 同 quick 迅速的

rare [rɛr] | 形 稀有的

rath·er [`ræðɚ] | 副 寧願

real·i·ty [rɪ`ælətɪ] | 名 真實 同 truth 真實

● MP3 Track 0363

real·ize [`rɪəˌlaɪz] | 動 實現、瞭解

re·cent [risn̩t] | 形 最近的

re·cord [`rɛkɚd]/[rɪ`kɔrd] | 名 紀錄、唱片 動 記錄

rec·tan·gle [`rɛktæŋgl̩] | 名 長方形

re·frig·er·a·tor/ fridge/ice·box [rɪ`frɪdʒəˌretɚ]/[frɪdʒ]/ [`aɪsˌbɑks] | 名 冰箱

挑戰 3 次記熟這些單字

學習結束，記得使用遮色片驗收成果，並填上挑戰日期，7 天正好是記憶衰減的周期，所以每次的挑戰時間切勿超過 7 天喔！

★挑戰1：正確率50%　日期：＿＿＿＿＿＿＿＿＿

★挑戰2：正確率80%　日期：＿＿＿＿＿＿＿＿＿

★挑戰3：正確率100%　日期：＿＿＿＿＿＿＿＿　恭喜挑戰成功！

★小提醒：請先將下列單字完整看過、聽過 4~6 遍後，接著搭配
橘紅色遮色片使用，並試著說出各單字的中文意思。

○ MP3 Track 0364

re·fuse [rɪˋfjuz]　動 拒絕　同 reject 拒絕

re·gard [rɪˋgɑrd]　動 注視、認為　名 注視　同 judge 認為

re·gion [ˋridʒən]　名 區域　同 zone 區域

reg·u·lar [ˋrɛgjələ]　形 平常的、定期的、規律的　同 usual 平常的

re·ject [rɪˋdʒɛkt]　動 拒絕

○ MP3 Track 0365

re·la·tion [rɪˋleʃən]　名 關係

re·la·tion·ship [rɪˋleʃənʃɪp]　名 關係

re·peat [rɪˋpit]　動 重複　名 重複

re·ply [rɪˋplaɪ]　名 回答、答覆　同 respond 回答

re·port·er [rɪˋportə]　名 記者　同 journalist 記者

A
B
C
D
E
F
G
H
I
J
K
L
M
N
O
P
Q
R
S
T
U
V
W
X
Y
Z

挑戰 3 次記熟這些單字

學習結束，記得使用遮色片驗收成果，並填上挑戰日期，7 天正好是
記憶衰減的周期，所以每次的挑戰時間切勿超過 7 天喔！

★挑戰1：正確率50%　日期：

★挑戰2：正確率80%　日期：

★挑戰3：正確率100%　日期：　　　　　　恭喜挑戰成功！

★小提醒：請先將下列單字完整看過、聽過 4~6 遍後，接著搭配
橘紅色遮色片使用，並試著說出各單字的中文意思。

Part 01 基礎單字篇

Part 02 進階單字篇

○ MP3 Track 0366

re·quire [rɪˋkwaɪr] 動 需要 同 need 需要

re·quire·ment
[rɪˋkwaɪrmənt] 名 需要

re·spect
[rɪˋspɛkt] 名 尊重 動 尊重、尊敬 同 adore 尊敬

re·spon·si·ble
[rɪˋspɑnsəbḷ] 形 負責任的

res·tau·rant
[ˋrɛstərənt] 名 餐廳

○ MP3 Track 0367

rest·room
[ˋrɛstˌrum] 名 洗手間、廁所

re·sult [rɪˋzʌlt] 名 結果 動 導致 同 consequence 結果

re·view [rɪˋvju] 名 複習 動 回顧、檢查 同 recall 回憶

rich·es [ˋrɪtʃɪz] 名 財產 同 wealth 財產

rock [rɑk] 動 搖動 名 岩石

挑戰 3 次記熟這些單字

學習結束，記得使用遮色片驗收成果，並填上挑戰日期，7 天正好是
記憶衰減的周期，所以每次的挑戰時間切勿超過 7 天喔！

★挑戰1：正確率50% 日期：

★挑戰2：正確率80% 日期：

★挑戰3：正確率100% 日期： 恭喜挑戰成功！

隨堂小測驗！請搭配遮色片使用

學到一個階段快來驗證你的實力吧！每答完一題就把遮色片往下移，並檢查自己是否答對，並在右方空格做紀錄，待全部作答完畢，有答錯的部分，請再回到前面找出單字繼續複習，三五天後再做一次測驗，反覆的看聽直到全部答對，相信一輩子都忘不了這些單字了！

單字	解答	中譯	答對✓／答錯✗
① pro·tect	（O）	A. 四分之一、分為四等分	
② pro·vide	（F）	B. 真實	
③ pud·ding	（R）	C. 處罰	
④ pump·kin	（J）	D. 負責任的	
⑤ pun·ish·ment	（C）	E. 品質	
⑥ pu·pil	（H）	F. 提供	
⑦ pup·pet	（M）	G. 範圍、排列	
⑧ purse	（Q）	H. 學生、瞳孔	
⑨ puz·zle	（L）	I. 紀錄、唱片	
⑩ qual·i·ty	（E）	J. 南瓜	
⑪ quar·ter	（A）	K. 拒絕	
⑫ range	（G）	L. 難題、謎、迷惑	
⑬ rap·id	（S）	M. 木偶、傀儡	
⑭ rare	（T）	N. 平常的、定期的、規律的	
⑮ real·i·ty	（B）	O. 保護	
⑯ re·cord	（I）	P. 結果、導致	
⑰ re·fuse	（K）	Q. 錢包	
⑱ reg·u·lar	（N）	R. 布丁	
⑲ re·spon·si·ble	（D）	S. 迅速的	
⑳ re·sult	（P）	T. 稀有的	

我的學習紀錄

每一次使用遮色片驗收成果後，記得填上挑戰日期＆正確率。

★ 日期： ；答對 題
★ 日期： ；答對 題
★ 日期： ；答對 題

恭喜挑戰成功！
若無法一次就答對全部題目，也不要灰心，記得回到前面多做復習！學習本來就是一種累積的過程，只要確定每一次自己都有多記住一點點，就是一種成功。

挑戰你的閱讀力！短文／對話：

一、遇到不熟的單字不必急於查找。
　（千萬不要把中文寫在原文上，會造成依賴哦！）
二、完整閱讀文章後，再參考右方的譯文，驗證自己學習成果。
三、本書特別將較困難的單字、片語列於文章右下方。
四、多讀幾次，仔細鑽研文中的一字一句，徹底理解每篇文章的意思。

A Puppy for Alice

送愛麗斯一隻小狗

I have a niece named Alice. Alice once told me that she wanted to be a poet when she grows up. That is quite an interesting choice of a career path for someone her age, which is how I know that Alice is not just an ordinary little girl. She is positive, playful; sometimes a bit naughty, but in general, pleasant to be with. Alice's favorite color is pink; she loves animals, particularly the gentle ones like penguins, rabbits and pandas.

I took Alice on a picnic on her 8th birthday. Alice loves fruits, so other than sandwiches; I also brought her some peaches, pineapples, pears, and melons. We spread our own mat on the grass, and enjoyed our picnic in peace. We went straight home afterwards, because I had prepared a big surprise for her—I got Alice a puppy for her birthday. She was over the moon with this present. She patted the puppy on the head and said: "Thank you! Auntie Jane! I'm gonna name him pumpkin! I promise that I will cherish and protect him forever!"

I think Alice will be a great dog owner.

※ 文章中橘紅色單字都是前 24 頁中學習過的單字，如果你忘記了，記得再回去復習哦！

我有個姪女名叫愛麗斯。愛麗斯有一次跟我說她長大想成為一位詩人,對她這樣年紀的小孩來說,這真是個挺有意思的職涯選擇,從那時開始,我就知道愛麗斯並非普通的小女孩。她積極正向也很愛玩,雖然偶爾有些調皮,但總體而言,跟她相處起來非常愉快。愛麗斯最喜歡粉紅色,她很愛動物,尤其像是企鵝、兔子、貓熊這類溫和的動物。

愛麗斯 8 歲生日那天,我帶她去野餐。愛麗斯很喜歡吃水果,所以除了三明治之外,我也帶了一些桃子、鳳梨、梨子和甜瓜給她吃,我們在草皮鋪上墊子,安安靜靜地享受野餐。我們野餐結束後就立刻回家,因為我替她準備了一個天大的驚喜—我送愛麗斯一隻小狗當生日禮物,她收到這份禮物開心極了,她拍拍小狗的頭,說道:「謝謝妳!阿珍阿姨!我要叫牠『南瓜』!我保證會永遠愛護牠!」

我覺得愛麗斯會是很棒的狗主人。

生字補充:

- career 職涯
- over the moon 欣喜若狂
- cherish 珍惜

★小提醒：請先將下列單字完整看過、聽過 4~6 遍後，接著搭配
橘紅色遮色片使用，並試著說出各單字的中文意思。

○ MP3 Track 0368

rock·y [ˋrɑkɪ] 　形 岩石的、搖擺的

role [rol] 　名 角色

roy·al [ˋrɔɪəl] 　形 皇家的 同 noble 貴族的

rude [rud] 　形 野蠻的、粗魯的

rul·er [ˋrulɚ] 　名 統治者 同 sovereign 統治者

○ MP3 Track 0369

run·ner [ˋrʌnɚ] 　名 跑者

rush [rʌʃ] 　動 突擊 名 急忙、突進

Ss 開頭的單字

safe·ty [ˋseftɪ] 　名 安全 同 security 安全

sail·or [ˋselɚ] 　名 船員、海員

sal·ad [ˋsæləd] 　名 生菜食品、沙拉

挑戰 3 次記熟這些單字

學習結束，記得使用遮色片驗收成果，並填上挑戰日期，7 天正好是
記憶衰減的周期，所以每次的挑戰時間切勿超過 7 天喔！

★挑戰1：正確率50% 　日期：＿＿＿＿＿＿＿＿＿＿

★挑戰2：正確率80% 　日期：＿＿＿＿＿＿＿＿＿＿

★挑戰3：正確率100% 日期：＿＿＿＿＿＿＿＿＿＿ 恭喜挑戰成功！

★小提醒：請先將下列單字完整看過、聽過 4~6 遍後，接著搭配
橘紅色遮色片使用，並試著說出各單字的中文意思。

○ MP3 Track 0370

salt·y [ˋsɔltɪ]　　形 鹹的

sam·ple [ˋsæmpl̩]　　名 樣本

sand·wich [ˋsændwɪtʃ]　　名 三明治

sat·is·fy [ˋsætɪsˌfaɪ]　　動 使滿足　同 please 使滿意

sauce [sɔs]　　名 調味醬　動 加調味醬於……

○ MP3 Track 0371

sci·ence [ˋsaɪəns]　　名 科學

sci·en·tist [ˋsaɪəntɪst]　　名 科學家

scis·sors [ˋsɪzəz]　　名 剪刀　名詞複數 scissors

score [skor]　　名 分數　動 得分、評分

screen [skrin]　　名 螢幕

A
B
C
D
E
F
G
H
I
J
K
L
M
N
O
P
Q
R
S
T
U
V
W
X
Y
Z

挑戰 3 次記熟這些單字

學習結束，記得使用遮色片驗收成果，並填上挑戰日期，7 天正好是
記憶衰減的周期，所以每次的挑戰時間切勿超過 7 天喔！

★挑戰1：正確率50%　日期：＿＿＿＿＿＿＿＿＿

★挑戰2：正確率80%　日期：＿＿＿＿＿＿＿＿＿

★挑戰3：正確率100%　日期：＿＿＿＿＿＿＿＿＿　　恭喜挑戰成功！

★小提醒：請先將下列單字完整看過、聽過 4~6 遍後，接著搭配橘紅色遮色片使用，並試著說出各單字的中文意思。

● MP3 Track 0372

search [sɜtʃ] 　動 搜索、搜尋　名 調查、檢索
　　　　　　　　　　同 seek 尋找

se·cret [ˈsikrɪt] 　名 祕密

sec·re·ta·ry [ˈsɛkrəˌtɛrɪ] 　名 祕書

sec·tion [ˈsɛkʃən] 　名 部分

se·lect [səˈlɛkt] 　動 挑選　同 pick 挑選

● MP3 Track 0373

se·lec·tion [səˈlɛkʃən] 　名 選擇、選定

se·mes·ter [səˈmɛstə] 　名 半學年、一學期

sep·a·rate [ˈsɛpəˌret] 　形 分開的　動 分開

se·ri·ous [ˈsɪrɪəs] 　形 嚴肅的

ser·vant [ˈsɜvənt] 　名 僕人、傭人

挑戰 3 次記熟這些單字

學習結束，記得使用遮色片驗收成果，並填上挑戰日期，7 天正好是記憶衰減的周期，所以每次的挑戰時間切勿超過 7 天喔！

★挑戰1：正確率50%　日期：＿＿＿＿＿＿＿＿＿＿

★挑戰2：正確率80%　日期：＿＿＿＿＿＿＿＿＿＿

★挑戰3：正確率100%　日期：＿＿＿＿＿＿＿＿＿＿　恭喜挑戰成功！

★小提醒：請先將下列單字完整看過、聽過 4~6 遍後，接著搭配橘紅色遮色片使用，並試著說出各單字的中文意思。

A
B
C
D
E
F
G
H
I
J
K
L
M
N
O
P
Q
R
S
T
U
V
W
X
Y
Z

○ MP3 Track 0374

set·tle [`sɛtl]　動 安排、解決

set·tle·ment [`sɛtlmənt]　名 解決、安排

share [ʃɛr]　名 份、佔有　動 共用

shelf [ʃɛlf]　名 棚架、架子

shell [ʃɛl]　名 貝殼　動 剝

○ MP3 Track 0375

shock [ʃɑk]　名 衝擊　動 震撼、震驚　同 frighten 驚恐

shoot [ʃut]　動 射傷、射擊　名 射擊、嫩芽

shorts [ʃɔrts]　名 短褲

show·er [`ʃauɚ]　名 陣雨、淋浴　動 淋浴、澆水

shrimp [ʃrɪmp]　名 蝦子

★小提醒：請先將下列單字完整看過、聽過 4~6 遍後，接著搭配
橘紅色遮色片使用，並試著說出各單字的中文意思。

○ MP3 Track 0376

side·walk ['saɪdwɔk]	名 人行道 同 pavement 人行道
sign [saɪn]	名 記號、標誌 動 簽署
si·lence ['saɪləns]	名 沉默 動 使……靜下來
si·lent ['saɪlənt]	形 沉默的
silk [sɪlk]	名 絲、綢

○ MP3 Track 0377

sim·i·lar ['sɪmələ˞]	形 相似的、類似的 同 alike 相似的
sim·ply ['sɪmplɪ]	副 簡單地、樸實地、僅僅
sin·gle ['sɪŋgl̩]	形 單一的 名 單一
sink [sɪŋk]	動 沉沒、沉 名 水槽
skill·ful/ skilled ['skɪlfəl]/[skɪld]	形 熟練的、靈巧的

挑戰 3 次記熟這些單字

學習結束，記得使用遮色片驗收成果，並填上挑戰日期，7 天正好是
記憶衰減的周期，所以每次的挑戰時間切勿超過 7 天喔！

★挑戰1：正確率50%　日期：＿＿＿＿＿＿＿＿

★挑戰2：正確率80%　日期：＿＿＿＿＿＿＿＿

★挑戰3：正確率100% 日期：＿＿＿＿＿＿＿＿　恭喜挑戰成功！

隨堂小測驗！請搭配遮色片使用

學到一個階段快來驗證你的實力吧！每答完一題就把遮色片往下移，並檢查自己是否答對，並在右方空格做紀錄，待全部作答完畢，有答錯的部分，請再回到前面找出單字繼續複習，三五天後再做一次測驗，反覆的看聽直到全部答對，相信一輩子都忘不了這些單字了！

單字	解答	中譯	答對✓／答錯✗
① roy·al	（N）	A. 安排、解決	
② rude	（C）	B. 單一的、單一	
③ safe·ty	（K）	C. 野蠻的、粗魯的	
④ sail·or	（G）	D. 沉默、使……靜下來	
⑤ sam·ple	（L）	E. 分開的	
⑥ sat·is·fy	（P）	F. 沉沒、沉、水槽	
⑦ screen	（I）	G. 船員、海員	
⑧ search	（Q）	H. 人行道	
⑨ se·lect	（S）	I. 螢幕	
⑩ sep·a·rate	（E）	J. 相似的、類似的	
⑪ set·tle	（A）	K. 安全	
⑫ shell	（T）	L. 樣本	
⑬ shock	（O）	M. 射傷、射擊、嫩芽	
⑭ shoot	（M）	N. 皇家的	
⑮ side·walk	（H）	O. 衝擊、震撼、震驚	
⑯ si·lence	（D）	P. 使滿足	
⑰ silk	（R）	Q. 搜索、搜尋、調查、檢索	
⑱ sim·i·lar	（J）	R. 絲、綢	
⑲ sin·gle	（B）	S. 挑選	
⑳ sink	（F）	T. 貝殼、剝	

我的學習紀錄

每一次使用遮色片驗收成果後，記得填上挑戰日期＆正確率。

★ 日期：　　　　　　；答對　　　　題

★ 日期：　　　　　　；答對　　　　題

★ 日期：　　　　　　；答對　　　　題

恭喜挑戰成功！
若無法一次答對全部題目，也不要灰心，記得回到前面多做復習！學習本來就是一種累積的過程，只要確定每一次自己都有多記住一點點，就是一種成功。

★小提醒：請先將下列單字完整看過、聽過 4~6 遍後，接著搭配
橘紅色遮色片使用，並試著說出各單字的中文意思。

◯ MP3 Track 0378

skin·ny [ˋskɪnɪ]　　形 皮包骨的

skirt [skɝt]　　名 裙子

sleep·y [ˋslipɪ]　　形 想睡的、睏的

slen·der [ˋslɛndɚ]　　形 苗條的 同 slim 苗條的

slide [slaɪd]　　動 滑動 名 滑梯

◯ MP3 Track 0379

slim [slɪm]　　形 苗條的 動 變細

slip [slɪp]　　動 滑倒

slip·per(s)
[ˋslɪpɚ(z)]　　名 拖鞋

snack [snæk]　　名 小吃、點心 動 吃點心

snail [snel]　　名 蝸牛

挑戰 3 次記熟這些單字

學習結束，記得使用遮色片驗收成果，並填上挑戰日期，7 天正好是
記憶衰減的周期，所以每次的挑戰時間切勿超過 7 天喔！

★挑戰1：正確率50%　　日期：

★挑戰2：正確率80%　　日期：

★挑戰3：正確率100%　日期：　　　　　　　恭喜挑戰成功！

★小提醒：請先將下列單字完整看過、聽過 4~6 遍後，接著搭配
橘紅色遮色片使用，並試著說出各單字的中文意思。

○ MP3 Track 0380

snow·y [snoɪ]　形 多雪的、積雪的

soc·cer [ˋsɑkɚ]　名 足球

so·cial [ˋsoʃəl]　形 社會的

so·ci·e·ty [səˋsaɪətɪ]　名 社會　同 community 社區、社會

sock(s) [sɑk(s)]　名 短襪

○ MP3 Track 0381

sol·dier [ˋsoldʒɚ]　名 軍人

so·lu·tion [səˋluʃən]　名 溶解、解決、解釋　同 explanation 解釋

solve [sɑlv]　動 解決

some·bod·y [ˋsʌmˌbɑdɪ]　代 某人、有人　名 重要人物　同 someone 某人

some·where [ˋsʌmˌhwɛr]　副 在某處

A
B
C
D
E
F
G
H
I
J
K
L
M
N
O
P
Q
R
S
T
U
V
W
X
Y
Z

挑戰 3 次記熟這些單字

學習結束，記得使用遮色片驗收成果，並填上挑戰日期，7 天正好是
記憶衰減的周期，所以每次的挑戰時間切勿超過 7 天喔！

★挑戰1：正確率50%　日期：＿＿＿＿＿＿＿＿＿＿＿

★挑戰2：正確率80%　日期：＿＿＿＿＿＿＿＿＿＿＿

★挑戰3：正確率100%　日期：＿＿＿＿＿＿＿＿＿＿＿　　恭喜挑戰成功！

★小提醒：請先將下列單字完整看過、聽過 4~6 遍後，接著搭配橘紅色遮色片使用，並試著說出各單字的中文意思。

Part 01 基礎單字篇

Part 02 進階單字篇

○ MP3 Track 0382

sort [sɔrt]   名 種 動 一致、調和

source [sors]   名 來源、水源地 同 origin 起源

south·ern [ˈsʌðən]   形 南方的

soy·bean/ soy·a/soy [ˈsɔɪˈbin]/[ˈsɔɪə]/[sɔɪ]   名 大豆、黃豆

speak·er [ˈspikə]   名 演說者

○ MP3 Track 0383

speed [spid]   名 速度、急速 動 加速 同 haste 急速

spell·ing [ˈspɛlɪŋ]   名 拼讀、拼法

spi·der [ˈspaɪdə]   名 蜘蛛

spin·ach [ˈspɪnɪtʃ]   名 菠菜

spir·it [ˈspɪrɪt]   名 精神 同 soul 精神、靈魂

挑戰 3 次記熟這些單字

學習結束，記得使用遮色片驗收成果，並填上挑戰日期，7 天正好是記憶衰減的周期，所以每次的挑戰時間切勿超過 7 天喔！

★挑戰1：正確率50%　日期：＿＿＿＿＿＿＿

★挑戰2：正確率80%　日期：＿＿＿＿＿＿＿

★挑戰3：正確率100% 日期：＿＿＿＿＿＿＿　恭喜挑戰成功！

★小提醒：請先將下列單字完整看過、聽過 4~6 遍後，接著搭配
橘紅色遮色片使用，並試著說出各單字的中文意思。

A B C D E F G H I J K L M N O P Q R S T U V W X Y Z

O MP3 Track 0384

spot [spɑt]　動 弄髒、認出 名 點 同 stain 弄髒

spread [sprɛd]　動 展開、傳佈 名 寬度、桌布
同 extend 擴展

spring [sprɪŋ]　動 彈開、突然提出 名 泉水、春天

square [skwɛr]　形 公正的、方正的 名 正方形、廣場

squir·rel [`skwɝəl]　名 松鼠 名詞複數 squirrels

O MP3 Track 0385

stage [stedʒ]　名 舞臺、階段 動 上演

stamp [stæmp]　動 壓印 名 郵票、印章

stan·dard [`stændəd]　名 標準 形 標準的 同 model 標準

steak [stek]　名 牛排

steal [stil]　動 偷、騙取

挑戰 3 次記熟這些單字

學習結束，記得使用遮色片驗收成果，並填上挑戰日期，7 天正好是
記憶衰減的周期，所以每次的挑戰時間切勿超過 7 天喔！

★挑戰1：正確率50%　日期：

★挑戰2：正確率80%　日期：

★挑戰3：正確率100%　日期：　　　　恭喜挑戰成功！

★小提醒：請先將下列單字完整看過、聽過 4~6 遍後，接著搭配橘紅色遮色片使用，並試著說出各單字的中文意思。

● MP3 Track 0386

steam [stim]   名 蒸汽 動 蒸、使蒸發、以蒸汽開動

steel [stil]   名 鋼、鋼鐵

stick [stɪk]   名 棍、棒 動 黏 同 attach 貼上

stom·ach ['stʌmək]   名 胃 同 belly 胃

storm [stɔrm]   名 風暴 動 襲擊

● MP3 Track 0387

stove [stov]   名 火爐、爐子 同 oven 爐子

straight [stret]   形 筆直的、正直的

strang·er ['strendʒɚ]   名 陌生人

straw [strɔ]   名 稻草

straw·ber·ry ['strɔ,bɛrɪ]   名 草莓

挑戰 3 次記熟這些單字

學習結束，記得使用遮色片驗收成果，並填上挑戰日期，7 天正好是記憶衰減的周期，所以每次的挑戰時間切勿超過 7 天喔！

★挑戰1：正確率50% 日期：

★挑戰2：正確率80% 日期：

★挑戰3：正確率100% 日期：   恭喜挑戰成功！

隨堂小測驗！請搭配遮色片使用

學到一個階段快來驗證你的實力吧！每答完一題就把遮色片往下移，並檢查自己是否答對，並在右方空格做紀錄，待全部作答完畢，有答錯的部分，請再回到前面找出單字繼續複習，三五天後再做一次測驗，反覆的看聽直到全部答對，相信一輩子都忘不了這些單字了！

單字	解答	中譯	答對√／答錯✕
❶ skin·ny	（J）	A. 社會的	
❷ slen·der	（O）	B. 標準、標準的	
❸ slip	（T）	C. 筆直的、正直的	
❹ snack	（G）	D. 多雪的、積雪的	
❺ snow·y	（D）	E. 棍、棒、黏	
❻ so·cial	（A）	F. 公正的、方正的、正方形	
❼ sol·dier	（M）	G. 小吃、點心、吃點心	
❽ so·lu·tion	（Q）	H. 稻草	
❾ some·where	（S）	I. 舞臺、階段、上演	
❿ source	（P）	J. 皮包骨的	
⓫ speed	（N）	K. 火爐、爐子	
⓬ spir·it	（R）	L. 展開、傳佈、寬度、桌布	
⓭ spread	（L）	M. 軍人	
⓮ square	（F）	N. 速度、急速、加速	
⓯ stage	（I）	O. 苗條的	
⓰ stan·dard	（B）	P. 來源、水源地	
⓱ stick	（E）	Q. 溶解、解決、解釋	
⓲ stove	（K）	R. 精神	
⓳ straight	（C）	S. 在某處	
⓴ straw	（H）	T. 滑倒	

我的學習紀錄

每一次使用遮色片驗收成果後，記得填上挑戰日期＆正確率。

★ 日期：　　　　　；答對　　　　題

★ 日期：　　　　　；答對　　　　題

★ 日期：　　　　　；答對　　　　題

恭喜挑戰成功！
若無法一次就答對全部題目，也不要灰心，記得回到前面多做復習！學習本來就是一種累積的過程，只要確定每一次自己都有多記住一點點，就是一種成功。

★小提醒：請先將下列單字完整看過、聽過 4~6 遍後，接著搭配橘紅色遮色片使用，並試著說出各單字的中文意思。

○ MP3 Track 0388

stream [strim]　名 小溪　動 流動

stress [strɛs]　名 壓力　動 強調、著重
同 emphasis 強調

stretch [strɛtʃ]　動 伸展　名 伸展

strict [strɪkt]　形 嚴格的　同 harsh 嚴厲的

strike [straɪk]　動 打擊、達成（協議）名 罷工

○ MP3 Track 0389

string [strɪŋ]　名 弦、繩子、一串

strug·gle [ˋstrʌg!]　動 努力、奮鬥　名 掙扎、奮鬥

sub·ject [ˋsʌbdʒɪkt]　名 主題、科目　形 服從的、易受……的
同 topic 主題

sub·tract [səbˋtrækt]　動 扣除、移走

sub·way [ˋsʌb͵we]　名 地下鐵

挑戰 3 次記熟這些單字

學習結束，記得使用遮色片驗收成果，並填上挑戰日期，7 天正好是記憶衰減的周期，所以每次的挑戰時間切勿超過 7 天喔！

★挑戰1：**正確率**50%　日期：＿＿＿＿＿

★挑戰2：**正確率**80%　日期：＿＿＿＿＿

★挑戰3：**正確率**100%　日期：＿＿＿＿＿　恭喜挑戰成功！

★小提醒：請先將下列單字完整看過、聽過 4~6 遍後，接著搭配
橘紅色遮色片使用，並試著說出各單字的中文意思。

A
B
C
D
E
F
G
H
I
J
K
L
M
N
O
P
Q
R
S
T
U
V
W
X
Y
Z

○ MP3 Track 0390

suc·ceed [sək`sid]　動 成功

suc·cess [sək`sɛs]　名 成功

suc·cess·ful [sək`sɛsfəl]　形 成功的

sud·den [`sʌdn̩]　形 突然的　名 意外、突然

suit [sut]　名 套　動 適合　同 fit 適合

○ MP3 Track 0391

sun·ny [`sʌnɪ]　形 充滿陽光的　同 bright 晴朗的

su·per·mar·ket [`supɚˌmɑrkɪt]　名 超級市場

sup·ply [sə`plaɪ]　動 供給　名 供應品　同 furnish 供給

sup·port [sə`port]　動 支持　名 支持者、支撐物　同 uphold 支持

sur·face [`sɝfɪs]　名 表面　動 使形成表面　同 exterior 表面

挑戰 3 次記熟這些單字

學習結束，記得使用遮色片驗收成果，並填上挑戰日期，7 天正好是
記憶衰減的周期，所以每次的挑戰時間切勿超過 7 天喔！

★挑戰1：正確率50%　日期：

★挑戰2：正確率80%　日期：

★挑戰3：正確率100%　日期：　　　　　　　恭喜挑戰成功！

★小提醒：請先將下列單字完整看過、聽過 4~6 遍後，接著搭配橘紅色遮色片使用，並試著說出各單字的中文意思。

Part 01 基礎單字篇

Part 02 進階單字篇

○ MP3 Track 0392

sur·vive [sə`vaɪv] 動 倖存、殘存

swal·low [`swɑlo] 名 燕子 動 吞咽

swan [swɑn] 名 天鵝

sweat·er [`swɛtəˇ] 名 毛衣、厚運動衫

sweep [swip] 動 掃、打掃 名 掃除、掠過

○ MP3 Track 0393

swing [swɪŋ] 動 搖動

sym·bol [`sɪmbḷ] 名 象徵、標誌 同 sign 標誌

Tt 開頭的單字

tal·ent [`tæiənt] 名 天分、天賦

talk·a·tive [`tɔkətɪv] 形 健談的 反 mute 沉默的

tan·ge·rine [`tændʒəˌrin] 名 柑、桔

挑戰 3 次記熟這些單字

學習結束，記得使用遮色片驗收成果，並填上挑戰日期，7 天正好是記憶衰減的周期，所以每次的挑戰時間切勿超過 7 天喔！

★挑戰1：正確率50%　日期：＿＿＿＿＿＿＿

★挑戰2：正確率80%　日期：＿＿＿＿＿＿＿

★挑戰3：正確率100%　日期：＿＿＿＿＿＿＿　　恭喜挑戰成功！

★小提醒：請先將下列單字完整看過、聽過 4~6 遍後，接著搭配
橘紅色遮色片使用，並試著說出各單字的中文意思。

🔵 MP3 Track 0394

tank [tæŋk] 　名 水槽、坦克

tape [tep] 　名 帶、捲尺、磁帶 　動 用捲尺測量
　　　　　　　　同 record 磁帶、唱片

tar·get ['tɑrgɪt] 　名 目標、靶子 　同 goal 目標

task [tæsk] 　名 任務 　同 work 任務

tast·y ['testɪ] 　形 好吃的 　同 delicious 好吃的

🔵 MP3 Track 0395

team [tim] 　名 隊 　同 group 組、隊

tear [tɪr]/[tɛr] 　名 眼淚 　動 撕、撕破

teen(s) [tin(z)] 　名 十多歲

teen·age
['tinˌedʒ] 　形 十幾歲的

teen·ag·er
['tinˌedʒɚ] 　名 青少年

A
B
C
D
E
F
G
H
I
J
K
L
M
N
O
P
Q
R
S
T
U
V
W
X
Y
Z

挑戰 3 次記熟這些單字

學習結束，記得使用遮色片驗收成果，並填上挑戰日期，7 天正好是
記憶衰減的周期，所以每次的挑戰時間切勿超過 7 天喔！

★挑戰1：正確率50% 　日期：＿＿＿＿＿＿＿＿

★挑戰2：正確率80% 　日期：＿＿＿＿＿＿＿＿

★挑戰3：正確率100% 　日期：＿＿＿＿＿＿＿＿ 　恭喜挑戰成功！

★小提醒：請先將下列單字完整看過、聽過 4~6 遍後，接著搭配橘紅色遮色片使用，並試著說出各單字的中文意思。

○ MP3 Track 0396

tel·e·phone/ phone [ˈtɛləˌfon]/[fon] — 名 電話 動 打電話

tel·e·vi·sion/ TV [ˈtɛləˌvɪʒən] — 名 電視

tem·ple [ˈtɛmpl̩] — 名 寺院、神殿

ten·nis [ˈtɛnɪs] — 名 網球

tent [tɛnt] — 名 帳篷

○ MP3 Track 0397

term [tɝm] — 名 條件、期限、術語 動 稱呼

ter·ri·ble [ˈtɛrəbl̩] — 形 可怕的、駭人的 同 horrible 可怕的

ter·rif·ic [təˈrɪfɪk] — 形 驚人的

test [tɛst] — 名 考試 動 試驗、檢驗

text·book [ˈtɛkstˌbʊk] — 名 教科書

挑戰 3 次記熟這些單字

學習結束，記得使用遮色片驗收成果，並填上挑戰日期，7 天正好是記憶衰減的周期，所以每次的挑戰時間切勿超過 7 天喔！

★挑戰1：正確率50%　日期：＿＿＿＿＿＿＿＿＿＿

★挑戰2：正確率80%　日期：＿＿＿＿＿＿＿＿＿＿

★挑戰3：正確率100%　日期：＿＿＿＿＿＿＿＿＿＿　恭喜挑戰成功！

隨堂小測驗！請搭配遮色片使用

學到一個階段快來驗證你的實力吧！每答完一題就把遮色片往下移，並檢查自己是否答對，並在右方空格做紀錄，待全部作答完畢，有答錯的部分，請再回到前面找出單字繼續複習，三五天後再做一次測驗，反覆的看聽直到全部答對，相信一輩子都忘不了這些單字了！

單字	解答	中譯	答對✓／答錯✗
❶ stream	（O）	A. 驚人的	
❷ stress	（F）	B. 眼淚、撕、撕破	
❸ stretch	（J）	C. 可怕的、駭人的	
❹ strict	（S）	D. 表面、使形成表面	
❺ string	（Q）	E. 帳篷	
❻ strug·gle	（L）	F. 壓力、強調、著重	
❼ sub·tract	（P）	G. 供給、供應品	
❽ suc·ceed	（R）	H. 倖存、殘存	
❾ sud·den	（N）	I. 目標、靶子	
❿ sup·ply	（G）	J. 伸展	
⓫ sur·face	（D）	K. 天分、天賦	
⓬ sur·vive	（H）	L. 努力、奮鬥、掙扎	
⓭ sweep	（T）	M. 健談的	
⓮ tal·ent	（K）	N. 突然的、意外、突然	
⓯ talk·a·tive	（M）	O. 小溪、流動	
⓰ tar·get	（I）	P. 扣除、移走	
⓱ tear	（B）	Q. 弦、繩子、一串	
⓲ tent	（E）	R. 成功	
⓳ ter·ri·ble	（C）	S. 嚴格的	
⓴ ter·rif·ic	（A）	T. 掃、打掃、掃除、掠過	

我的學習紀錄

每一次使用遮色片驗收成果後，記得填上挑戰日期＆正確率。

★ 日期：　　　　　；答對　　　　　題

★ 日期：　　　　　；答對　　　　　題

★ 日期：　　　　　；答對　　　　　題

恭喜挑戰成功！
若無法一次就答對全部題目，也不要灰心，記得回到前面多做復習！學習本來就是一種累積的過程，只要確定每一次自己都有多記住一點點，就是一種成功。

★小提醒：請先將下列單字完整看過、聽過 4~6 遍後，接著搭配
　　　　橘紅色遮色片使用，並試著說出各單字的中文意思。

○ MP3 Track 0398

the·a·ter [ˈθiətɚ]　名 戲院、劇場 同 stadium 劇場

there·fore [ˈðɛrˌfor]　副 因此、所以 同 hence 因此

thick [θɪk]　形 厚的、密的

thief [θif]　名 小偷、盜賊 名詞複數 thieves

thin [θɪn]　形 瘦的、薄的、稀疏的
同 slender 薄的

○ MP3 Track 0399

thirs·ty [ˈθɝstɪ]　形 口渴的

throat [θrot]　名 喉嚨

through [θru]　介 經過、通過 副 全部、到最後

through·out [θruˈaʊt]　介 遍佈、遍及 副 徹頭徹尾

thumb [θʌm]　名 拇指 動 用拇指翻

挑戰 3 次記熟這些單字

學習結束，記得使用遮色片驗收成果，並填上挑戰日期，7 天正好是
記憶衰減的周期，所以每次的挑戰時間切勿超過 7 天喔！

★挑戰1：正確率50%　日期：＿＿＿＿＿＿＿＿＿＿

★挑戰2：正確率80%　日期：

★挑戰3：正確率100%　日期：＿＿＿＿＿＿＿＿＿＿　恭喜挑戰成功！

★小提醒：請先將下列單字完整看過、聽過 4~6 遍後，接著搭配
橘紅色遮色片使用，並試著說出各單字的中文意思。

○ MP3 Track 0400

thun·der
[ˈθʌndɚ]
名 雷、打雷 動 打雷

tip [tɪp]
名 小費、暗示 動 付小費

ti·tle [ˈtaɪtḷ]
名 稱號、標題 動 加標題
同 headline 標題

toast [tost]
名 土司麵包 動 烤、烤麵包

toe [to]
名 腳趾

○ MP3 Track 0401

**tofu/
bean curd**
[ˈtofu]/[bin kɝd]
名 豆腐

toi·let [ˈtɔɪlɪt]
名 洗手間

to·ma·to
[təˈmeto]
名 番茄

tongue [tʌŋ]
名 舌、舌頭

tooth [tuθ]
名 牙齒、齒 名詞複數 teeth

A
B
C
D
E
F
G
H
I
J
K
L
M
N
O
P
Q
R
S
T
U
V
W
X
Y
Z

挑戰 3 次記熟這些單字

學習結束，記得使用遮色片驗收成果，並填上挑戰日期，7 天正好是
記憶衰減的周期，所以每次的挑戰時間切勿超過 7 天喔！

★挑戰1：正確率50%　日期：＿＿＿＿＿＿＿＿＿＿＿＿

★挑戰2：正確率80%　日期：＿＿＿＿＿＿＿＿＿＿＿＿

★挑戰3：正確率100%　日期：＿＿＿＿＿＿＿＿　恭喜挑戰成功！

★小提醒：請先將下列單字完整看過、聽過 4~6 遍後，接著搭配
橘紅色遮色片使用，並試著說出各單字的中文意思。

● MP3 Track 0402

top·ic [ˈtɑpɪk]　　名 主題、談論 同 theme 主題

tour [tur]　　名 旅行 動 遊覽 同 travel 旅行

tow·el [taʊl]　　名 毛巾

tow·er [ˈtaʊɚ]　　名 塔 動 高聳

track [træk]　　名 路線 動 追蹤

● MP3 Track 0403

trade [tred]　　名 商業、貿易 動 交易

tra·di·tion [trəˈdɪʃən]　　名 傳統 同 custom 習俗

tra·di·tion·al [trəˈdɪʃənḷ]　　形 傳統的

traf·fic [ˈtræfɪk]　　名 交通

trap [træp]　　名 圈套、陷阱 動 誘捕 同 snare 誘捕

挑戰 3 次記熟這些單字

學習結束，記得使用遮色片驗收成果，並填上挑戰日期，7 天正好是
記憶衰減的周期，所以每次的挑戰時間切勿超過 7 天喔！

★挑戰1：正確率50%　日期：＿＿＿＿＿＿＿＿＿＿

★挑戰2：正確率80%　日期：＿＿＿＿＿＿＿＿＿＿

★挑戰3：正確率100%　日期：＿＿＿＿＿＿＿＿　恭喜挑戰成功！

★小提醒：請先將下列單字完整看過、聽過 4~6 遍後，接著搭配橘紅色遮色片使用，並試著說出各單字的中文意思。

O MP3 Track 0404

trav·el ['trævl̩] 　動 旅行 名 旅行

trea·sure ['trɛʒɚ] 　名 寶物、財寶 動 收藏、珍藏

treat [trit] 　動 處理、對待

treat·ment ['tritmənt] 　名 款待

tri·al ['traɪəl] 　名 審問、試驗 同 experiment 實驗

O MP3 Track 0405

tri·an·gle ['traɪˌæŋgl̩] 　名 三角形

trick [trɪk] 　名 詭計 動 欺騙、欺詐

trou·sers ['traʊzɚz] 　名 褲、褲子 同 pants 褲子

truck [trʌk] 　名 卡車 同 van 貨車

trum·pet ['trʌmpɪt] 　名 喇叭、小號 動 吹喇叭

A
B
C
D
E
F
G
H
I
J
K
L
M
N
O
P
Q
R
S
T
U
V
W
X
Y
Z

挑戰 3 次記熟這些單字

學習結束，記得使用遮色片驗收成果，並填上挑戰日期，7 天正好是記憶衰減的周期，所以每次的挑戰時間切勿超過 7 天喔！

★挑戰1：正確率50%　日期：＿＿＿＿＿＿＿＿＿＿

★挑戰2：正確率80%　日期：＿＿＿＿＿＿＿＿＿＿

★挑戰3：正確率100%　日期：＿＿＿＿＿＿＿＿　恭喜挑戰成功！

★小提醒：請先將下列單字完整看過、聽過 4~6 遍後，接著搭配橘紅色遮色片使用，並試著說出各單字的中文意思。

○ MP3 Track 0406

trust [trʌst] 　名 信任 　動 信任 　同 believe 相信

truth [truθ] 　名 真相、真理 　同 reality 事實

tube [tjub] 　名 管、管子 　同 pipe 管子

tun·nel ['tʌnḷ] 　名 隧道、地道

tur·key ['tɝkɪ] 　名 火雞

○ MP3 Track 0407

tur·tle ['tɝtḷ] 　名 龜、海龜

type [taɪp] 　名 類型 　動 打字

ty·phoon [taɪ'fun] 　名 颱風

Uu 開頭的單字

ug·ly ['ʌglɪ] 　形 醜的、難看的

um·brel·la [ʌm'brɛlə] 　名 雨傘

挑戰 3 次記熟這些單字

學習結束，記得使用遮色片驗收成果，並填上挑戰日期，7 天正好是記憶衰減的周期，所以每次的挑戰時間切勿超過 7 天喔！

★挑戰1：正確率50%　日期：＿＿＿＿＿＿＿＿＿＿

★挑戰2：正確率80%　日期：＿＿＿＿＿＿＿＿＿＿

★挑戰3：正確率100%　日期：＿＿＿＿＿＿＿＿＿＿　恭喜挑戰成功！

隨堂小測驗！請搭配遮色片使用

學到一個階段快來驗證你的實力吧！每答完一題就把遮色片往下移，並檢查自己是否答對，並在右方空格做紀錄，待全部作答完畢，有答錯的部分，請再回到前面找出單字繼續複習，三五天後再做一次測驗，反覆的看聽直到全部答對，相信一輩子都忘不了這些單字了！

單字	解答	中譯	答對√／答錯✗
❶ the·a·ter	（H）	A. 路線、追蹤	
❷ there·fore	（S）	B. 詭計、欺騙、欺詐	
❸ thick	（L）	C. 主題、談論	
❹ thirs·ty	（O）	D. 雨傘	
❺ through	（Q）	E. 舌、舌頭	
❻ tip	（N）	F. 商業、貿易、交易	
❼ ti·tle	（J）	G. 隧道、地道	
❽ tongue	（E）	H. 戲院、劇場	
❾ top·ic	（C）	I. 真相、真理	
❿ track	（A）	J. 稱號、標題、加標題	
⓫ trade	（F）	K. 褲、褲子	
⓬ trap	（T）	L. 厚的、密的	
⓭ trav·el	（R）	M. 三角形	
⓮ tri·al	（P）	N. 小費、暗示、付小費	
⓯ tri·an·gle	（M）	O. 口渴的	
⓰ trick	（B）	P. 審問、試驗	
⓱ trou·sers	（K）	Q. 經過、通過、全部、到最後	
⓲ truth	（I）	R. 旅行	
⓳ tun·nel	（G）	S. 因此、所以	
⓴ um·brel·la	（D）	T. 圈套、陷阱、誘捕	

我的學習紀錄

每一次使用遮色片驗收成果後，記得填上挑戰日期＆正確率。

★ 日期：　　　　；答對　　　題

★ 日期：　　　　；答對　　　題

★ 日期：　　　　；答對　　　題

恭喜挑戰成功！
若無法一次就答對全部題目，也不要灰心，記得回到前面多做復習！學習本來就是一種累積的過程，只要確定每一次自己都有多記住一點點，就是一種成功。

★小提醒：請先將下列單字完整看過、聽過 4~6 遍後，接著搭配橘紅色遮色片使用，並試著說出各單字的中文意思。

🔘 MP3 Track 0408

un·der·wear
[ˈʌndəˌwɛr]
名 內衣

u·ni·form
[ˈjunəˌfɔrm]
名 制服、校服、使一致
同 outfit 全套服裝

up·on [əˈpɑn]
介 在……上面

up·per [ˈʌpə]
副 在上位 同 superior 上級的

used [juzd]
形 用過的、二手的

🔘 MP3 Track 0409

used to [just tu]
副 習慣的

us·er [ˈjuzə]
名 使用者 同 consumer 消費者

u·su·al [ˈjuʒʊəl]
副 通常的、平常的 同 ordinary 平常的

開頭的單字

va·ca·tion
[veˈkeʃən]
名 假期 動 度假 同 holiday 假期

val·ley [ˈvælɪ]
名 溪谷、山谷

挑戰 3 次記熟這些單字

學習結束，記得使用遮色片驗收成果，並填上挑戰日期，7 天正好是記憶衰減的周期，所以每次的挑戰時間切勿超過 7 天喔！

★挑戰1：正確率50% 日期：＿＿＿＿＿＿＿＿

★挑戰2：正確率80% 日期：＿＿＿＿＿＿＿＿

★挑戰3：正確率100% 日期：＿＿＿＿＿＿＿＿ 恭喜挑戰成功！

★小提醒：請先將下列單字完整看過、聽過 4~6 遍後，接著搭配
橘紅色遮色片使用，並試著說出各單字的中文意思。

○ MP3 Track 0410

val·ue [ˋvælju]　　名 價值 動 重視、評價

vic·to·ry [ˋvɪktərɪ]　　名 勝利 同 success 勝利、成功

vid·e·o [ˋvɪdɪˏo]　　名 電視、錄影

vil·lage [ˋvɪlɪdʒ]　　名 村莊

vi·o·lin [ˏvaɪəˋlɪn]　　名 小提琴 同 fiddle 小提琴

○ MP3 Track 0411

vis·i·tor [ˋvɪzɪtɚ]　　名 訪客、觀光客

vo·cab·u·lar·y [vəˋkæbjəˏlɛrɪ]　　名 單字、字彙

vol·ley·ball [ˋvɑlɪˏbɔl]　　名 排球

vote [vot]　　名 選票 動 投票 同 ballot 選票

vot·er [votɚ]　　名 投票者

A
B
C
D
E
F
G
H
I
J
K
L
M
N
O
P
Q
R
S
T
U
V
W
X
Y
Z

挑戰 3 次記熟這些單字

學習結束，記得使用遮色片驗收成果，並填上挑戰日期，7 天正好是
記憶衰減的周期，所以每次的挑戰時間切勿超過 7 天喔！

★挑戰1：正確率50%　日期：＿＿＿＿＿＿＿＿＿

★挑戰2：正確率80%　日期：＿＿＿＿＿＿＿＿＿

★挑戰3：正確率100%　日期：＿＿＿＿＿＿＿＿＿　　恭喜挑戰成功！

★小提醒：請先將下列單字完整看過、聽過 4~6 遍後，接著搭配
　　　　橘紅色遮色片使用，並試著說出各單字的中文意思。

 開頭的單字

Part 01 基礎單字篇

Part 02 進階單字篇

○ MP3 Track 0412

waist [west]	名 腰部
wait·er/ wait·ress [ˈwetə]/[ˈwetrɪs]	名 服務生／女服務生
wake [wek]	動 喚醒、醒
wal·let [ˈwɑlɪt]	名 錢包、錢袋
wa·ter·fall [ˈwɔtəˌfɔl]	名 瀑布

○ MP3 Track 0413

wa·ter·mel·on [ˈwɔtəˌmɛlən]	名 西瓜
wave [wev]	名 浪、波 動 搖動、波動 同 sway 搖動
weap·on [ˈwɛpən]	名 武器、兵器
wed [wɛd]	動 嫁、娶、結婚 同 marry 結婚
week·day [ˈwikˌde]	名 平日、工作日

挑戰 3 次記熟這些單字

學習結束，記得使用遮色片驗收成果，並填上挑戰日期，7 天正好是
記憶衰減的周期，所以每次的挑戰時間切勿超過 7 天喔！

★挑戰1：正確率50%　日期：＿＿＿＿＿＿＿＿＿

★挑戰2：正確率80%　日期：＿＿＿＿＿＿＿＿＿

★挑戰3：正確率100%　日期：＿＿＿＿＿＿＿＿＿　　恭喜挑戰成功！

★小提醒：請先將下列單字完整看過、聽過 4~6 遍後，接著搭配
橘紅色遮色片使用，並試著說出各單字的中文意思。

O MP3 Track 0414

west·ern [ˈwɛstən]	形 西方的、西方國家的
wet [wɛt]	形 潮濕的 動 弄濕
whale [hwel]	名 鯨魚
what·ev·er [hwɑtˈɛvə]	形 任何的 代 任何
wheel [hwil]	名 輪子、輪 動 滾動

O MP3 Track 0415

when·ev·er [hwɛnˈɛvə]	副 無論何時 連 無論何時 同 anytime 任何時候
wher·ev·er [hwɛrˈɛvə]	副 無論何處 連 無論何處
whis·per [ˈhwɪspə]	動 耳語 名 輕聲細語 同 murmur 低語聲
who·ev·er [huˈɛvə]	代 任何人、無論誰
wid·en [ˈwaɪdn̩]	動 使……變寬、增廣

A
B
C
D
E
F
G
H
I
J
K
L
M
N
O
P
Q
R
S
T
U
V
W
X
Y
Z

挑戰 3 次記熟這些單字

學習結束，記得使用遮色片驗收成果，並填上挑戰日期，7 天正好是
記憶衰減的周期，所以每次的挑戰時間切勿超過 7 天喔！

★挑戰1：正確率50%　日期：＿＿＿＿＿＿＿＿

★挑戰2：正確率80%　日期：＿＿＿＿＿＿＿＿

★挑戰3：正確率100% 日期：＿＿＿＿＿＿　　恭喜挑戰成功！

★小提醒：請先將下列單字完整看過、聽過 4~6 遍後，接著搭配橘紅色遮色片使用，並試著說出各單字的中文意思。

○ MP3 Track 0416

width [wɪdθ] 　名 寬、廣 同 breadth 寬度

wild [waɪld] 　形 野生的、野性的

will·ing [`wɪlɪŋ] 　形 心甘情願的

wind·y [`wɪndɪ] 　形 多風的

wing [wɪŋ] 　名 翅膀、翼 動 飛

○ MP3 Track 0417

win·ner [`wɪnɚ] 　名 勝利者、優勝者 同 victor 勝利者

wire [waɪr] 　名 金屬絲、電線

wise [waɪz] 　形 智慧的、睿智的 同 smart 聰明的

with·in [wɪð`ɪn] 　介 在……之內 同 inside 在……之內

with·out [wɪð`aʊt] 　介 沒有、不

○ MP3 Track 0418

wolf [wʊlf] 　名 狼

wond·er [`wʌndɚ] 　名 奇蹟、驚奇 動 對……感到驚奇

挑戰 3 次記熟這些單字

學習結束，記得使用遮色片驗收成果，並填上挑戰日期，7 天正好是記憶衰減的周期，所以每次的挑戰時間切勿超過 7 天喔！

★挑戰1：正確率50%　日期：＿＿＿＿＿＿＿＿＿＿＿

★挑戰2：正確率80%　日期：＿＿＿＿＿＿＿＿＿＿＿

★挑戰3：正確率100%　日期：＿＿＿＿＿＿＿＿　恭喜挑戰成功！

★小提醒：請先將下列單字完整看過、聽過 4~6 遍後，接著搭配
橘紅色遮色片使用，並試著說出各單字的中文意思。

won·der·ful ['wʌndəfəl]
- 形 令人驚奇的、奇妙的
- 同 marvelous 令人驚奇的

wood·en ['wʊdn̩]
- 形 木製的

wool [wʊl]
- 名 羊毛

○ MP3 Track 0419

worth [wɝθ]
- 名 價值

wound [wund]
- 名 傷口 動 傷害 同 harm 傷害

Yy 開頭的單字

yard [jɑrd]
- 名 庭院、院子

youth [juθ]
- 名 青年

Zz 開頭的單字

ze·bra ['zibrə]
- 名 斑馬 名詞複數 zebras, zebra

A B C D E F G H I J K L M N O P Q R S T U V W X Y Z

挑戰 3 次記熟這些單字

學習結束，記得使用遮色片驗收成果，並填上挑戰日期，7 天正好是記憶衰減的周期，所以每次的挑戰時間切勿超過 7 天喔！

★挑戰1：正確率50%　日期：_____

★挑戰2：正確率80%　日期：_____

★挑戰3：正確率100%　日期：_____　恭喜挑戰成功！

隨堂小測驗！請搭配遮色片使用

學到一個階段快來驗證你的實力吧！每答完一題就把遮色片往下移，並檢查自己是否答對，並在右方空格做紀錄，待全部作答完畢，有答錯的部分，請再回到前面找出單字繼續複習，三五天後再做一次測驗，反覆的看聽直到全部答對，相信一輩子都忘不了這些單字了！

單字	解答	中譯	答對✓／答錯✗
1 up·on	（ E ）	A. 狼	
2 used to	（ I ）	B. 鯨魚	
3 u·su·al	（ L ）	C. 青年	
4 val·ley	（ G ）	D. 輪子、輪、滾動	
5 val·ue	（ R ）	E. 在……上面	
6 vote	（ N ）	F. 耳語、輕聲細語	
7 wake	（ P ）	G. 溪谷、山谷	
8 wa·ter·fall	（ T ）	H. 翅膀、翼、飛	
9 weap·on	（ J ）	I. 習慣的	
10 whale	（ B ）	J. 武器、兵器	
11 wheel	（ D ）	K. 奇蹟、對……感到疑惑	
12 whis·per	（ F ）	L. 通常的、平常的	
13 width	（ Q ）	M. 金屬絲、電線	
14 wild	（ S ）	N. 選票、投票	
15 wing	（ H ）	O. 木製的	
16 wire	（ M ）	P. 喚醒、醒	
17 wolf	（ A ）	Q. 寬、廣	
18 wond·er	（ K ）	R. 價值、重視、評價	
19 wood·en	（ O ）	S. 野生的、野性的	
20 youth	（ C ）	T. 瀑布	

我的學習紀錄

每一次使用遮色片驗收成果後，記得填上挑戰日期＆正確率。

★ 日期： ；答對 題

★ 日期： ；答對 題

★ 日期： ；答對 題

恭喜挑戰成功！
若無法一次就答對全部題目，也不要灰心，記得回到前面多做復習！學習本來就是一種累積的過程，只要確定每一次自己都有多記住一點點，就是一種成功。

Note

挑戰你的閱讀力！短文／對話：

一、遇到不熟的單字不必急於查找。
　　（千萬不要把中文寫在原文上，會造成依賴哦！）
二、完整閱讀文章後，再參考右方的譯文，驗證自己學習成果。
三、本書特別將較困難的單字、片語列於文章右下方。
四、多讀幾次，仔細鑽研文中的一字一句，徹底理解每篇文章的意思。

Sunny Afternoon

午後陽光

Terry: It's time to wake up, Julie. I've cooked us breakfast. Here are some toasts, egg salad sandwiches, and some tangerines. There is also a glass of strawberry smoothies in the fridge, if you're thirsty.

Julie: That's wonderful. They seem absolutely tasty.

Terry: It's nothing. You know I always enjoy cooking for you.

Julie: What's your plan for tonight?

Terry: I am going to the theater to see a movie tonight. Would you like to come?

Julie: I think I am too sleepy for that.

Terry: C'mon! I will buy you dinner. We can go to that restaurant around the corner! You love their steak, don't you?

Julie: We can visit that restaurant whenever. Why does it have to be today?

Terry: The weather outside seems so nice. Even though it was rainy last night, the sun has just come out to play! Plus, it's a weekday today. The city wouldn't be crowded as usual.

Julie: Well, I do love a quiet, sunny afternoon. Tell you what; I'll go see the movie with you tonight if you also come along to the record store with me.

※ 文章中橘紅色單字都是前 24 頁中學習過的單字，如果你忘記了，記得再回去復習哦

Terry: Sure.

Julie: Fine, Let me take a shower before we go.

Terry: Alright! That's the spirit!

泰瑞：茉莉，起床囉，我做了早餐，這裡有吐司，蛋沙拉三明治，也有一些柑橘。如果妳口渴，冰箱裡還有一杯草莓果昔。

茉莉：真棒，看起來好吃極了！

泰瑞：沒什麼。妳也知道我總是很樂意煮飯給妳吃。

茉莉：你今晚有什麼計畫呢？

泰瑞：我今晚想去電影院看一部電影，妳想來嗎？

茉莉：我還是好睏，沒辦法去。

泰瑞：一起去嘛！我請妳吃晚餐，我們可以去轉角那家餐廳！妳很喜歡他們的牛排，不是嗎？

茉莉：我們隨時都可以去那家餐廳，為什麼非得要今天去呢？

泰瑞：外面天氣看起來很好，昨晚雖然下雨，但是現在太陽出來了呢！而且，今天是平日，城市一定不會像平常一樣擁擠。

茉莉：我確實很愛安靜地享受午後陽光。這樣吧，如果你陪我去唱片行的話，我今晚就陪你去看電影。

泰瑞：當然好。

茉莉：好吧，那我在出門前先去沖個澡。

泰瑞：很好！這就對了！

生字補充：

• smoothies 果昔
• absolutely 絕對地

單字總測驗！請搭配遮色片使用

學完了 2000 單字，快來驗證你的實力吧！每答完一題就把遮色片往下移，並檢查自己是否答對，並在右方空格做紀錄，待全部作答完畢，有答錯的部分，請再回到前面找出單字繼續複習，隨時回頭做測驗，反覆的看聽直到全部答對，相信一輩子都忘不了這些單字了！

單字	解答	中譯	答對✓／答錯✗
① in·ter·est	（ L ）	A. 難過的、惋惜的、抱歉的	☐☐☐☐
② fin·ger	（ O ）	B. 地面、土地	☐☐☐☐
③ af·ter·noon	（ H ）	C. 海岸、沿岸	☐☐☐☐
④ re·mem·ber	（ S ）	D. 懶惰的	☐☐☐☐
⑤ dark	（ U ）	E. 血液、血統	☐☐☐☐
⑥ po·si·tion	（ N ）	F. 舒適的、愉快的、美味的	☐☐☐☐
⑦ ball	（ V ）	G. 肩、肩膀	☐☐☐☐
⑧ moun·tain	（ Y ）	H. 下午	☐☐☐☐
⑨ tire	（ T ）	I. 果汁	☐☐☐☐
⑩ but·ter·fly	（ W ）	J. 完全地、相當、頗	☐☐☐☐
⑪ quite	（ J ）	K. 味覺、品嘗、辨味	☐☐☐☐
⑫ sorry	（ A ）	L. 興趣、嗜好、使……感興趣	☐☐☐☐
⑬ chase	（ R ）	M. 感覺、感受	☐☐☐☐
⑭ feel·ing	（ M ）	N. 位置、工作職位、勢	☐☐☐☐
⑮ ground	（ B ）	O. 手指	☐☐☐☐
⑯ loud	（ P ）	P. 大聲的、響亮的	☐☐☐☐
⑰ shoul·der	（ G ）	R. 追求、追逐、追捕	☐☐☐☐
⑱ yum·my	（ F ）	Q. 言談、說話	☐☐☐☐
⑲ hair·cut	（ X ）	S. 記得	☐☐☐☐
⑳ juice	（ I ）	T. 使疲倦、輪胎	☐☐☐☐
㉑ blood	（ E ）	U. 黑暗、暗處、黑暗的	☐☐☐☐
㉒ speech	（ Q ）	V. 舞會、球	☐☐☐☐
㉓ taste	（ K ）	W. 蝴蝶	☐☐☐☐
㉔ la·zy	（ D ）	X. 理髮	☐☐☐☐
㉕ coast	（ C ）	Y. 高山	☐☐☐☐

單字	解答	中譯	答對√／答錯✕
26 sug·ar	（P）	A. 帆、篷、航行、船隻	
27 weight	（N）	B. 一雙、一對 、配成對	
28 lev·el	（W）	C. 感謝、謝謝、表示感激	
29 mean	（H）	D. 假期、假日	
30 en·ter	（Y）	E. 報紙	
31 im·por·tant	（S）	F. 錯誤、過失	
32 thank	（C）	G. 誰的	
33 air·port	（Q）	H. 意指、意謂、惡劣的	
34 beau·ti·ful	（O）	I. 玩具娃娃	
35 whose	（G）	J. 聰明的	
36 mis·take	（F）	K. 使用、消耗、使用	
37 news·pa·per	（E）	L. 憂慮、使煩惱、折磨	
38 o·cean	（U）	M. 圓的、球的、圓物、一回合	
39 pair	（X）	N. 重、重量	
40 round	（I）	O. 美麗的、漂亮的	
41 sail	（A）	P. 糖	
42 hol·i·day	（D）	Q. 機場	
43 ex·am·ine	（V）	R. 使成、狀	
44 use	（K）	S. 重要的	
45 shape	（R）	T. 滑稽的、有趣的	
46 doll	（I）	U. 海洋	
47 writ·er	（X）	V. 檢查、考試	
48 smart	（J）	W. 水準、標準、水平的	
49 fun·ny	（T）	X. 作者、作家	
50 trou·ble	（L）	Y. 加入、參加	

我的學習紀錄

每一次使用遮色片驗收成果後，記得填上挑戰日期＆正確率。

★ 日期：　　　　　；答對　　　　題

★ 日期：　　　　　；答對　　　　題

★ 日期：　　　　　；答對　　　　題

恭喜挑戰成功！
若無法一次就答對全部題目，也不要灰心，記得回到前面多做復習！學習本來就是一種累積的過程，只要確定每一次自己都有多記住一點點，就是一種成功。

單字	解答	中譯	答對√／答錯X
51 basics	(L)	A. 字典、辭典	
52 in·ter·nat·ion·al	(N)	B. 戰士	
53 ar·row	(V)	C. 警笛聲 、發出嗶嗶聲	
54 cou·sin	(Y)	D. 制服、校服、使一致	
55 air·craft	(M)	E. 形式、表格、形成	
56 dic·tion·ar·y	(A)	F. 眉毛	
57 beep	(C)	G. 疼痛、傷害	
58 u·ni·form	(D)	H. 流出、流動、流程、流量	
59 pain	(G)	I. 門、閘門	
60 stick	(T)	J. 處罰	
61 eye·brow/brow	(F)	K. 日曆	
62 fight·er	(B)	L. 基礎、原理	
63 drug	(X)	M. 飛機、飛行器	
64 hand·ker·chief	(P)	N. 國際的	
65 pun·ish·ment	(J)	O. 苗條的	
66 cal·en·dar	(K)	P. 手帕	
67 flow	(H)	Q. 部門、處、局	
68 form	(E)	R. 菜單	
69 de·part·ment	(Q)	S. 鼓勵	
70 slen·der	(O)	T. 棍、棒、黏	
71 cri·sis	(W)	U. 興趣、嗜好	
72 gate	(I)	V. 箭	
73 hob·by	(U)	W. 危機	
74 me·nu	(R)	X. 藥、藥物	
75 en·cour·age	(S)	Y. 堂（表）兄弟姊妹	

單字	解答	中譯	答對✓／答錯✗
⑯ nap·kin	（ L ）	A 方法	
⑰ clown	（ O ）	B. 當地的、當地居民	
⑱ pol·i·cy	（ F ）	C. 無尾熊	
⑲ broad·cast	（ J ）	D. 款待	
⑳ vic·to·ry	（ M ）	E. 消失、不見	
㉑ a·mount	（ I ）	F. 政策	
㉒ hum·ble	（ K ）	G. 洋蔥	
㉓ joint	（ R ）	H. 魔術師	
㉔ ko·a·la	（ C ）	I. 總數、合計、總計	
㉕ lo·cal	（ B ）	J. 廣播、播出、廣播節目	
㉖ ma·gi·cian	（ H ）	K. 身份卑微的、謙虛的	
㉗ clerk	（ Y ）	L. 餐巾紙	
㉘ spring	（ Q ）	M. 勝利	
㉙ greet	（ U ）	N. 好吃的	
㉚ tast·y	（ N ）	O. 小丑、丑角	
㉛ means	（ A ）	P. 區域	
㉜ on·ion	（ G ）	Q. 彈開、突然提出、泉水、春天	
㉝ pipe	（ T ）	R. 接合處	
㉞ win·ner	（ V ）	S. 改變、兌換、零錢、變化	
㉟ re·view	（ X ）	T. 管子、以管傳送	
㊱ screen	（ W ）	U. 迎接、問候	
㊲ change	（ S ）	V. 勝利者、優勝者	
㊳ dis·ap·pear	（ E ）	W. 螢幕	
㊴ re·gion	（ P ）	X. 複習、回顧、檢查	
㊵ treat·ment	（ D ）	Y. 職員	

我的學習紀錄

每一次使用遮色片驗收成果後，記得填上挑戰日期＆正確率。

★ 日期：　　　　　；答對　　　　題

★ 日期：　　　　　；答對　　　　題

★ 日期：　　　　　；答對　　　　題

恭喜挑戰成功！
若無法一次就答對全部題目，也不要灰心，記得回到前面多做復習！學習本來就是一種累積的過程，只要確定每一次自己都有多記住一點點，就是一種成功。

語言力 *E019*

終生受用 2000 單字：溝通閱讀沒問題！

囊括「語言學家研究」＋「科學認證」兩大優勢的單字書

作　　　者	Michael Yang ◎著
顧　　　問	曾文旭
編輯統籌	陳逸祺
編輯總監	耿文國
主　　　編	陳蕙芳
執行編輯	梁子聆
校　　　對	盧惠珊
內文排版	張靜怡
封面設計	吳若瑄
法律顧問	北辰著作權事務所

初　　　版	2019 年 11 月
出　　　版	凱信企業集團 - 開企有限公司
電　　　話	(02) 2773-6566
傳　　　真	(02) 2778-1033
地　　　址	106 台北市大安區忠孝東路四段 218 之 4 號 12 樓
印　　　製	世和印製企業有限公司

定　　　價	新台幣 320 元／港幣 107 元
產品內容	1 書＋ 1MP3

總 經 銷	采舍國際有限公司
地　　　址	235 新北市中和區中山路二段 366 巷 10 號 3 樓
電　　　話	(02) 8245-8786
傳　　　真	(02) 8245-8718

國家圖書館出版品預行編目資料

終生受用 2000 單字：溝通閱讀沒問題！/
Michael Yang 著 . – 初版 . – 臺北市：開企，
2019.11
　　面；　公分
ISBN 978-986-97265-9-7(平裝)

1. 英語 2. 詞彙

805.12　　　　　　　　　　　108017427

開企，

是一個開頭，它可以是一句美好的引言、
未完待續的逗點、享受美好後滿足的句點，
新鮮的體驗、大膽的冒險、嶄新的方向，
是一趟有你共同參與的奇妙旅程。

開企，

是一個開頭，它可以是一句美好的引言、
未完待續的逗點、享受美好後滿足的句點，
新鮮的體驗、大膽的冒險、嶄新的方向，
是一趟有你共同參與的奇妙旅程。